ROUGH

E LANGUAGE

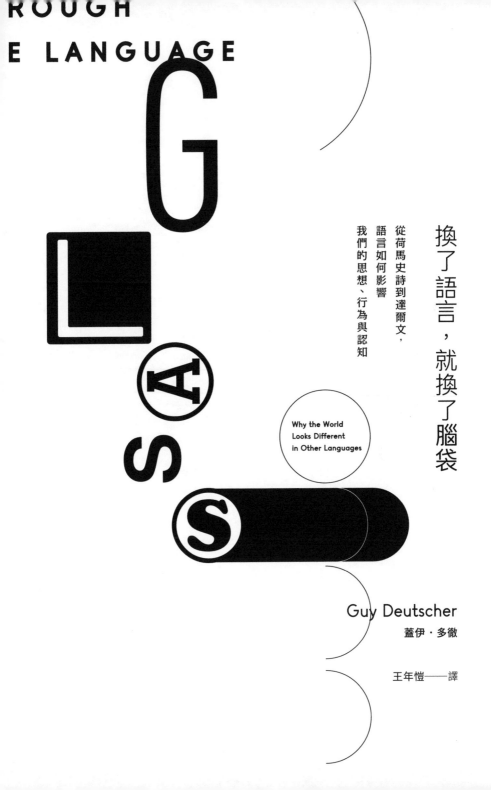

G
L
A
S
S

換了語言，就換了腦袋

從荷馬史詩到達爾文，
語言如何影響
我們的思想、行為與認知

Why the World
Looks Different
in Other Languages

Guy Deutscher

蓋伊・多徹

王年愷——譯

獻給 Alma

推薦序
語言是看世界的一面鏡子！

南方朔（作家、評論家）

　　以色列語言學家多徹所寫的這本書是很重要也很有趣，並具有知識強度的語言學著作，因為它觸及的乃是當代認知科學最前沿的問題。語言只是外表，隱藏在裡面的有腦神經生理學、生化遺傳學、知覺理論、西方的古典學、人類及考古學、文化科學等。讀了這本書後，我們當知道學問有如大海，我們所知道的只是汪洋中的點滴而已。如果我們能夠體會到知識的無邊無涯，對學問的敬畏，更加好奇及樂於追求，那才是讀了本書最大的收穫。

　　我們都知道，我們看到和所感知到世界，而後將我們的感知說出來，那就是語言和語言學的源起。但這只是源起，真正的問題才剛剛發生而已。例如，我們感知的世界是真還是假？人們的感知有沒有普遍性，A的認知和B的認知，今天的認知和古代的認知是否相同？當人們用語言說出自己的感知時，說出來的是實像或虛像？A所說的和B所說的是否相同或相通？當這種問題無限追問下去，我們的疑問就更多了，不同語言的人是否有不同的感知或思考的方式？語言是否有優劣高下之分？為什麼世界上，各種語言的使用者有那麼大的不同？語言的差異是自然決定，或是文化決定？當我們思考到這些問題，我們會掉進知識的

迷霧中，一方面我們更迷惘，但換個角度，我們卻也愈來愈聰明開闊。這就是追求知識真正快樂之處，進步因此而發生。

多徹這本著作，其實是很有野心的。它從語言的幾個基本問題出發，語言是怎麼說顏色、方位、性別等基本的知覺，一路直通語言的本質和差異、知覺科學和文化社會科學，甚至還包括了文學與哲學等。本書沒有試著要給人任何具體的答案，只是陳述了相關的學術思想譜系及語言和相關學問演化發展的過程。本書在知識上有破無執，其實是本極佳的深層語言知識論的啟蒙之作。這種性質的著作，縱使在西方亦不多見，它的論旨也只散見於各種高等學報及論文選集裡，因此我建議讀者，對此書要細讀細想，透過此書來擴大知識的視野，那才不枉此書的價值。

本書把「語言如鏡」當作原書名裡最大的隱喻，他的這個隱喻是出自路易斯·卡洛爾（Lewis Carroll）所著的《愛麗絲的鏡中奇緣》。愛麗絲的奇遇來源有二：一個是「仙境」（wonderland），另一個則是和世界相反的「鏡中世界」（Through the Looking-Glass），而「語言如鏡」所指的，就是我們透過語言所認知的世界，其實是個很不確定的世界。就以本書談的最多的色彩這個問題而言，近代有關色彩的研究，乃是一個龐雜的學術領域，剛好前幾年我約略的讀了當代顏色學家，麻省理工學院哲學教授拜斯尼（Alex Byrne）及伊利諾大學哲學教授希爾伯特（David R. Hilbert）合編的兩大冊《顏色的科學》和《顏色的哲學》論文選集，我即理解到顏色問題早已成了當代認知科學和認知哲學的主要新興領域，它涉及物理學的光學、神經生理學的視覺細胞學、知覺訊息的神經傳輸、人類的視覺感知能力等科學領域，也涉及人類的色彩經驗、如何敘述顏色的能力以

及顏色辭彙的演化等哲學文化領域。色彩的科學和哲學，統稱為一種認知科學，語言學只不過是它的分枝而已。

本書在談到人們敘述色彩的語言時，真是旁徵博引，他從十九世紀英國的古典學學問家首相格萊斯頓對荷馬的顏色敘述開始，一直談到當代色彩科學的最新發展和色彩認知所產生的爭端，不是博學者寫不出這樣的著作。

世界是個實體，人的感知是第一面鏡子，把感知到的用語言去說出，那是第二面鏡子，因此透過語言來認知世界，有時清晰，有時即難免繞射折射出現許多鏡像，因此語言不準處，我們真正看到的是人們以自我為中心所形成的文化偏差。在人類使用語言的過程中，文化問題其實扮演了極重要的因素。這也是人們在反省語言問題時，不能疏忽了它背後的文化論的原因。

目 次

圖片來源

彩圖

一　courtesy of The College of Optometrists, London

二　© Pekka Parviainen / Science Photo Library

三　© Andrzej Tokarski / Alamy

四、五　Martin Lubikowski

六　Hale Color Consultants, courtesy of Nick Hale

七　見第九章注 1。

八　Winawer et al. 2007 (adapted by Martin Lubikowski)

九　Gilbert et al. 2006 (adapted by Martin Lubikowski)

十　Tan et al. 2008 (adapted by Martin Lubikowski)

十一　© Universal Images Group Limited / Alamy

十二　Martin Lubikowski

內文插圖

p. 63　Train crash in Lagerlunda: Swedish Railway Museum

p. 83　W. H. R. Rivers: Museum of Archaeology and Anthropology, Cambridge

p. 166　Edward Sapir: Florence Hendershot

p. 180　Franz Boas: National Anthropological Archives, Smithsonian Institution

p. 180　Roman Jakobson: Peter Cunningham

p. 189　George Stubbs's 'Kongouroo': New Zealand Electronic Text Centre

p. 198　Levinson 2004 (adapted by Martin Lubikowski)

pp. 209~217　Martin Lubikowski

前言
語言、文化與思想

　　「世界上有四種語言有使用價值，」猶太律法塔木德如是說：「希臘語用於歌詠，拉丁語用於戰爭，敘利亞語用於哀悼，希伯來語用於平日言談。」[1] 其他權威人士對於不同語言適合用在什麼地方，看法也一樣獨斷。神聖羅馬帝國皇帝查理五世，不但同時是西班牙國王和奧地利大公，更精通數種歐洲語言；根據他的說法，他「對上帝說西班牙語，對女人說義大利語，對男人說法語，對我的馬說德語。」

　　常有人說，一個國家的語言，反映了該國的文化、心靈和思維模式。住在熱帶地區的人太懶散了，難怪會省略掉大部分的子音。另外，只要比較一下葡萄牙語的溫潤聲音和西班牙語的艱澀音調，就能理解這兩個鄰國文化本質上的差異。有些語言的文法邏輯根本不足以用來說明複雜的想法；相反地，德語最適合用來構思最博大精深的哲學思想，因為它是個格外有秩序的語言，也因此德國人的思想才會這麼井然有序。（在這個語音粗俗又無趣的語言裡，怎能不聽見眾人齊一踢正步的聲音？）有些語言甚至連未來式時態都沒有，所以說這些語言的人理所當然不知未來是何物。巴比倫人應該會很難理解小說《罪與罰》，因為他們的語言裡，「罪」與「罰」這兩種概念都用同一個字表達。挪威語孤高冷峻的聲音裡聽得見他們陡峭的峽灣，在柴可夫斯基陰鬱的音

樂裡也能聽見俄語隆隆作響的暗沉 L 聲。法語不只是羅曼語系語言，更是最適合談羅曼史的語言，沒有語言能出其右。英語是一個能不停順應改變的語言，情況甚至已經到了浮濫的地步，而義大利語——我的天哪，義大利語！

許多人在用餐之際，總會穿插一些這種桌邊小花絮；不同語言的特性和語言使用者的個性，是個適合拿來發表長篇大論的絕佳題材，很少有更適合大家閒聊的題目。但倘若將這些歡樂餐桌上的高談闊論帶進冷冰冰的書房，這些論點馬上就站不住腳了，就像一道用空泛軼事灌滿的舒芙蕾——說好聽一點是有趣但沒有內涵，說難聽一點則是鄙俗荒謬。大多數外國人士聽不出來挪威語何以崎嶇，瑞典語又怎麼會像無盡的平原。勤奮、信奉新教的丹麥人也會把他們的子音遺棄在風蝕的冰原荒土上，數量也不亞於任何一個怠惰的熱帶民族。如果德國人的頭腦真的比較有組織，這也很有可能是因為他們母語太過不規則，讓他們大腦無力應付更多不規則的事物。說英語的人士可以用現在式大肆談論關於未來的事（舉例來說，I'm flying to Vancouver next week. 便是用現在式談論未來的句子），也不見得難以掌握對於未來的概念。從本質來說，任何一個語言（包括最「原始」的民族的語言在內）都能處理最複雜的思想。如果一個語言在哲學表達層次有所不足，頂多是因為少了一些抽象詞彙，或是缺了幾種句法結構而已，但這些都能輕易從別的語言借來：所有歐洲語言的哲學詞彙都是從拉丁文挪用的，而拉丁文又幾乎是原封不動從希臘文搬過來的。只要他們想這樣做，任何一個說部落語言的人都能如法炮製，一樣可以用南非的祖魯語來討論經驗主義與理性主義有何長短，或是用西格陵蘭語大談存在主義現象學。

如果大家只是在喝餐前酒時聊聊語言與國族相關的話題，這些看法不過是些沒有惡意（也許有些無厘頭）的消遣罷了。不過，古今許多學識高深的人也喜歡對這個議題發表高見。各種流派和國籍的哲學家，無不一個接著一個，宣稱每種語言皆反映該國人民的性格。十七世紀時，英國哲學家培根說，一個人可以「從他人與他國的語言中」推知「他們性靈和習性的許多重要特徵」。[2] 一個世紀後，法國哲學家康迪雅克也提出相同的看法：「一切都證實，每種語言都表露出其使用者的性格。」[3] 比他稍晚的德國哲學家赫爾德，同樣認為「任何國族的智能和性格都烙印在其語言裡」。[4] 根據他的看法，勤奮的國家或種族「動詞會有許多種語氣，而比較文雅的國族有大量昇華成為抽象意念的名詞。」簡言之，「一國之性靈最明白顯露之處，莫過於其語言的形相。」[5] 美國哲學家愛默生在一八四四年替這些看法下了總結：「我們多從語言裡推得一國之精神，語言可說是一座石碑，數百年來每一位有力的獨立人士皆為此碑貢獻了一塊石頭。」[6]

各國人士意見如此一致還真是難能可貴；不過，唯一的問題是，一旦從籠統的概念推展到特定語言的特定特徵（或是少了哪些特徵），以及這些語言特徵又能說明特定國族的哪些特徵（或是少了哪些特徵）時，這個大一統的論點馬上就開始瓦解了。一八八九年，時年十七歲的英國哲學家羅素在補習班準備劍橋大學三一學院的獎學金考試時，被指定用愛默生那段文字為題寫一篇文章。羅素的答案字字珠璣：「我們能藉由一個語言最擅於表達的意念，來細究該民族的性格。舉例來說，法文裡有『聰敏的、機智的、內心的』（*spirituel*）或『精神、機智、聰明』（*l'esprit*）等字眼，在英文裡幾乎無法表達；因此，我們很自然

就會推得法國人比英國人更具有『精神、機智、聰明』，也是更加『聰敏的、機智的、內心的』，而且經實際觀察後證實確是如此。」

羅馬演說家西塞羅則從「語言裡如果少了某個字」，做出反向推論。在西元前五十五年的《論演說家》裡，他花了很大的篇幅說明希臘語缺少與拉丁語 *ineptus*（意指「無禮的」或「笨拙的」）相對應的字眼。[7] 羅素會說，希臘人的禮儀太完美了，所以不需要一個字來代表一種不存在的缺陷。對西塞羅來說則不然：他認為，希臘語沒有這個字，正好說明這個缺陷在希臘人中太過普遍，連他們自己都沒發覺。

羅馬人的語言也難逃被人批評的命運。在一千兩百年後，但丁在《俗語論》裡綜論了義大利各地的方言，宣稱「羅馬人所說的，與其說是一種方言，還不如說是一種低俗難懂的雜音……這也難怪，因為他們在所有義大利人中，不論儀態或外表都極為差勁。」[8]

就算是做夢，也不會有人用同樣的方式批評法語，因為法語不但又浪漫又是「聰敏的、機智的、內心的」，更理所當然是世界上最有邏輯、最清楚的語言。我們有最權威的人士可以印證這點：法國人自己。一八九四年時，著名文學評論家布魯尼提耶獲選為法蘭西學院一員時，向這個學術殿堂的其他院士指出，法語是「人類說過的語言裡最有邏輯、最清楚、最透澈的語言」。[9] 布魯尼提耶的論點又來自許多知名學者，其中包括十八世紀時，確立法語的清晰度和條理獨樹一格的伏爾泰。[10] 伏爾泰這番見解又是靠著另一項早他一個世紀（更精確來說，是一六六九年）的驚人發現。十七世紀的法國語法學家花了數十年的時間，試圖搞

懂為何法語比世界上其他所有語言都還要清楚[11]；根據當時法蘭西學院一位院士的說法，光是把其他語文翻譯成法文就能收到具體說明之功效，足見法文之透澈、精確。勞碌多年後，雷伯赫在一六六九年發現答案就是法語的簡練。他竭盡心力研究文法後，發現法語跟其他語言有別：「我們法國人在所有的言談中，完全依循思考的順序，也就是自然的秩序。」[12] 也難怪用法語說話絕對沒辦法說得不明不白。誠如稍後的思想家希瓦洛所言：「英語、義大利語、希臘語或拉丁語皆可不清。」但「語意不清者絕非法語」。[13]

　　這樣的分析結果，世界上的其他學者並不全然認同，有些同樣具有分量的思想家表達了不一樣的意見（奇怪的是，這些人大多不是法國人）。舉例來說，丹麥著名的語言學家葉斯柏森便認為英語諸多方面比法語優越，其中包括邏輯，因為英語有別於法語，是個「有條理、有活力、就事論事、審慎的語言，雖然不太注重精緻典雅，卻相當重視前後邏輯一致。」[14] 葉斯柏森最後下了結論：「語言如此，民族亦然。」

　　倘若從語言如何反映使用者的性格，延伸到語言如何影響使用者思考過程這個更大的問題，偉大的思想家又端出更大盤的菜。美國語言學家沃爾夫（後面的章節會再提到他）說，我們將世界區分為物體（如「石頭」）和動作（如「掉落」）的分類方式，並非真實反映現實，而只是將歐洲語言的文法加諸在我們的語言習慣上面。根據沃爾夫的說法，在印第安人的語言中，一個單字同時表示動詞和受詞，使得他們有「一元論」的世界觀，因此他們壓根兒不會理解我們區分物體和動作的方式。他的說法風靡了一整個世代。[15]

　　一個世代後，美國哲學家史坦納在一九七五年的《巴別塔之後》一書中指出，「我們句法結構裡前瞻性的成規」和「語意表達的未來性」（換句話說，是語言裡有未來式這回事）讓我們對未來有希望，免於陷落虛無主義之中，甚至讓我們不至於集體自殺。他說：「如果我們的時態系統更脆弱，我們也許無法持續。」[16]（他顯然有著先知般的靈感，因為每年都有數十種沒有未來式的語言滅絕。）

　　近年有一位哲學家顛覆了我們對英國都鐸時期的認知。他找到了亨利八世與教宗決裂的真正原因：據他所說，英國之所以發生宗教革命，並非像既有定論那樣，是因為國王渴求繼承人，也不是吸走教會財產的憤懣之計。英國國教的誕生完全是因為英語的迫切需求所致：由於英文文法介於法文和德文文法之間，也因此無可避免把英國宗教思想推到（法國）天主教和（德國）新教中間的地帶。[17]

　　在談到語言、文化與思想時，大思想家端出的大菜不一定比市井小民的小菜好上多少。既然有這麼多不對味的前例，還有辦法從這些討論中找到一絲絲的美味嗎？撇開無根據、無知、胡鬧、胡謅的東西後，對於語言、文化和思想的關係還能說出什麼道理來嗎？語言是否在深刻的層面上反映社會文化，而不只是在一些芝麻小事上，像是某個語言有多少個字描述雪，或是有多少個字描述幫駱駝剃毛？更具爭議的問題是，不同的語言會不會讓其使用者有不同的思考或覺知方式？

　　對大多數認真的學者來說，這些問題的答案都是非常堅定的「否」。當今語言學界的主流看法是將語言視為一種本能：換句

話說，語言的基礎寫在我們的基因裡面，而且全人類都一樣。美國語言學大師喬姆斯基便提出這個著名的看法：火星科學家得到的結論是，地球人說的全都是同一種語言的不同方言。[18] 根據這個理論的看法，所有的語言共有同一套普遍文法、同樣的概念架構，以及相同的系統複雜程度。因此，語言真正重要的層面（或說，值得我們研究的層面），是語言揭露我們內在人性的部分。最後，學界還有一項共識：如果我們的母語真的對我們的思考方式有影響，這樣的影響並不重要，甚至是微不足道的，從根本來說我們的思考方式都一樣。

不過，在以下的頁面裡，我會試圖說服你以上問題的答案是「是」；這可能違反你一開始的直覺，而且也確確實實與當今主流學術思想相左。在這本替文化辯護的書中，我的論點是語言會深刻反映出文化差異，並且有愈來愈多的科學研究證實母語會影響我們思考、感知世界的方式。但在你把這本書當成無稽之談，跟去年流行的減重食譜和《金魚調教手冊》等書一起認定是瘋人說瘋語之前，我要先鄭重向各位承諾，本書絕對不會漫談一些毫無根據的事。我不會要求任何人用一元論看事情，也不會好高騖遠去追問哪些語言最有「精神、機智、聰明」，更不會探究哪些文化更有「深度」。這本書要問的完全是另一類的問題。

事實上，我們接下來要關心的文化是日常生活中最根本、務實的層面，碰到的語言也是最根本、務實的語言。這是因為語言、文化和思想之間連結最緊密的地方，其實就在一般認知裡認為所有文化和語言都應該相同之處。

我們第一眼看到的文化差異（比方說，在音樂品味、性觀念、服裝或餐桌禮儀等方面），從某種層次來說只是表象；但這

恰恰也是我們可以清楚察覺到差異的部分。我們都知道,「色情」其實只是一種地理問題,定義會隨著地方而變;另外,我們更不會相信全世界的人都喜歡同樣的音樂,或是用同樣的方式拿叉子。但是,文化會在我們不認為屬於文化之處留下更深的印記,在年輕可塑的頭腦裡烙下不可抹滅的習俗規範,我們一路成長過來都把它們當成另一回事,不會視之為「文化」。

不過,如果以上的說法聽起來開始有些道理,我們得先延伸一下「文化」這個概念,讓它超出平日我們使用的範圍。你聽到「文化」一詞,馬上想到的是什麼?莎士比亞?絃樂四重奏?拿西方茶杯的時候要把小指頭彎起來?你對「文化」的理解為何,當然要看你來自哪一種文化;以下三種字典定義,就像從三面透視鏡中瞥見不同的樣貌:

> 文化:教養;受過教養之狀態;精緻化;受過教養之結果;某種文明。
>
> (Culture: cultivation, the state of being cultivated, refinement, the result of cultivation, a type of civilisation.)
>
> ——《錢伯斯英文字典》

> 文化:一個社會的智能和藝術成就之總合。
>
> (Kultur: Gesamtheit der geistigen und künstlerischen Errungenschaften einer Gesellschaft.)
>
> ——《史特瑞克德文字典》

> 文化:人類用來增長知識,以及發展心智(特別是判斷

力和品味）的工具。

（Culture: Ensemble des moyens mis en œuvre par l'homme
pour augmenter ses connaissances, développer et améliorer
les facultés de son esprit, notamment le jugement et le
goût.）　　　　　　　　——《法蘭西學院法語字典》

　　有些人會說：無庸置疑，從三大歐洲文明如何理解「文化」
這個概念，就可以完全看出這些文明早已讓世人熟知的刻板印
象。《錢伯斯字典》的定義不就完整呈現出英倫風嗎？一副無關
緊要地列出一串同義詞，幾乎有些不專業，又很客氣地避免讓人
難以接受的定義。還有什麼比德文定義更像德國的嗎？透澈到無
情的地步，過於學術化的字眼，用精確卻不吸引人的方式直接破
題。至於法國人：誇下海口、理想化到無以復加，又特別執著於
「品味」。

　　但當人類學家談到「文化」時，他們採用的定義跟以上幾種
不太一樣，而且還要廣泛許多。「文化」的科學定義首先出現在
十九世紀中期的德國，但是到了一八七一年，英國人類學家泰勒
才清楚表達出來。泰勒在鉅著《原始文化》中開宗明義下了定
義，時至今日幾乎任何文化概論的書籍都還會引用：「從廣義的
民族誌層面來看，（文化）是一個複雜的整體，包括知識、信
仰、藝術、道德、法律、習俗，以及任何由身為社會一份子的人
所習得的能力和習性。」[19] 在這種認知下，文化是所有非與生俱
來的人類行為與習性，亦即非天生、須仰賴教養者。因此，文化
包含所有已演化成為社會風俗與習慣的行為，而且這些行為會藉
由教育一代傳一代。有時特定的黑猩猩群體使用木棒和石頭的方

式跟其他群體不同，而且這些行為還被證實不是經由基因遺傳，而是透過模仿傳授給下一代；此時科學家甚至還會以「黑猩猩文化」論之。

當然，人類文化通常比木棒和石頭多上不少，但以下我們所要關切的「文化」跟美術、顯著學術成就或無懈可擊的優雅舉止和品味無關。我們的焦點會放在日常的文化習性上，這些習性早已深深烙印在我們的大腦之中，以至於我們並不認為它屬於文化的一部分。簡而言之，此書探究的文化，其實是披著「人類天性」外衣的文化行為。

語言為明鏡

語言是不是這樣子的事物？它是文化的產物，還是與生俱來的禮物？如果我們把語言當成一面反映大腦的明鏡，我們會在鏡中看到什麼：人類的天性，還是社會的文化習俗？這是本書第一部分的核心問題。

就某個層面來說，光是問這個問題都是很奇怪的一件事，因為語言本身就是一種文化習俗，而且除了文化習俗之外，不會裝扮成別的東西。全球各種語言的差異甚大，大家也都知道一個小孩子會學哪種語言，端視她出生在哪個文化環境裡面。一個在波士頓出生的小嬰兒長大會說波士頓英語，不是因為她有波士頓的基因，而是因為她正好出生在一個說波士頓英語的環境裡。新出生的北京居民日後也會說標準漢語，並不是因為先天基因所致，而是因為他在標準漢語的環境裡成長。如果把他們兩個調換過來，北京男孩最後會說一口道地波士頓英語，波士頓女孩最後會

說一口道地標準漢語。這一點有數百萬人可以為證。

　　再者，語言之間最明顯的差異，是不同的語言會為同樣的概念賦予不同的名字（或稱標籤）。大家都知道，這些標籤除了是文化的約定俗成外，並沒有其他的作用。除了少數的擬聲詞，像布穀鳥這種標籤與所描述的鳥類叫聲相仿之外，絕大多數的標籤都是主觀制定，沒有一定道理的。玫瑰換成其他名字，聞起來仍然一樣 douce、γλυκó、édes、zoet、sladká、sød、hoş、makea、magus、dolce、ngọt、sweet，或甜美。因此，這些標籤完全屬於各個文化所有，並沒有多少天性在其中。

　　但如果我們再往語言明鏡中窺望，穿透標籤的表面層次，直視其背後所潛藏的概念呢？「玫瑰」「甜美」「鳥」「貓」這些標籤背後的概念，就跟這些標籤本身一樣主觀而沒有道理嗎？我們的語言把世界切割成為種種概念，是否只是源於文化習俗？或者「貓」「狗」「玫瑰」「鳥」的界線，是自然切割出來的？倘然這個問題看起來太過抽象，我們就來實際測試一下。

　　想像一下，你在一間老舊圖書館的一處早被人遺忘的角落發現一本發霉的十八世紀手稿，好像自從遺落在那裡後就沒人拾起來過。這本書的書名是《齊福特荒島探險記》，書中鉅細靡遺地描述一個作者自稱發現的神奇沙漠荒島。你的雙手一邊顫抖著，一邊翻到〈再論齊福特語之異象〉這一章：

　　　吾等用飧之時，余嘗數問各物之齊福特語名，應答者欣然。余雖亟欲學習，然吾人視為自然者，島民竟難覺察，此間差異甚大。齊島語中未有「飛鳥」一詞，亦無字詞可表「玫瑰」者。語中僅有「飛瑰」，以表白色玫

瑰與赤胸以外之飛禽,另有「玫鳥」一詞,概括赤胸之飛禽與白色以外之玫瑰。

酒過三巡,東主嘗述其兒時一寓言,題曰〈飛瑰與玫鳥蒙難記〉:「一鮮豔玫鳥與一亮黃飛瑰,同吟樹梢。二者以歌互爭,未果,玫鳥倡請下方園內之花朵鑑之。二者旋即飛下,見一芬芳之飛瑰與一豔紅之玫鳥,請二花鑑之。飛瑰與玫鳥皆引吭高歌,唯飛瑰與玫鳥皆無法鑑別飛瑰與玫鳥之歌。玫鳥盛怒,啄豔紅玫鳥之花瓣而去之,亮黃飛瑰亦攻向飛瑰而擊之。鑑審二位皆蕩然,飛瑰芬芳不再,玫鳥亦不復豔紅之姿。」

東主察余茫然難解,顫指道寓言之旨:「飛瑰玫鳥,慎勿混淆!」余曰:「此余不為也。」

你會把這段珍貴的敘事當成什麼?一位早期探險家失而復得的日記,還是《格列佛遊記》的續集?如果你認為這是虛構的故事,這大概是因為你的常識告訴你,齊福特語區別物體的方式是不可能存在的:把紅色胸膛的鳥和白色以外的玫瑰歸類成「玫鳥」,再把其他的鳥跟白色玫瑰合併在「飛瑰」一類,根本就是不自然的分類法。如果齊福特語的「玫鳥」與「飛瑰」是不自然的,那麼「飛鳥」和「玫瑰」的分類方式一定是自然的。因此,根據常理,雖然語言可以主觀任意訂定標籤,卻不能用同樣主觀任意的方式來處理標籤背後的概念。語言不能隨意進行分類,因為一定是真正相似的東西才會放在同一種標籤下。任何一種語言在分類事物時,必須把現實生活中(或至少在我們所察覺的現實生活之中)相似的東西歸類在一起;因此,把許多種鳥類同樣歸

類成為一個概念是很自然的，但如果把隨機一部分的鳥類和隨機
一部分的玫瑰歸成一類，卻是再違反自然不過了。

　　事實上，只要稍稍觀察小孩子學習語言的過程，就可以確知
「鳥」「貓」「狗」等概念顯得相當自然。各種想像得到（跟意
想不到）的問題，總是會有小孩子問，但你可曾聽過小孩子問：
「媽咪，這是貓還是狗？」你可以絞盡腦汁翻遍記憶，相信也很
難想起有小孩子問過：「我怎麼知道這是鳥還是玫瑰？」小孩子
雖然必須受教育，才能知道他們所屬的社會會將哪些概念貼上哪
些標籤，但是他們不需要別人告訴他們怎麼區別這些概念本身。
一個嬰兒只要在繪本裡看過幾張貓的圖片，下次她看到貓的時候
一定會認定那是貓，而非狗、鳥或玫瑰，就算那隻貓是橘子貓而
非虎斑貓，毛比較長，尾巴比較短，只有一顆眼睛，又少了一條
後腿。兒童天生就能掌握這類的概念，從中可看出人類大腦與生
俱來擁有很強的模式辨認規則，可將類似的物體區分成各種類
別。因此，「貓」「鳥」等概念一定以某種方式跟這種先天的歸
類能力相呼應。

　　到目前為止，我們似乎已經得到一個簡單的答案，可以回答
「語言究竟反映文化或天性」這個問題。我們畫了一張清楚的地
圖，把語言畫分成兩個明白的區域：標籤與概念。標籤代表的是
社會約定俗成，但概念反映的是天生的能力。每種文化可以任意
在概念上面標上標籤，但標籤背後的概念卻是自然形成的。有很
多理由可以支持這樣的畫分方式。這種分法清楚、簡單又優雅，
不論是智能方面或情感方面皆能讓人滿意，而且更重要的是，它
的傳統相當讓人推崇，可以一路追溯回亞里斯多德。西元前四世

紀，亞里斯多德便寫道，雖然不同種族的語言聲音可能不同，這些概念本身（他稱之為「靈魂的印記」[20]）對全人類來說都是一樣的。

有什麼理由可以反駁這種畫分的方式嗎？只有一個：它跟現實情況幾乎不吻合。我們畫出來的界線也許很好看，但終究只是我們一心一意想要這樣畫而已，事實上跟真實的權力劃分可說完全無關。在現實生活中，文化不僅控制標籤，還會不斷領軍跨過界線，直攻我們認為應該是天生能力的部分。雖然有些概念的區別（像是「貓」和「狗」）已經由大自然清楚切割，使得文化幾乎無法撼動，文化習俗卻會干涉許多其他概念的內務，有時候甚至會干擾常理。文化可以深入概念之地到什麼程度，以及這樣的情況可能會多麼難以理解，正是接下來幾章會更加清楚之事；不過，我們現在可以先稍稍概覽一下文化在界線之外有哪些堡壘。

我們先看一下抽象概念的領域。我們離開貓、鳥等具體事物，換成抽象的概念，像是「勝利」「公平」或「幸災樂禍」，會發生什麼事？這些概念也是由大自然明訂的嗎？我以前認識一個人，他總喜歡說法國人和德國人沒有頭腦。他的意思是，法文和德文沒有單字可以涵蓋英文「頭腦、智力」（mind）一字，就某個層面來說他說的沒錯：法文和德文都沒有一個單一概念和單一標籤，與英文的 mind 概念恰好相仿。如果你問一本英法字典要如何把 mind 翻譯成法文，字典會很有耐心地跟你說要看前後文。你會得到一串可能的翻譯，像是：

精神（*esprit*），如：「心神安定」
（peace of mind = *tranquillité d'esprit*）

頭腦（*tête*），如：「這都在頭腦裡」

（it's all in the mind = *c'est tout dans la tête*）

看法（*avis*），如：「根據我的看法」

（to my mind = *à mon avis*）

理智（*raison*），如：「他要喪失理智了」

(his mind is going = *il n'a plus toute sa raison*)

智力（*intelligence*），如「兩歲小孩般的智力」

(with the mind of a two-year-old = *avec l'intelligence d'un enfant de deux ans*)

相對來說，英文也沒有單一概念可以跟法文 *esprit* 恰好相仿，哲學家羅素前面已提出相當機敏的觀察。字典同樣會給你一串可能用來翻譯的英文單字，像是：

機智（wit），如：「具有機智」

（*avoir de l'esprit* = to have wit）

心情（mood），如：「我現在沒有心情笑」

（*je n'ai pas l'esprit à rire* = I'm in no mood for laughing）

頭腦（mind），如：「有顆轉得很快的腦袋」

（*avoir l'esprit vif* = to have a quick mind）

精神（spirit），如：「團隊精神」

（*esprit d'équipe* = team spirit）

所以，「mind」或「*esprit*」等概念不可能跟「玫瑰」或「鳥」等概念一樣自然，否則不論哪種語言應該都會一樣。早在

十七世紀時，英國哲學家洛克就主張在抽象領域裡，每個語言都可以用不同的方式切割各種概念（他稱之為「特定意念」）。在一六九〇年的《人類理解論》中，他提出了論證：「任一語言裡有許多字，在另外一個語言裡沒有任何與之呼應的字。這清楚顯示了一個國家的人在他們的風俗和生活習慣下，會因應需求而形成多種獨立的意念，並且以名命之，而其他國家的人則未將之集合成為特定意念。」[21]

大自然在這一點向文化妥協倒還不算太糟，因為就算原本清楚的界線要重新畫一下，文化習俗會影響抽象概念成形這件事並未太違反直覺。畢竟，假如在上述齊福特島的故事裡，那位十八世紀的旅人不是轉述島上的「飛瑰」和「玫鳥」，而是說島上的語言沒有等同「公平」的詞彙，但島民有時會說「公正」，有時會改用「平等」，我們在常理上不會覺得這難以接受。

但是，一旦我們發現文化不只會干預抽象層面，還會直搗最基本日常會話裡的概念，我們很快就會覺得不舒服了。就拿人稱代名詞（「我」「你」「我們」等等）來說好了：有什麼比這些字眼更基本、更自然的嗎？當然，只要是知道世界上有其他語言的人，都會知道這些概念的標籤並非自然產生的，可是我們很難相信世上會有語言缺乏這些概念。舉例來說，假設你繼續翻閱那本探險記，發現作者提到齊福特語裡沒有跟「我們」相等的概念。根據作者的說法，齊福特語有三種不同的人稱代名詞：「*kita*」，意指「我和你兩個人」；「*tayo*」，意指「我和你和另一個人」；以及「*kami*」，意指「我和另一個人，但不包括你」。作者繼續說，齊福特人聽到英文裡對這三種完全不一樣的概念，竟然只用一個小小的「we」表示，覺得相當不可思議。

你也許會覺得這只是這位作者異想天開的冷笑話，但菲律賓語人士可不會這麼認為，因為他們就是這樣子說話的。[22]

不過，加諸在常理判斷上的負擔，才剛要開始而已。我們也許會覺得，描述簡單實物的概念應該都取決於自然天性才對。倘若我們只看貓、狗、鳥等等，這種想法大致上沒有問題，因為這些動物都具有自然形成的不同形狀。但只要大自然切割的方式稍稍模糊一些，文化就會馬上跳進來。就拿身體部位來當例子：日常生活中重要的簡單實物，恐怕沒有東西比手、腳趾、手指、脖子等身體部位來得更簡單、更實際。可是，這些看似區隔明顯的身體部位，大自然有時倒也沒很明白地切割開來。舉例來說，「手」和「手臂」就跟亞洲和歐洲兩塊大陸一樣：到底是一個東西，還是兩個東西？這其實取決於你在哪種文化中長大。有許多語言（包括我自己的母語）把手和手臂視為一個概念，並且使用同一個標籤來稱呼。如果一位希伯來語母語人士告訴你，她小時候曾經在手上打過針，這並不是因為她的醫師有虐待狂，而只是因為她用來思考的語言不會把「手」和「手臂」的區隔視為理所當然，因此她忘了要使用另一個字來指稱「手」的特定部位，奇怪的是那個部位在英文裡硬是要叫作「手臂」（arm）。但從另一個角度來說，我的女兒在知道希伯來語的 yad 指的是「手」之後，有很長一段時間，每當我用 yad 指稱「手臂」時，就算我們說的是希伯來語，她也會對我大聲抗議。她會指著手臂，用很不滿的口氣跟我說：「這不是 yad（ze lo yad），這是『手臂』（ze arm）！」「手」和「手臂」在一個語言裡是不同的東西，在另一個語言裡卻是同一個，這件事很難讓人理解。

還有些語言的「手」和「手指」是同一個字，更有少數語言

（如夏威夷語）只用一個概念來代表「手臂」「手」和「手指」三個部位。反過來說，英語也會把其他語言裡視為不同的概念結合成為一個身體部位。就算我已經說了二十年的英語，我有時還是會在脖子上打結打得團團轉。有人提到他的脖子，我很自然就相信他所說的應該真的是他的「脖子」，也就是在我的母語裡稱為 tsavar 的部位。可是，過了一陣子，我才發現他其實根本不是在講他的脖子；或說，他是在說他的脖子，但他指的並不是 tsavar。事實上，他說的是 oref，也就是「脖子的後面」，但英語卻是既不細心又不貼心，把脖子的前半與後半結合成為一個概念。在希伯來語裡，「脖子」（tsavar）指的只有這個柱狀體的前半，後半（oref）不但有個完全不相關的名字，也被視為是另外一個部位，就跟「背部」與「腹部」或「手」與「手臂」一樣。[23]

大自然向文化的妥協，現在感覺有點心不甘情不願。雖然「mind」「esprit」等抽象概念與文化相關並不讓人意外，如果連「我們」等人稱代表詞，或「手」和「脖子」等身體部位都和所屬社會的文化習俗相關，不免也開始讓人有點不舒服。不過，如果這些文化介入概念領域的例子開始讓你有些不適，這些跟本書前半文化干預大自然概念的陣痛比起來，不過像是被蚊子叮而已。在語言的這個層面上，文化介入概念的領域讓人覺得常理深受冒犯，甚至還會因此大發雷霆，使得數十年以來語言自然論者只得為此戰到最後一滴墨水。正因如此，這塊領土上的爭戰已長達一百五十年，交戰的雙方分別擁護大自然與文化，而且還沒有要平息的跡象。這塊戰場，就是顏色的語言。

那麼多東西裡，為何偏偏是顏色這塊陣地的戰火最激烈？可

能是因為文化干預到這麼深又看似直覺的感官地帶時，比起任何其他的語言區塊更能成功偽裝成自然因素。好像沒有什麼事物能比黃色和紅色，或是綠色和藍色之間的差別更加抽象化、理論化、哲學化、假設化，或任何「某某化」。由於顏色屬於最根本的感官層次，對於顏色的概念看似應該是大自然獨占的領地才是。但是，大自然似乎沒有很認真地標出光譜上的界線。各種顏色形成的是一個連續體：綠色不會在一個定點變成藍色，而是從藍綠色、綠藍色等幾百萬種顏色漸層變化而來的（見彩圖十一）。不過，我們在談到顏色的時候，卻會在這道多彩的色帶上區分出明確的界線，像是「黃色」「綠色」「藍色」等等。但是，我們區隔色彩空間的方式是自然生成的嗎？「黃色」「綠色」等概念是不是世人共有，取決於眼睛和大腦生理結構的固定概念？抑或它們是由文化任意約定俗成的？界線有沒有可能改變？又怎麼會有人無聊地想出這麼難解的問題呢？

　　由事情始末來看，顏色概念所引發的爭論並不是從抽象的哲學式思辨來的，反而完全是從對現實的觀察開始的。十九世紀中期的一連串發現，讓人驚覺人類與顏色的關係並非自古以來就這麼明確，我們現在覺得明明白白的東西，對古人來說可是困擾不斷。意圖發掘「色覺」的使命由此展開，這是個相當吸引人的維多利亞探險故事，在思想史上可媲美任何一位十九世紀探險家的事蹟。顏色探險隊到達世界最遠的角落，與當時最激烈的演化、遺傳、種族爭議糾結不清，而且這支雜牌軍的成員組合還相當耐人尋味：有一位知名政治家，學術成就現今卻無人知曉；一位正統猶太人，被語言學的發現引領進入最不正統的遺傳學思想；一位德國小地方的大學眼科醫師，讓一整個世代的人追錯目標；還

有一位被稱為「人類學的伽利略」的劍橋大學大師，當年一反自己的信念，把這項探險帶回正確的途徑上。

十九世紀的掙扎本來只是要釐清我們和古人究竟是眼睛結構有所不同，抑或只是口舌之爭；但到了二十世紀，卻演變成在語言概念上面全面開戰，當中各種對立的世界觀競相為敵，包括普遍主義與相對主義、先天主義與經驗主義。在各種主義之爭當中，色彩的頻譜成為極具象徵意義的標竿，自然論者或文化論者無不以色彩觀念為重心，因為他們都認為只要掌握了色彩，便掌握了對語言的普遍觀念。雙方在不同時間分別都將顏色當成廣義爭論中的王牌，也因此主流看法不斷從一個極端擺盪到另一個極端，先是從自然論變成文化論，最近數十年又轉變回自然論。

這項爭論的演變，使得顏色成為一個最理想的衡量工具，來檢視大自然與文化對語言互不相容的論點。換句話說：顏色看似一條狹長的帶子，可以像石蕊試紙一樣，測試出相當宏觀的問題，亦即人類自我表達的共通性有多深，差異有多淺 —— 或是共通性有多淺，差異有多深！

到目前為止的討論，可能讓人以為語言只不過是一票概念和與之相對應的標籤而已。但如果要表達不同概念之間的細微關係和思想，語言需要的不只是一串概念 —— 它還需要文法，也就是一套精細的規則，把概念組織成通達的句子。**有則則理解傳達概念就算像是法法文了讓辦沒都排列規規句子把中少我們的的的單字組合他人再多思想。**（上面這句我想說的其實是：少了文法規則，像是把句子中的單字排列組合的規則，我們就算有再多的概念，都沒辦法傳達思想讓他人理解。）事實上，在自然論與教養

論、先天論與文化論，和普遍論與相對論的支持者之間，不只語言概念引發爭論，文法亦然。文法規則（像是字的順序、句型、單字結構、聲音結構）是否先天就存在於我們的基因裡面，還是它們反映的是文化習俗？

　　當今語言學界的主流觀念，推動者是喬姆斯基和受他啟發影響甚大的研究團隊；這個觀念認為語言（即所有人類語言）裡大部分的文法是與生俱來的。這一派的學說稱為「先天論」，認為普遍文法的規則直接寫在我們的 DNA 裡面：人類生下來時，大腦裡就已經具備一個複雜文法結構的工具庫，所以孩童在學習母語時，不必再學習這些結構。因此，對先天論者來說，文法反映了普遍的人類天性，不同語言的文法結構如果有差異，也只不過是表面的差異而已，因此並不重要。

　　少數反對派人士則認為，沒有什麼證據可以證明大腦天生就具備任何文法規則，而且也沒有必要訴諸基因來解釋文法規則，因為這一切有更簡單、可能性更高的解釋方式：文法規則是文法演變的產物，也是人類為了有效與人溝通才因應而生的東西。在我先前的著作《語言的推展》裡，我持著這樣的論點，演示了一套複雜的特定文法系統如何從非常簡略的起源開始，推動改變的力量源自廣泛的人類天性，像是懶惰（為了讓發音省力）和讓世界有秩序等等。

　　在這個自然與文化之爭中，這本書不會拘泥於語言的文法層面；不過，文法倒是有一個層面需要放到放大鏡下檢視，因為在這個層面裡，文化所扮演的角色特別不受重視，而且幾乎大家都不重視。這個層面就是複雜度。語言的複雜度，是否反映該語言使用者的文化和社會，或者這是一個由人類天性決定的普遍定

律？如果顏色是概念之爭中最受爭議的一個主題，那麼複雜度無疑是最無人關照的文法議題——但它應當要有人注意才對。數十年以來，不論是先天論或文化論的語言學者，都重複著同樣的論調：所有的語言都一樣複雜。但是我認為，這個論調只是一個空泛的口號，而現有的證據暗示著，某些文法層面的複雜度反映著該語言使用者的文化，而且往往會用難以預料的方式反映出來。

語言為透視鏡

　　如果本書前半探討的問題會挑起激烈的爭論和憤慨的情緒，這些跟本書後半討論母語對我們思想的影響比較起來，不過是小巫見大巫而已。語言是否有可能不只是一個被動反映文化差異的工具，還能反客為主，將文化成規和習俗加諸到我們的思想上面？不同的語言會不會讓它們的使用者有不同的世界觀？我們自己的語言是不是一個透視鏡，讓我們透過它窺見世界？

　　從第一眼看來，問這個問題好像沒什麼不合理。在界定概念時，文化的影響力還算相當大，因此從原則上來看，若要問文化是否會透過語言概念來影響我們的思考，似乎是很合理的問題。但是，雖然這個問題從理論上來看很合理，事實上當今大多數的語言學家、心理學家和人類學家只要碰觸到這個問題，就會馬上退避三舍。這個議題之所以這麼令人尷尬，是因為它在知識領域上背負著一個沉重的包袱，只要有人被懷疑跟它有關聯，就足以讓這個人馬上被指為騙子。問題出在我們很難用任何實例來證明語言是否會影響思想，因此這個議題長期為一些想法天馬行空，絲毫不畏懼被人抓到沒有證據的人士提供廣大的發揮空間。最有

點子的江湖騙子、手段最高明的詐欺份子，更別說許許多多能力普普的怪咖，都對這個議題趨之若鶩，就像是蜜蜂飛向蜂蜜或哲學家湧向未知的問題一樣，無不各自提出謬論來說明母語對人類思想的影響。本書的後半將從這些汗牛充棟的豪語中挑一小段出來，並集中火力討論最惡名昭彰的一位騙子，也就是沃爾夫；他沒有半點證據，卻拐騙了一整個世代，讓他們相信美國印第安人的語言使得印第安人對現實世界的看法和我們完全不同。

　　現今大多數正當的語言學家和心理學家，要不是直接否認母語會影響語言使用者的思想，就是宣稱就算有影響也可以忽視，甚至說這樣的影響微不足道；部分原因就是上述荒唐的歷史包袱。雖然如此，近年來有些大膽的研究人員嘗試以科學方法驗證這個問題，而且他們已經揭露出一些相當驚人的研究成果，發現母語奇異之處確實會影響大腦思考。本書後半列舉了三個我認為目前最能證明這種影響的例子。在這個故事逐步推展開來之際，你會清楚看到當今我們相信語言影響使用者思想的方式，跟以前所宣稱的方式大相逕庭。沃爾夫的靈感使他飄浮在人類認知的最高處，幻想語言足以影響使用者的邏輯思考能力，以及某個語言的使用者會因為語言中沒有某種區別方式，導致他無法理解某種想法。相反地，近年的研究成果卻比這樣的幻想踏實許多。這些成果與語言可能影響的根本思考模式有關，亦即記憶、注意力、觀察力，和聯想能力。這些影響可能沒有以前所宣稱的那樣瘋狂，不過，你會發現它們還是十足讓人訝異。

　　但現在，我們要先去爭論關於彩虹的事。

第一部

語言明鏡

第一章
替彩虹命名

　　時間是西元一八五八年，地點是倫敦。七月一日，剛剛遷進皮卡迪利街伯林頓府新總部的林奈協會，即將有兩篇論文在那裡發表；這兩篇論文分別由生物學家達爾文和華萊士發表，共同主張物競天擇的演化理論。不久後，這道戰火就會燃起，燒遍知識界，並且觸及人類理性的所有角落。達爾文主義的野火不久就會延燒過來；不過，我們的故事並不是從這裡開始的。故事的起點比這早幾個月，地點是相隔幾條街的西敏區，故事的英雄人物讓人頗為意外。他四十九歲時，已經是一位相當著名的政治人物，不但是代表牛津大學的國會議員，還曾經擔任財政大臣。但是，他還要十年才會成為英國首相，而且還要更久才會被公認是英國偉大的政治人物。事實上，格萊斯頓此時已經在英國反對黨裡坐了三年的冷板凳，但他可沒荒廢掉這段時間。

　　格萊斯頓在未擔任政府職位的期間，將他傳奇性的能量轉移到思想上面，而且特別集中在他熱切關注的那位古代詩人身上：「替人類開創詩人這個崇高職位，又在他自己的根基上建構一個宏偉堅固的房舍，不但高高聳立在普通人的才藝之上，甚至連不平凡人物的作品都難望其項背。」[1] 對格萊斯頓來說，荷馬的史詩可說是「純人類文化史中最傑出的現象」[2]。從他在伊頓公學的學生時期以來，《伊利亞德》和《奧德賽》一直陪伴著他，成

為他的文學避難所。但對於信仰虔誠的格萊斯頓來說,荷馬的詩
作不僅是文學作品而已;它們是他的第二本聖經,也是在基督教
啟示之外,以最讓人崇敬的形式展現人性,並且完美匯集各種人
格和人類經驗的集大成之作。[3]

　　格萊斯頓自己的鉅著《荷馬與荷馬時代的研究》(簡稱《荷
馬研究》),才剛在三月出版。這套書一共有三大冊,篇幅超過
一千七百頁,每一冊都厚重到幾乎可以用來當門擋。書中涵蓋的
主題包羅萬象,有如百科全書:從《奧德賽》的地理、荷馬時代
社會的女性地位,到海倫的道德品行。其中藏身在最後一冊最末
端,很不起眼的一章,有著奇特卻又看似無關緊要的主題:〈荷
馬的感官認知和色彩使用〉。格萊斯頓在細讀《伊利亞德》和
《奧德賽》後,發現荷馬對顏色的描述不太對勁;而格萊斯頓所
下的結論實在是太瘋狂、太讓人摸不著頭緒,與他同時期的人實
在無法消受,大多直接否定這些看法。但是過沒多久,格萊斯頓
這項難題就會讓學術界發動上千艘的戰艦,對至少三個學術領域
產生重大影響,開啟究竟是大自然或文化掌控語言的論戰,並且
過了一百五十年還沒有平息的跡象。

　　就算那個時代比起現代更少有人集政治權力與偉大思想在一
身,格萊斯頓對荷馬的研究仍舊被視為不平凡的成就。他畢竟還
活躍於政壇之中,然而那三大冊鉅著絲毫不遜色於任何一位專門
研究荷馬的學者的終生成就。對某些人而言,特別是其他政治人
物,格萊斯頓如此熱中古典文學讓他們頗為不滿。一位黨內同袍
曾抱怨:「你太沉浸在荷馬的問題和希臘單字之中,反而都不閱
讀報紙或掌握選民的脈動。」[4] 但是對於一般大眾來說,格萊斯
頓在荷馬學這一方面的成就確實讓人驚豔。《泰晤士報》刊登了

格萊斯頓，一八〇九～一八九八

一篇評論此書的書評，長到必須分兩次才能刊登完，而且如果以現在這本書的開本印刷，會長達超過三十頁。[5] 格萊斯頓的成就也讓知識份子驚嘆。有一位教授說：「歐洲鮮有公眾人士跟格萊斯頓一樣思想純正、反應敏銳，又這麼有涵養。」[6] 接下來幾年期間，英國、甚至是歐陸的學者紛紛將書籍題獻給格萊斯頓這位「政治家、演說家和學者」，這位「奮力不懈的荷馬學提倡者」。[7]

　　當然也有異議之聲。雖然格萊斯頓博學多聞，對文本瞭若指掌，邏輯與思辨能力出色，許多針對他書中見解的批判卻相當狠毒。英國桂冠詩人丁尼生寫道，若論荷馬方面的議題，「大多數人認為（格萊斯頓）不過是在裝模作樣而已。」[8] 愛丁堡大學一位希臘文教授向他的學生說：「格萊斯頓先生在闡述荷馬這方面，也許知識淵博、熱忱、有天分、細膩，而且永遠口若懸河，有時也相當出色，但他的學問不紮實。他的邏輯薄弱，幾乎到了

幼稚的地步,而他的策略布局雖然帶有優雅的自信與才氣,卻完全不謹慎、不仔細,甚至違背常理。」[9]馬克思也愛好閱讀古希臘文學,說話更是直言不諱,他在書信中跟恩格斯說,格萊斯頓的書「顯示了英國人典型的能力不足,他們無法在古典文學方面做出任何成就。」[10]另外,《泰晤士報》那篇長度像史詩一樣的書評(是匿名書評,一如當時所有的評論文章)更是在文字上不停繞圈打轉,好避免直接指稱格萊斯頓是個蠢蛋。評論一開始先寫道:「格萊斯頓先生聰穎異常。可惜的是,以這樣聰穎的特質而言,十足印證了『物極必反』這句話的真實性。」在寫了將近一萬三千字後,評論以惋惜的口吻作結,感嘆「那麼多的力量會沒有效果,那麼高的天分會沒有平衡,那樣的多產會產出雜草,那般能言會有如鈸的叮噹聲和銅管的鳴叫聲。」

格萊斯頓的《荷馬研究》到底出了什麼大錯?首先,格萊斯頓犯了一個致命的錯誤,就是太認真看待荷馬這個人。《泰晤士報》對此嗤之以鼻,說他「以近乎祭司般的宗教崇拜」看待荷馬。那個時代的人正為了新興的懷疑主義感到自豪,就連聖經的權威性和作者身分都開始被德國的文本批評學派給開刀支解,而格萊斯頓唱的卻是很不一樣的調子。儘管當時盛行的理論是從來就沒有一位叫作荷馬的詩人,《伊利亞德》和《奧德賽》其實綜合了許多不同時期、不同詩人創作的民間敘事詩。格萊斯頓卻想都沒想就直接否定了這個理論。對他來說,《伊利亞德》和《奧德賽》只有一位作者,而且是一位具有超越性創作天賦的詩人:「我在《伊利亞德》的情節中發現十足的美感、秩序和結構,足以做為可靠的證據,證明其作者荷馬真實而獨特的存在。」[11]

更讓批評者感到不快的是,格萊斯頓認為《伊利亞德》的故

事建立在至少一件真實的歷史事件上。對一八五八年民智已開的學術界來說，相信歷史上真的有一位希臘王后被特洛伊王子帕里斯（又稱亞歷山卓）拐走，希臘人還因此耗費十年的時間圍住一個叫伊利昂或特洛伊的城市，簡直就是一件幼稚的事。依《泰晤士報》的說法，這些故事「被全人類認定是虛構故事，跟亞瑟王的傳奇屬於同一類。」當然，這一切對《伊利亞德》內容的質疑都比施利曼在達達尼爾海峽附近的丘陵上發現特洛伊城還要早十二年，也比他開挖邁錫尼（也就是希臘諸王之王阿伽門農的家鄉）的宮殿還早。而且後續的開挖行動發現特洛伊在西元前一千兩百年後沒多久便毀於一場大火，更在開挖現場發現投石器的石頭和其他武器，證明了這場毀滅性的大火是因為敵人圍城造成的。之後，又有人發現一個刻在泥板上的文件，是一位西臺帝國的國王跟瓦魯沙簽訂的協議，隨後又確立瓦魯沙就是荷馬所說的伊利昂城，合約上一位名字叫「亞歷山杜」的瓦魯沙君王也因此可能與荷馬所說的特洛伊王子「亞歷山卓」有關聯。[12] 簡而言之，格萊斯頓認為《伊利亞德》不只是由一堆沒有根據的神話拼湊出來的直覺，事後終究得到平反，並不像當時的人想像的那麼蠢。

　　不過，格萊斯頓的看法有一處不僅當時飽受批判，即使今天都很難用比較和善的眼光來看待，就是他針對荷馬宗教觀的高談闊論。格萊斯頓不是被宗教牽著鼻子走的第一人，也不是最後一人，但是在《荷馬研究》裡，他很不幸地轉了一個大彎，把荷馬的異教諸神與基督教教義連結在一起。格萊斯頓相信在創世之初，人類曾經看得到真神的面貌，雖然後來的異教邪說讓這種啟示變了樣，希臘神話之中仍可略窺一二。也因此，他費盡心思，

一心想著要在荷馬的眾神之中找到基督教真理。據《泰晤士報》的說法，格萊斯頓「耗費所有的心力，意圖在奧林匹亞的神殿之中找到來自迦勒底的吾珥的亞伯拉罕之神，以及居住在撒冷的麥基洗德之神。」舉例來說，格萊斯頓認為神的三位一體在希臘神話中留下痕跡，轉化為由諸神之王宙斯、海洋之神波塞頓和冥界之神哈底斯所轄的三個領域所構成的一個世界。他宣稱阿波羅擁有與基督相同的諸多特質，甚至還說阿波羅的母親勒托「代表聖母」。[13]《泰晤士報》為此感到不悅：「他的意圖雖然誠懇，但他採信一個理論，不管現實之中有多荒謬，卻能在立論之中讓它看來正當性十足。這樣也未免太聰明了！」

格萊斯頓決心要讓古希臘人受洗，這對他的《荷馬研究》造成相當大的負面衝擊，因為他在宗教方面的種種謬誤讓批評者很容易就駁斥他的其他看法。這實在很不幸，因為在眾人眼中，格萊斯頓犯了兩個大錯誤，除了細數戰士阿基里斯的矛頭上能容納多少位基督教天使之外，另一個就是他太認真看待荷馬，然而這第二個錯正是他比同時期的人更加睿智之處。格萊斯頓並非相信荷馬的故事完全忠於歷史事件，但他與批評者不同之處，就是他了解這些史詩是一面明鏡，可以從中看到當時的知識、信仰和傳統，也因此是最上乘的史料，是研究古希臘生活和思想的寶庫；而且，這項權威性的資料相當可信，因為它本來的對象並不是後人，而是荷馬當時的人，當初並沒有刻意要成為權威的意圖。格萊斯頓爬梳了史詩中說與沒說的事（有時沒說的反而更重要），從中發現古希臘文化驚人之處；當中最讓人訝異的，就是荷馬的色彩詞彙。[14]

對一位早就習慣今日學術寫作無聊又無趣的人來說，閱讀格

萊斯頓談論顏色的那一章確實相當令人震撼，就像遇見一位偉大的思想家一樣。讀完以後，只能讚嘆格萊斯頓的想法新穎、大膽，分析思辨有如利刃一般，還有一種喘不過氣的感覺：不論你在閱讀的時候讓思辨過程在自己腦子裡跑多快，他總是比你再快兩步；不管你想提出什麼樣的反駁論點，他總是在你出現這個念頭以前就在幾頁前交代過了。正因如此，格萊斯頓這篇傑作會得到這麼奇怪的結論，更是讓人震撼。若用現代的術語來形容，他認為荷馬和同時期的人看到的世界比較接近黑白二位元，而不是全彩二十四位元。

格萊斯頓說古希臘人的色覺與現代人不同，這件事看來多麼不可能，簡直就像他把阿波羅類比基督或把勒托類比聖母一樣荒唐。人類經驗裡這麼基本的一塊，怎麼可能會改變呢？當然，不會有人否認荷馬的世界確實跟我們隔了一道鴻溝：在這數千年之間，有許多帝國興起又衰落，宗教和思潮來來去去，科學研究與科技發展改變了我們的知識疆域，也把日常生活幾乎所有的層面都變得認不出原貌來。但是，如果在這一大片的變動之中，我們可以至少挑一個安穩的避風港，一個從荷馬的時代（甚至是時間的開端）就完全沒變動過的生活層面，那肯定會是大自然豐富的色彩：蒼穹與大海的藍色、晚霞的亮紅、新生樹葉的嫩綠。如果有一句話可以在變幻不停的人類經驗中當作一根穩固的石柱，那肯定會是亙古不變的問題：「爸爸，為什麼天空是藍色的？」

不過，真的是這樣嗎？偉大的思想家之所以偉大，就是會在不疑處有疑，而格萊斯頓在精讀《伊利亞德》和《奧德賽》後，發現荷馬對於色彩的描述很有問題，而且這個問題毫無疑問確實存在。最明顯的一個例子，可能是荷馬對於海的顏色的描述。

《伊利亞德》和《奧德賽》裡最有名的一句話（至今都還有人使用），恐怕就是他那永恆的譬喻「酒色般陰暗的大海」。但是，我們先用格萊斯頓那種愛在雞蛋裡挑骨頭、照字面解讀的個性來分析一下。事實上，「酒色般陰暗」已經是在翻譯中加以詮釋，因為荷馬自己所用的字眼是 oinops，照字面來說是「看起來像酒的」（oinos 是「酒」，op- 這個字根代表「看」）。可是，海的顏色又怎麼會跟酒有關呢？為了回答格萊斯頓這個簡單的問題，學者提出各種可能的（甚至是天馬行空的）理論，試圖化解這個困境。最常見的一個答案是，荷馬指的應該是深紫紅色的色調，就像一個暴風雨將至的海面在旭日或夕陽時分的顏色。可惜的是，荷馬並不是針對旭日或夕陽下的大海使用這樣的字眼。也有人提出另外的看法（應該是為了打圓場而費盡心思），認為海之所以看起來是紅色，有可能是某種海藻所造成。[15] 另一位學者實在無法把大海塗成紅色，於是反過來試圖把酒塗成藍色，宣稱「有些歐洲南方的酒可以見到藍色和靛色的反光，特別在私釀酒製成的醋裡可見到。」[16]

我們不用想也知道，這些理論根本不值得半滴酒，甚至連半滴水都不值。不過，還有另一種方式可以擺脫這項難題，許多自持自重的人在評論時都曾採用過這個說法，在此也必須提及。這個方法就是將之視為文學批評裡能涵蓋一切的說法：藝術自由。舉例來說，一位著名的古典文學家就覺得格萊斯頓在放屁：「如果有人認為這位詩人因為用這個模糊的字眼形容海，所以色覺有問題，我會反駁他，說他自己的『詩覺』有問題。」[17] 但是當一切都明明白白呈現出來後，批評者就算用這種優雅又自欺欺人的方式來反駁，還是比不上格萊斯頓精細又直接的讀法和論證，因

為他幾乎完全排除荷馬的色覺偏差出自藝術自由的可能性。格萊斯頓的「詩覺」還算不錯，而且也知道他所謂「扭曲的顏色譬喻」能夠造成什麼樣的藝術效果。但是他也了解，如果這些差異只是詩人筆下的誇飾，這樣的扭曲方式應該只是例外而非常態，否則最後的結果不會是藝術自由，只會是混亂而已。他證明了荷馬模糊的色彩詞彙是常態，不是例外，他使用的方式現在會被認為是絕佳的系統化文本分析手法，但當時的一位批評者卻說這是「一位天生的財政大臣」錙銖必較的個性使然。[18] 為了證明這一點，格萊斯頓繞著以下的五點舉出了諸多實例：

一、對於現在我們認為根本上有差異的多種顏色，使用
　　相同的字眼來描述。
二、使用不同的色彩譬喻來描述同一個事物，這些色彩
　　譬喻卻又互相矛盾。
三、使用顏色的場合甚少，而且有時在我們期望會看到
　　顏色的時候卻不見顏色的詞彙。
四、黑與白這兩個最原始、最基本的顏色，使用的頻率
　　遠遠高過任何其他的顏色。
五、荷馬的色彩詞彙相當貧乏。

他隨後花了超過三十頁的篇幅，舉出各種實例來佐證上面五點。我在這裡只舉出其中幾個。首先，我們先看看荷馬還說過哪些事物看起來像酒。除了大海之外，荷馬唯一一個說「看起來像酒」的東西是⋯⋯牛。不論批評者要出什麼樣的語言花樣，都無法推翻格萊斯頓所下的簡單結論：「實在很難把這兩者歸納成同

一種顏色。海的顏色是藍色、灰色或綠色。牛的顏色則是黑色、棕色帶黑斑或棕色。」

再來，我們又得想一想要怎麼看紫羅蘭這種花，因為荷馬用這種花的顏色來形容……海。（端看譯者的心情，荷馬所謂的 *ioeidea ponton*，可能會被譯成「紫羅蘭的海」「紫色的海」，或是「紫羅蘭色的深淵」。）另外，荷馬把獨眼巨人洞穴裡的綿羊形容為「又美又大，有厚厚的紫羅蘭色羊毛」，這又是出自藝術自由的詮釋嗎？荷馬顯然指的是黑色的羊，不是白色的，而且黑色的羊其實也不是真的黑色，而是非常深的棕色。可是，紫羅蘭色又是怎麼一回事？在《伊利亞德》另外一處，荷馬又用「紫羅蘭」來形容鐵，這又是怎麼一回事？如果紫羅蘭色的海、紫羅蘭色的綿羊、紫羅蘭色的鐵都可以說是藝術自由下的詮釋，那荷馬另外一段形容奧德賽的深色頭髮像風信子的顏色，又是怎麼一回事？[19]

荷馬使用 *chlôros* 這個字的方式也沒尋常到哪去。在稍晚的古希臘文裡，*chlôros* 只有「綠色」這個意思而已（這個意思後來也用在一些常見的科學單字裡，像葉綠素的英文是 chlorophyll，以及綠色的氣體氯 chlorine）。但是，荷馬使用這個字的場合，往往不太像是綠色會出現的時機。*chlôros* 最常用來形容滿臉恐懼的顏色。也許這只是一種譬喻手法而已，可是 *chlôros* 也用來形容樹木新長的樹枝，以及獨眼巨人的洋橄欖木棒。我們現在看樹枝和洋橄欖木的顏色應該是棕色或灰色，但如果我們心情好一些，也許還能讓荷馬說得過去。不過，心情再怎麼好也是有極限的，因為荷馬還用同一個字來形容蜂蜜。看過綠色蜂蜜的同學請舉個手！

　　但是，格萊斯頓的舉證才剛剛開始而已。他提出來的第二點，是荷馬常常用完全不同的色彩語彙來形容同一件事物。舉例來說，鐵在一段裡被形容像是「紫羅蘭」，其他地方又變成「灰色」，而另外一個地方又被形容為 *aithôn*；最後這個字在其他地方是用來形容馬、獅子和牛的顏色。

　　格萊斯頓接下來的論點，是荷馬精采的詩句中其實沒有什麼色彩。翻翻任何一本現代詩集，處處看到的盡是色彩。有哪個自持自重的詩人不像華茲華斯那樣，從「綠色原野和那蔚藍的天空」中得到靈感？又有哪個詩人不像莎士比亞那樣，寫詩頌揚那個時節，「當雜色的雛菊開遍牧場，藍的紫羅蘭，白的美人衫，還有那杜鵑花吐蕾嬌黃，描出了一片廣大的歡娛」？歌德曾經寫道，沒有人能在看過大自然散布在各處的豐富顏色後，不為之動容。[20] 可是，荷馬看起來就是那「沒有人」中的其中一人。就拿他對馬匹的描述來說：格萊斯頓寫道，對我們而言，「馬的顏色是一件再重要也不過的事，彷彿只要單獨提到馬，顏色就幾乎一定會搶進描述的言語裡面。一件實在讓人費解的事情是，雖然荷馬非常愛馬，永遠不會為了全心在詩作裡寫馬而感到厭倦，顏色卻在描述之中極端不顯眼。」荷馬對天空的顏色隻字不提，又是一件安靜到讓人震耳欲聾的事。針對這一點，格萊斯頓說：「在荷馬的面前有最完美的藍色實例。但他沒有一次用這種方式來描述天空。他的天空可以是繁星點綴的、遼闊的、雄偉的、像鐵的、像銅的；但從來不是藍色的。」[21]

　　這並不是因為荷馬對大自然不感興趣；相反地，他對於世界的觀察非常入微，對動物和自然現象使用生動的譬喻和華麗的詞藻來描述，也是眾人皆知的事情。舉例來說，士兵行進到集合地

點就像是「成群結隊的蜜蜂，從一個空洞的岩石中出發，不斷地湧現，在春日的花朵上方一群群飛過，有些往這飛，有些往那飛。」士兵喧鬧湧進戰場，就像是「凱斯特里斯河畔亞洲草原上的多種鳥類，雁、鶴，或長頸的天鵝，到處飛翔，沉浸在雙翅的力量之中，在高聲鳴叫裡不斷向前推進，草原也以聲應之。」荷馬對於光線的觀察特別敏銳，對任何閃耀發光的東西皆然：「有如吞噬一切的火沿著山際點亮一大片樹林，火光在遠處一樣可見，（士兵）行進就是如此——光芒閃爍在燦爛的銅器上，透過空氣直達天際。」[22] 格萊斯頓說，由於荷馬的譬喻充滿各種感官意象，我們也可以推測顏色在這些譬喻中會很常見，並且扮演相當重要的角色。不過，荷馬的罌粟花也許「頭斜向一邊，滿是種子和春雨」[23]，就是完全看不出它們是深紅色的。他筆下的春日花朵也許遍布原野，可就是不知道它們是什麼顏色。他的原野也許「長滿小麥」，或是「剛剛被夏日的雨水沾溼了」，但是他對於它們的色澤就隻字未提。他筆下的山丘可能「長滿樹木」，樹木可能是「厚實」或「陰暗」或「有陰影」的，不過就不是綠色的。

格萊斯頓的第四點，是黑白這兩種「最原始、最基本的顏色」的使用頻率遠遠高過任何其他顏色。他算出荷馬總共在兩部史詩裡用「黑色」（*melas*）這個形容詞大約一百七十次，而且還不包括相對應的動詞「成為黑色」的次數（例如海面被形容為「西風剛剛吹起，在漣漪下逐漸變黑」[24]）。表示「白色」的字眼也出現大約一百次。相較之下，「紅色」（*eruthros*）只出現十三次，「黃色」（*xanthos*）出現還不到十次，「紫羅蘭色」（*ioeis*）僅僅出現六次，而且其他顏色還比這些更少。

最後，格萊斯頓在荷馬的詩作裡翻來翻去，只為了找出作品裡面不存在的東西，發現他所謂「由大自然替我們訂定下來」[25]的基本顏色，有些顏色竟然完全沒出現。當中最讓人訝異的，是作品裡沒有任何可以當成是「藍色」的字眼。*Kuaneos* 這個字在稍晚的古希臘文裡是「藍色」的意思，在荷馬的作品裡曾經出現過，不過荷馬用這個字應該只是要代表「黑暗」，因為他並未用這個字來形容天空或大海，反而只拿來形容宙斯的眉毛、特洛伊勇將赫克特的頭髮，或是一朵灰暗的雲。綠色也幾乎沒出現過，因為 *chlôros* 這個字大都只用來形容不是綠色的東西，但是兩部史詩裡也沒有任何其他字眼可以代表這個最常見的顏色。另外，荷馬的整個調色盤上好像也沒有任何字彙，可以等同我們的橘色或粉紅色。

格萊斯頓舉證完畢後，任何一個稍微有頭腦的讀者都得承認這的確是嚴重的問題，而且不是光用藝術自由就能說得過去。毫無疑問，荷馬處理顏色的方式相當讓人費解：他也許常常談到光線與明亮的事物，卻很少離開灰階的視野進入光譜的各種色彩裡。他提到顏色的時候，常常既模糊不清又變來變去：他的海看起來像酒的顏色，不像酒的時候又是紫羅蘭色，就跟他的綿羊一樣。他的蜂蜜是綠色的，他的南國天空可以什麼都是，偏偏就不是藍色的。

根據日後的傳說，荷馬是一位瞎子（就跟任何一個可以信得過的詩人一樣）。但是，格萊斯頓卻不這麼認為。荷馬的各種描述實在是太生動了（顏色除外），這絕對不可能由一個看不見世界的人構思出來。再者，格萊斯頓也證明《伊利亞德》和《奧德賽》的詭異之處，不可能是荷馬自己的問題所造成的。首先，如

果荷馬有一種當時其他人沒有的症狀，那些有問題的描述一定會讓他們感到不悅，也鐵定早就被改掉了。實際情形非但不是如此，幾百年後的古希臘人似乎偶爾還在用這些奇怪的描述方式。舉例來說，西元前五世紀的詩人品達就曾經在詩作裡寫下「紫羅蘭色的頭髮」。格萊斯頓證明了後來的古希臘作家，就算顏色的問題不像荷馬那麼多，「仍然既薄弱又不肯定，假如今日有人也是如此，必然會讓人大驚。」[26] 所以，荷馬有的毛病，當時的人一定也有，甚至是後來一段時間的人也有。這到底要怎麼解釋呢？

格萊斯頓自己解決這項難題的方式太過瘋狂、詭異，他自己甚至還一度不敢寫進書裡。他二十年後回憶此事時，說他最後還是決定出版這個論點，不過「是在把這些事實呈現給幾位非常有能力的人審閱之後。這件事似乎開啟了非常耐人尋味的問題，一方面是關於人類器官的整體構造，另一方面則與遺傳成長有關。」[27] 他提出的解答還有更驚人的一點，就是他從來沒聽說過色盲這種病症。雖然這種病過不久後就會廣為人知（這在接下來的章節會談到），在一八五八年的時候一般大眾根本不知道何謂色盲，就連少數知道這種情形的專家也都摸不著頭緒。雖然格萊斯頓沒有直接用「色盲」一詞，他的解答其實就是古希臘人都是色盲。

格萊斯頓說，人類到了後來才演化出對不同顏色的感知能力。據他的說法，「偵測各種顏色和它們的印象的器官，在英雄時代的希臘人身上尚未發展完全。」[28] 格萊斯頓說，荷馬時期的人眼中的世界，大都是黑暗與光明相對，各種顏色只是黑、白兩

個極端之間的中介。更準確來說，他們看見的是黑、白加上一點點紅色的世界，因為格萊斯頓認為人類在荷馬時代已經開始發展色覺，可以看見紅色的色調。這點可從荷馬的色彩語彙看出，因為他有限的色彩語彙十分偏向紅色，而且他主要用來形容「紅色」的字眼 *eruthros* 跟其他顏色字眼的用法很不一樣，**只拿來形**容真正紅色的東西，像是血、酒或銅。

　　格萊斯頓認為，未完全開發的色覺可以直接解釋為何荷馬可以用那麼生動、有詩意的方式描述光與影，卻鮮少提及光譜上的顏色。另外，荷馬看起來很奇怪的顏色譬喻就會「十足正當。我們會發現詩人是站在自己的立場來使用這些詞彙，而且用起來有力道、有效果。」假如我們不把「紫羅蘭色」或「看起來像酒」認定為真正的顏色，而只是不同程度的陰暗，那麼「紫羅蘭色的羊」或「看起來像酒的海」就不奇怪了。同樣地，如果我們把荷馬筆下的「綠色蜂蜜」視為某種光亮的感覺，而不是光譜上的顏色，看起來也會可口許多。從語源學角度來看，*chlôros* 這個字源自「嫩枝」的新綠顏色。但如果荷馬的時代裡綠色、黃色和棕色之間的差別沒那麼重要，那麼 *chlôros* 這個字主要讓人聯想到的就不是嫩枝的綠色，而是色澤上的清淡和新鮮。也因此，格萊斯頓下了總結，用 *chlôros* 描述（黃色）蜂蜜或（棕色）剛摘下的嫩枝是很合理的。

　　格萊斯頓很清楚他提出來的想法有多麼怪異，所以他用演化的方式來解釋色覺逐漸提升，藉此讓這個理論更好消化。他說，我們之所以會覺得對顏色的辨識能力是常態，是因為全人類在過去一千年以來逐漸「讓眼睛受教」：「我們認為簡單、親切的視覺感受，是在傳承下來的知識上面慢慢增長，以及對人體器官訓

練之後所得到的結果，這些過程是早在我們自己進入人類的世代交替之前就已經開始發生的。」[29] 他認為眼睛感知不同顏色的能力可以藉由訓練來提升，增強後的能力會傳給下一代。下一代出生時便對顏色有更強的感知能力，再經訓練又可以更強。這樣增進後的能力又會再傳給下一代，以此類推。

但是，這當中的一個問題是，這方面能力的增進為何不是從荷馬時期以前就開始了？既然人類打從一開始就接受各種鮮豔色彩的刺激，為什麼這個過程花了這麼久才開始？格萊斯頓的答案非常巧妙，可是感覺起來就跟他提出的色盲問題一樣詭異。他的理論是，人類一直到接觸了人工顏料以後，顏色（亦即從有顏色的物體單獨被抽離出來的顏色）才真正顯得重要。因此，把顏色當成獨立在特定物質以外的特徵來認知，可能與人工製造顏色的能力同時發展。格萊斯頓說，這種能力在荷馬的時代幾乎不存在：那時染色的技術才剛剛發明，也沒有人大量種植花朵，而且我們習以為常的鮮豔物體當時完全不存在。

這種缺乏人工色彩的情形，以藍色最為顯著。當然，荷馬時代的地中海天空也是藍色的，蔚藍海岸也一樣蔚藍。我們的眼睛現在飽覽各種藍色的實體物品，而且從像冰一樣的淺藍到最深的深藍都有；但是，荷馬時代的人有可能一輩子都沒看過一件藍色的物品。格萊斯頓說，那時候藍眼睛的人不多；藍色染料很難製造，因此幾乎沒有人看過；而且自然界真正是藍色的花也不多。

格萊斯頓在結論中認為，光是面對自然界沒有特定規則的顏色，可能還不足以開啟色覺訓練的過程。這個過程若要啟動，眼睛必須很系統化地接受各種色彩和色調的刺激。根據他的說法：「眼睛可能需要熟悉一套有系統的顏色，才能仔細辨識任何一種

色彩。」[30] 由於那時的人幾乎沒有人工製造或控制顏色的經驗，又沒有必要把顏色視為特定物體之外的獨立特徵，所以顏色感知能力的漸進式增長，在荷馬那個時代根本還沒開始。「荷馬那時的視覺器官還在初長的階段，到了我們這個時代已經成熟，而且已經成熟到一位三歲小孩認識（也就是說看得到）的顏色，比起那位替人類開創詩人這個崇高職位的人還要多。」[31]

　　我們要怎麼看待格萊斯頓的理論呢？當時的人下了非常明白的評斷：他所宣稱的事情幾乎被所有人嗤之以鼻，認為這些是過度把文本當真才會產生的幻想，而他發現的怪異之處不是被人隨手一揮當成藝術自由的展現，就是被當成荷馬是瞎子的證據，或者以上皆是。但從我們後見之明的角度來看，我們的評斷可能就沒那麼黑白分明了。在一個層面上，格萊斯頓的理論既精確又有遠見，光說他的看法超越那個時代可能還不夠；更公正來說，他的分析實在太精采了，很大一部分就算完全不更動，在一百五十年後的今天還是能拿來當成總括這門學問的論述。[32] 但在另外一個層面上，格萊斯頓就完全迷失了方向。他在語言和感知能力的關係上，有一個猜想犯了非常根本的錯誤，但他絕對不是唯一一個犯這個錯誤的人。事實上，文字學家、人類學家，甚至是自然科學家都還要花數十年才會改掉這個錯誤：他們都低估了文化的力量。

第二章

誤導人的長波

一八六七年的秋天，德國各方的著名自然科學家齊聚在法蘭克福，參加德國自然科學和醫學集會。那是個令人振奮的年代：一八六七年的世界跟九年前（即格萊斯頓出版《荷馬研究》的那一年）的世界幾乎完全不一樣，原因就是在這段期間，《物種源始》出版了，達爾文主義征服了所有人的思想。作家蕭伯納日後評論這段時間寫道：「頭腦可以改變的人都改變頭腦了。」在這種達爾文主義革命早期讓人沉醉的氣氛下，參加集會的科學家早就習慣了各種與演化有關的奇異言論。但是，會議中最後一場全體參加的演講講題，就算以當時的高標準來看都會覺得很奇怪，這道講題是〈原始時代的色覺及其演進〉。[1] 更令人感到奇怪的是講台上那位演說者的身分，發表閉幕演說的榮譽竟然給了一位才三十多歲的正統猶太教徒，而不是自然科學家或醫師。

事實上，文字學家蓋格是一位相當不尋常的人。他在一八二九年出生於法蘭克福，家族是著名的猶太拉比和學者世家。他的伯父亞伯拉罕·蓋格是改革運動的靈魂人物，這個運動在十九世紀改變了德國猶太教的樣貌。蓋格並未像他伯父那樣熱中宗教現代化運動；不過，他雖然堅持日常生活完全遵照家中的宗教傳統，在知識上他的想法卻完全自由不羈，有些想法甚至比同時期最自由派的猶太教或基督教徒還要先進。事實上，早在達爾文的

想法廣為人知以前,他在語言方面的研究讓他相信,他能在語言裡找到人類是從野獸狀態逐漸進化而來的證據。

蓋格的聰穎幾乎無人能及。他七歲的時候就跟母親說,他有一天想學會「所有的語言」,在他短短的人生中(四十二歲死於心臟方面的疾病),大概比任何人都還要接近實現這個夢想。但是,他在思想上特別傑出之處,就是他將這種不可思議的學習能力與源源不絕的大膽原創理論結合在一起,特別是在語言的發展及人類理性的演進這兩個領域上。[2] 一八六七年在他家鄉的那場會議上,他談論的也正是這樣的演化主題。他的演講先以一個煽動性的問題開始:「人類的感知能力,即感官的感受能力,是否有歷史?數千年以前人類知覺器官的功能是否跟現在一模一樣,或者我們能否證明在遠古的時代,這些器官的功能有些不及現代?」

格萊斯頓的發現刺激了蓋格對色彩語言的好奇心。[3] 格萊斯頓認為荷馬的顏色不精確,雖然當時大多數人直接撇開這個說法不論,蓋格卻受到激發,轉而研究其他文化的古籍對顏色的描述。神奇的是,他發現的奇異之處跟荷馬的怪異顏色幾乎一模一樣。舉例來說,蓋格這樣描述古印度的吠陀詩文(特別是它們如何處理天空的顏色):「超過一萬行的詩文,充滿對蒼穹的描述,幾乎沒有一個比天空更常見的主題。太陽在旭日時分的紅色變幻、白晝與黑夜、縹緲的空氣,一切都在我們眼前一再展示出來,而且既生動又充滿光彩。可是有一件事如果有人事先不知道,也無法從這些古詩裡知道,這件事就是:天空是藍色的。」[4] 所以有藍色色盲的不只有荷馬,還有古代的印度詩人。除此之外,摩西(或說聖經舊約的作者)也一樣看不見藍色。蓋格說,

天空在聖經裡扮演很重要的角色：第一句「起初神創造天地」就有天空出現，之後又在好幾百個地方出現。但是，聖經的希伯來文就跟荷馬的古希臘文一樣，沒有任何的字眼代表「藍色」。[5] 舊約裡還有許多地方可以看到怪異的顏色，而且怪異之處跟荷馬的史詩相似到讓人覺得訝異。荷馬的牛是酒的顏色，聖經裡有「紅馬」和「無斑點的紅色小母牛」；荷馬筆下有「因恐懼發綠的臉龐」，舊約的先知耶利米提到大家的臉色因惶恐而「發綠」；荷馬興高采烈地提到「綠色的蜂蜜」，舊約《詩篇》也相去不遠：「好像鴿子的翅膀鍍白銀，翎毛鍍綠金一般。」＊所以，不論荷馬對於顏色的描述是由於什麼生理缺陷所造成的，看來印度吠陀詩文的作者和聖經的作者一定也有類似的缺陷。事實上，蓋格認為全體人類數千年來一定都為這種病所苦，因為冰島的英雄史詩，甚至是古蘭經也都有類似的現象。

但是蓋格現在才剛剛開始而已。他在擴大格萊斯頓的證據範圍後，就一頭跳進語源學的領域裡；他早已把這個領域變成自己的一部分，悠遊其中的自信心比當時任何人都要強。他指出，現代歐洲語言的「藍色」可以追溯回兩種源頭：在少數語言裡，表示「藍色」的字來自原本意思是「綠色」的字；在大多數的語言裡，則是源自本意為「黑色」的字。他還指出，合併藍色與黑色的情形也可以在距離更遙遠的語言裡看到，像是中文的「青」字。這似乎表示，在這些語言的早期階段裡，「藍色」不是一個

＊　大多數的聖經譯本會粉飾「綠金」（出自《詩篇》第六十八篇十三節）這種奇怪的地方，把形容詞 יְרַקְרַק 改譯為「黃色」。但這個字的根源與植物樹葉有關，就像荷馬的 *chlôros* 一樣。

獨立的概念，若非歸屬在黑色下，就是被當成綠色。[6]

　　蓋格隨即更進一步潛進字源的深淵，直達藍色以前的階段。他說，表達「綠色」的字眼可以追溯到比「藍色」的更早一些，但是若再追溯回去也一樣消失不見。他認為在藍色以前的階段還有另一個時期，那時綠色可能還沒與黃色區分開來。他再進一步推測，認為再更早之前黃色看起來也可能不一樣，因為後來代表「黃色」的字其實源自本意為「紅色」色調的字。他的結論認為，在這個黃色以前的階段，「可以看到最原始的色覺是黑色與紅色的二分法。」但是，紅色的階段還不是最早的階段，因為蓋格宣稱可以透過語源學再追溯到更早的時期，直到「連黑色與紅色都合為一個籠統的『有色』概念」*的時期。[7]

　　啟發蓋格的證據只有少數幾個古代文本，以及一些模糊不清的字源蛛絲馬跡，不過他依據這些線索建構出一套完整的時間順序，表示人類從色覺的最開端進展到感知完整光譜的過程。他說，人類對於顏色的感知能力是「隨著光譜的結構」來增長的：首先可以察覺到的是紅色，再來是黃色，再來是綠色，最後才是藍色與紫色。據他的說法，最奇妙的事，是全世界各種文化似乎都是以這樣的順序發展的。因此，格萊斯頓在一種古代文化裡發現的色覺異象，在蓋格的手裡變成全體人類色覺演進的系統化進展。

---

* 蓋格似乎不太清楚黑、白兩色該不該算是真正的顏色，以及這兩色跟光明、黑暗這兩個更普遍的概念又是什麼關係。在這一方面，他的分析比起格萊斯頓指出光明、黑暗在荷馬作品裡的重要性還要倒退一步。

在另一個重要層面上，蓋格也比格萊斯頓更進一步。蓋格是第一個提出「眼睛能辨識的程度，和語言能表達的程度，二者之間有何關聯？」這個根本問題的人，而這個問題也正是往後數十年間自然與文化之爭的焦點。格萊斯頓沒有多加懷疑，就直接認定荷馬能夠表達的顏色跟他所能見到的顏色是一樣的，完全沒有想過兩者之間可能有所不同。蓋格則是發現顏色的感知能力與語言的表達方式是一個必須深入探究的議題，他問道：「一個人類世代如果只能將天空描述為黑色，那個世代的身體狀態會是什麼樣子？他們與我們的差異有沒有可能只是語言表達能力不足，或者是我們的視覺感知能力真的不一樣？」

他自己的答案是：如果那時的人跟我們有一樣的視覺，實在不太可能靠那樣子有缺陷的顏色表達方式過活。正因為這種情形不太可能發生，他認為唯一可以合理解釋古人色彩詞彙貧乏的方式，是他們和我們有生理結構上的差異。蓋格於是在演說結尾向聽眾下挑戰：「顏色詞彙以固定的順序增長，而且不論在哪裡順序都一樣，這當中一定有一個共同的原因。」你們這些自然科學家和醫師都聽到了，現在就去研究色覺的演化吧。

我們接下來就會看到，在蓋格的演說後不久，有些線索就從一個始料未及的地方開始浮現，而且如果真的有人發現到這些線索，就會發現它們在解釋格萊斯頓和蓋格的發現上指向完全不同的方向。蓋格自己的筆記裡有些值得玩味再三的蛛絲馬跡，似乎暗示著他知道這些線索，而且也開始注意到它們的重要性。[8] 不過，蓋格正值**盛年**就辭世了，在他發表演說後三年，全心投入研究顏色的語言之際。世人忽略掉了那些線索，接下來的數十年反而都把心力放錯地方。

決定接受蓋格挑戰的人是一位名字叫馬格努斯的眼科醫師，他是普魯士布雷斯勞大學眼科的講師。一八七七年，也就是蓋格那場演講的十年之後，他出版了一本名為《關於色覺的歷史演進》的書，當中他宣稱發現了人類視網膜如何在過去數千年間發展出對顏色的感知能力。在思想方面，馬格努斯也許不如格萊斯頓或蓋格那樣出色，雖然天分不足，他的野心倒是綽綽有餘，古人的色覺之所以能成為眾所周知的議題，絕大部分都是因為他的關係。他推廣自己想法的過程，得利於一件火車相撞事故；這件事故雖然和語源學一點關係都沒有，卻讓色覺缺陷的問題直接撞進大眾討論裡。

一八七五年十一月十四日晚間，兩列快速火車在瑞典馬爾摩和斯德哥爾摩之間的單軌主要幹線上相撞。誤點的北上列車為了讓南下的列車先通過，要在一個本來不停靠的小站停下來。火車進站的時候減速，可是卻沒有遵守紅色的停車燈號，反而又突然急駛出車站，完全不理會一邊追著它跑一邊瘋狂揮舞著一盞紅燈的軌道工人。在幾公里外的拉格隆達村附近，這列火車迎頭撞上南下的快車，造成九人死亡、多人受傷。[9] 在這個剛完成沒多久的鐵路系統上，這類事故讓社會大眾既恐慌又關注，報紙也大幅報導。[10] 經過一段調查和審判後，站長被判打信號時怠忽職守，遭到解僱並入獄六個月。

不過，這件事並未就此打住，因為此時殺出一位現實生活中的福爾摩斯。這位偵探是烏普薩拉大學的視覺結構專家荷姆格仁，他提出了另一個假設來解釋這起事故。他認為北上列車之所以會有這種看似沒道理的舉動，是因為駕駛或機械師（火車衝出車站時，有人聽到機械師大聲跟駕駛說話）有某種色盲，所以誤

瑞典拉格隆達村的火車事故，一八七五年

把紅色的停止燈號看成白色的前進燈號。當然，火車管理當局直接否認他們的員工無法辨認顏色，即使曾經有這樣的員工，也早就被檢查出來。不過，荷姆格仁仍然堅持他的說法，最後總算說服瑞典一間火車公司的老闆，讓他跟隨公司的檢測，測試大量的員工。

荷姆格仁發明了一個簡單又有效的色盲檢查方式，使用的是大約四十撮不同顏色的羊毛（彩圖一）。檢測時，他會拿出其中一個顏色，要受測者把顏色類似的羊毛挑出來。如果有人挑出不尋常的顏色，或是在選擇的時候花費太久的時間，結果就會立即顯現出來。荷姆格仁在一條路線上測試了兩百二十六個人，當中竟然有十三個人是色盲，其中還包括一位站長和一位駕駛。

在鐵路網絡快速擴張的時代，色盲可能造成的實際危險變得格外引人注目，也因此使得色覺成為公眾意識裡的重要議題。這個議題成為報紙的常客。不出幾年的時間，許多國家的政府紛紛

成立專門委員會，色盲成為所有鐵路和海事人員必須檢查的項目之一。假如有一本書正好在此時上市，書中又提到色盲是古代舉世皆然的情形所遺留下來的現象，此時的氣氛恐怕再適合不過了。馬格努斯一八七七年提出的色覺演化論，正好就是這樣的理論。[11] 格萊斯頓一八五八年那套書沒辦法做到的事（絕大多數人連第二冊都沒看完，而關於色彩的那一章藏身在第三冊的最末端），甚至連蓋格一八六七年那場精采演說都做不到的事，卻在十年後由馬格努斯和拉格隆達的火車事故做到了：色覺的演化成為時下的熱門議題之一。[12]

馬格努斯在書中宣稱，他替格萊斯頓和蓋格的語源發現找到生理上的物件（更準確來說，是神經和細胞）來解釋。他認為，古人的視覺有如現代人在黃昏時分看到的一樣：顏色會變淡，就連顏色鮮豔的物體看起來都是一片灰濛濛。古人就算在大白天，看到的顏色也是這樣子。為了解釋過去數千年間色覺的增長，馬格努斯採用格萊斯頓二十年前就使用的演化模式，亦即從練習中進步。[13] 他寫道：「視網膜的功能在光線不斷刺激之下漸漸增進。以太粒子間歇地衝撞所造成的刺激，不斷改善視網膜裡負責感知部分的反應能力，直到它們開始出現色覺的跡象。」[14] 這些後天的進展會遺傳給下一代，而下一代的能力又會藉由練習繼續增長，以此類推。

接下來，馬格努斯再把格萊斯頓關於明暗對立的重要性，以及蓋格的光譜感知能力先後順序結合在一起。他宣稱他知道為何色覺會先從紅色開始，之後再慢慢沿著光譜增進。原因很簡單：長波的紅光是「最集中的顏色」，也就是能量最高的一種光。他說，光譜從紅色變到紫色，能量也會慢慢變弱，所以「比較不集

中」、能量較低的顏色要等到視網膜的敏感度大幅增加後才有辦法被看見。在荷馬的時代，敏感度大約只到黃色階段：紅色、橘色和黃色可以被人類清楚識別，綠色才剛剛開始被人看見，而能量最低的藍色和紫色「對人類眼睛來說還是封閉、看不見的，就跟今天的紫外光線一樣。」[15] 不過，這個過程在最近數千年間不斷持續，所以綠色、藍色和紫色逐漸可以被清晰辨別，就跟紅色和黃色一樣。馬格努斯猜測這個過程還在持續進行，所以再過幾個世紀，視網膜對紫外光就會像對其他色光一樣敏感。

馬格努斯的理論成為當時廣受討論的科學議題之一，諸多不同學門裡也都有重要人物加以提倡。[16] 舉例來說，哲學家尼采就把古希臘人的色盲寫進他的哲學觀裡，從中得到關於古希臘人的神學觀和世界觀的重要見解。[17] 此時已經擔任過英國首相的格萊斯頓，正是他名望如日中天的時候；他很滿意有位科學權威如此倡導他二十年前的發現，並在大眾期刊《十九世紀》裡發表一篇頌揚的評論，也因此讓這項爭論擴散到其他大眾期刊、雜誌，甚至是每日的報紙裡。[18]

色覺的發展只有數千年這項主張，更獲得許多知名科學家的支持，其中包括演化學派裡最重要的人物。與達爾文一同發現物競天擇演化的華萊士，在一八七七年的時候寫道：「假如辨別顏色的能力在歷史之中有所增進，我們也許可以把色盲視為原本幾乎普遍存在的情形的一種延續；而這種病症至今還這麼常見，正好印證了這種看法：我們對顏色的高感知能力，是到相對近代才有的一種能力。」[19] 另一位明星見證是生物學家海克爾；他曾提出著名的理論，認為胚胎會重演該物種的演化過程。在一場一八七八年向維也納科學會發表的演說中，海克爾說：「視網膜比較

敏感的視錐細胞，也就是具有比較高層次色覺的細胞，可能是最近幾千年才慢慢發展出來的。」[20]

長頸鹿的脖子

若從現今的觀點來看馬格努斯的理論，我們會訝異那麼著名的科學家怎麼沒發現理論中的怪異之處。但是，我們必須把自己放進十九世紀晚期的思維之中，要先記得許多現今我們早已知道的事（像是光學，或是眼睛的構造），對一百多年前的科學家完全是一片謎團。我們和馬格努斯同時期的人還有另一方面的認知差異更大，就是生理傳承方面的知識，換成今天的說法，就是遺傳學。由於在語言的自然與文化之爭當中，最核心的問題就是生理傳承的問題，如果我們想要了解這項爭論，勢必得先暫停一下，先跳過區隔現代和一八七〇年代的鴻溝。這絕非一項簡單的工程，因為這段差距就跟長頸鹿的脖子一樣長。

我們都知道「原來如此」故事背後是什麼樣的邏輯：長頸鹿之所以會有長脖子，就是因為牠的祖先不斷把脖子伸長到更高的樹枝；英國作家吉卜林筆下的大象之所以會有長鼻子，是因為鱷魚一直咬著不放，愈拉愈長；英國桂冠詩人休斯的那隻為愛情所苦的兔子，是因為徹夜聽著愛人月亮在天上說的話，耳朵才會愈來愈長。現在的兒童很早就知道這些都只是床邊故事而已。這一類故事的邏輯之所以只能哄哄小孩子，其背後的道理眾所周知，現在幾乎沒有人覺得有必要再特別說明。這個道理就是：你這輩子接受到的生理改變，不會傳承給你的下一代。就算你有辦法把你的脖子拉長（像緬甸長頸族的女人使用銅環那樣），你的女兒

出生的時候並不會脖子比較長。如果你在電腦螢幕前虛度一生，你的視力也許會糟透，可是並不會遺傳給下一代。如果把自己的眼睛訓練成可以分辨最細微的顏色變化，也許會讓你變成十足懂得品味色彩的人士，可是這對於你後代的色覺並不會有任何影響。

但是（在此借用格萊斯頓的說法）現今任何一位三歲小孩子都知道的事情，在十九世紀的時候可是完全沒有人想到。事實上，把後天取得的特性遺傳給下一代這件事，一直到了二十世紀相當晚期才被人當成童話故事。現在，在實驗室的氖氣燈下，人類的完整基因圖譜已經畫出來了，科學家只要動動鑷子就能複製羊、改造大豆，而且小孩子上小學就會學到關於 DNA 的事；在現在的時空下，我們很難想像僅僅一百多年前，人類對於生命是何等懵懂無知，即使是當時最聰明的頭腦也還在謎團中摸索。沒有人知道哪些生理特徵可以遺傳，哪些不行，也沒有人知道特徵傳承的背後是什麼樣的生理機制。當時有許多相互矛盾的理論來解釋遺傳的機制，但在這一大片渾沌之中，似乎有一件事情是公認的：一位個體在生命中得到的特徵，是可以傳承給下一代的。

其實，在物競天擇的說法問世之前，唯一可以用來解釋物種來源的模式，就只有後天特徵的傳承。這種說法是法國自然學家拉馬克在一八〇二年提出來的；他認為，物種之所以會演化，是因為某些個體會有某些特別的行為，而這些行為又會強化特定器官的功能。這些增長在累積之後會一代傳給一代，最後會形成新的物種。他寫道，長頸鹿發展出向上伸展到高處樹枝的習性，「這個物種的所有個體都有這樣的習性，經過許多世代之後，牠的脖子就變長了，可以伸到比地面高六公尺的地方。」[21]

　　一八五八年，達爾文和華萊士共同發表論文，勾勒出物競天擇的演化理論，提出一種可以取代拉馬克「伸長演化論」的機制：突變結合天擇。根據他們的解釋，長頸鹿的脖子之所以長，不是因為牠不斷把脖子伸長到更高的樹枝，而是因為有些祖先出生的時候脖子比一般動物來得長，在繁殖或求生上比短頸的動物更占些優勢，所以當外在環境艱困的時候，長頸的動物就活得比短頸的動物更久。[22] 兩人聯合發表論文一年之後，達爾文的《物種源始》就問世了，拉馬克式的演化馬上變成無稽之談 —— 至少現今大多數人是這樣認為。

　　奇怪的是，少數沒受到達爾文革命改變的事（或者，過了半個世紀才開始有所改變的事），其中一件就是後天特徵能遺傳的普世信念。就連達爾文本人都相信某些器官竭力運作的成果能傳給下一代。雖然他堅持天擇說才是推動演化的主要機制，其實他還讓拉馬克的模式占一席之地，只是變成輔助的角色。事實上，達爾文到臨終前都還相信創傷和肢體殘缺可以遺傳。一八八一年時，他發表一篇關於「遺傳」的短文，裡面轉述一則報導：有一位先生，「在還是小孩的時候，兩手的大拇指因寒冷和某種皮膚病而龜裂。他的大拇指嚴重腫脹，消腫之後就變了形，指甲一直都特別細、短又厚。這位先生有四個孩子，其中長女的兩個大拇指和指甲都像父親那樣。」[23] 從今日的科學觀來看，唯一合理的解釋是這位先生在基因上容易染上某種疾病，這個特徵一直到他受凍之前都沒有顯現出來，因此他女兒遺傳到的並不是他的傷，而是這種基因特徵。但是，由於達爾文不知現今遺傳學為何物，他覺得最合理的說法就是創傷本身遺傳給下一代。根據達爾文自己的遺傳理論，這樣的假設完全合理，因為他相信人體的每一個

器官都會產生自己的「生成物質」，裡面有每個器官自己的遺傳特徵。這樣很自然就會推論，如果某個器官在個體有生之年受到損傷，那個器官有可能無法傳遞自己的生成物質到生殖系統裡，也因此後代出生的時候就有可能無法完整生成該器官。

「後天特徵可遺傳」的信念，在一八八〇年代中期以前可以說幾乎無人不信。[24] 一直到一八八二年達爾文去世以後，才開始有人懷疑這種論點，一開始，整片荒野裡只有一個聲音，就是德國生物學家魏斯曼。一八八七年，魏斯曼開始他最惡名昭彰（也最常受到譏笑）的研究計畫，這個計畫被作家蕭伯納戲稱為「三隻瞎眼老鼠」實驗。蕭伯納是這樣說的：「魏斯曼開始研究他的主題，使用的方式就像是童謠裡剁掉老鼠尾巴的屠夫太太。他找來一群老鼠，把牠們的尾巴切掉。再來，他就等著看牠們的後代會不會沒有尾巴。牠們出生的時候有尾巴，他就再把那些鼠子鼠女的尾巴切掉，再看孫子那一代會不會沒有尾巴。牠們出生的時候有尾巴，這我事先就可以告訴他了。於是，他再以科學人自居的耐心和細心，把鼠孫的尾巴切掉，滿心盼望地等待沒尾巴的鼠曾孫出世。但這些曾孫的尾巴還是一樣長，任何一個蠢蛋都能事先就跟他這樣說。魏斯曼於是很沉重地得到結論：後天的特徵不能傳給下一代。」[25]

事後看來，蕭伯納大大低估了魏斯曼的耐心和細心，因為魏斯曼並沒有在三個世代後就停下來：五年以後的一八九二年，他回報了這場仍在進行中的實驗，當時已經到了第十八個世代，而且在當時已出生的八百隻老鼠裡，沒有任何一隻老鼠的尾巴有稍稍變短。[26] 不過，蕭伯納請**息怒**，蠢蛋不是魏斯曼，而是除了魏斯曼之外的所有人。魏斯曼也許是達爾文之後最偉大的演化科學

家，他自己打從一開始就不相信會有任何一隻老鼠的尾巴變短。
這項變態實驗的重點，就是把這件再明白不過的事情陳述給科學
界，因為科學家此時仍然相信後天的特徵會遺傳，甚至包括創
傷。魏斯曼進行這項實驗的靈感不是來自童謠裡的老太太，而是
一隻一八八七年（也就是馬格努斯那本書出版的那一年）在德國
自然科學和醫學會議前展示的無尾貓。這隻無尾貓被稱為是後天
創傷可遺傳的活生生證據，因為牠的母親據說在一場意外中失去
尾巴，而這隻貓號稱出生的時候就沒有尾巴。

　　當時公認的想法是，就算肢體傷害不會立即影響下一代，也
會在後面的世代裡冒出來。這也就是為何魏斯曼覺得實驗不能止
於兒孫世代，而必須剁掉一代又一代的老鼠尾巴。我們今日也許
會覺得創傷和肢體傷害可以遺傳的論點很奇怪，不過，就連魏斯
曼不斷列舉出一代又一代的老鼠有完整的尾巴，都還是沒辦法阻
止科學界繼續相信這件事。魏斯曼的其他種種論點也沒有得到太
多認同：他列舉的例子還包括至少一百個世代舉行過割禮的猶太
男性，這些人當中沒有任何人出生的時候少了那塊可憎的皮，每
個世代都得重新割過一次。魏斯曼的看法在後來二十年仍屬少數
人士的看法，一直到進入二十世紀許久之後才有所改變。[27]

大腦的眼睛

　　從上文中可看出，十九世紀後半裡，與色覺演進有關的所有
爭論全都認為「後天特徵可遺傳」的假設成立。格萊斯頓在《物
種源始》問世前一年出版他的《荷馬研究》時，提出的色覺進化
機制仰賴的是當時唯一的演化模式，也就是拉馬克的「伸長演化

論」。格萊斯頓說：「一個世代後天習得的性向，可能會成為另一個世代先天遺傳的性向」[28]，只不過是重述當時眾所周知的事而已。當馬格努斯在二十年後提出色覺演進的生理成因時，達爾文革命早已如火如荼展開。但是，馬格努斯在一八七七年使用的演化模式跟格萊斯頓二十年前提出的一模一樣：這個模式假定視網膜感知顏色的能力可以藉由訓練與練習來提升，而訓練的成果可以代代相傳。[29] 雖然我們會覺得馬格努斯的理論這般依賴拉馬克的模式，就像是嘴裡長了一顆大蛀牙一樣，這項缺陷當時並沒有人看得出來。當時的人並未把「伸長演化論」視為與達爾文演化論互不相容的觀念，所以馬格努斯的理論借重拉馬克這一點並未引起質疑，就連批評者也沒有針對這點加以攻擊。

雖然如此，有些重要的達爾文派人士（當然包括達爾文本人）覺得馬格努斯的論點在其他地方有問題，最主要是在他的解釋下，色覺發展的時間變得非常短。對這些科學家來說，這麼複雜的生理機制只花了幾千年就發展得這麼完整，實在令人難以置信。也因此，很快就有人批評馬格努斯的理論。

但是，如果視力自遠古時代便沒有改變（一如馬格努斯的批評者所宣稱），這又要怎麼解釋格萊斯頓和蓋格在古代語言裡發現的缺陷呢？唯一的解釋方式，只剩下蓋格在十年前提出來的問題：這些人有沒有可能跟我們一樣在視覺上可以辨認各種顏色，只是沒有足夠的語言能力加以區別，即便區分最基本的顏色都有困難？這是史上頭一次有人這樣認真看待這個問題。顏色的概念取決於我們的生理構造（就像格萊斯頓、蓋格和馬格努斯所相信的那樣），抑或這些只是文化上的成規？馬格努斯的書所引起的爭論，也開啟了語言概念的自然與文化之爭。

　　馬格努斯的批評者認為，由於視覺不可能改變，唯一的解釋是古代對於顏色描述的缺陷源自語言本身的「不完美之處」。換句話說，他們認為我們無法從語言裡推得古人能看到哪些顏色。第一個明白陳述這個論點的是克勞斯，也就是達爾文在德國早期的提倡者之一。[30] 不過，說得讓人印象最深刻的是聖經學者德里茲，他在一八七八年寫道：「追根究柢來說，我們看東西不是用兩隻眼睛來看，而是三隻：兩隻是身體上的眼睛，第三隻是背後大腦的眼睛。文化歷史上色覺的演進，就是在這個大腦的眼睛裡發生的。」[31]

　　這些批評者的問題（或者我們可以用有點過時的說法稱他們為「文化論者」），是他們所提的論點就跟馬格努斯的生理解釋法一樣不可能，甚至還更加不可能。我們怎麼能想像有人看得出紫色與黑色、綠色與黃色，或綠色與藍色的差別，卻覺得沒有必要在語言裡把它們區分開來？為了讓這個論點更引人注意，文化論者指出即使在現代語言裡，我們有些慣用講法的顏色也不太精確。舉例來說，我們不是會把一種酒稱為「白酒」，就算我們都看得出來它其實是綠色偏黃？我們不也知道「黑櫻桃」是深紅色的，「白櫻桃」又是紅色帶些黃？「赤松鼠」不是棕色的嗎？義大利人不是把蛋黃的部分稱為「紅色」（il rosso）嗎？我們不是會說柳橙汁的顏色是橙色，雖然明明它是貨真價實的黃色？（下次喝的時候多看兩眼。）另一個例子是十九世紀的人不會想到的：「深棕色的人」和「粉棕色的人」之間的種族關係，會像「黑人」和「白人」之間那麼嚴酷嗎？

　　不過，幾個東拼西湊的慣用語實在無法跟古代文本那麼一致的「缺陷」相提並論，所以光靠這個論點本身實在站不住腳。文

化論者於是從另一個方向下手：不是從語言裡找，而是從物品上來找證據，證實古人其實看得見各種顏色。事實上，有一個古代文化似乎就充滿這方面的證據。正如一位文化論者所說，只要參訪大英博物館一下下，就不難發現古埃及人用過藍色的漆。[32] 其實，蓋格在一八六七年的那場演說裡就說過，古代人幾乎全部都是藍色色盲，唯獨埃及人例外；他承認，埃及人的色彩語彙比其他古代文化來得精細，而且他們的語言裡有「綠色」和「藍色」的字眼。不過，他認為這只能證明色覺的演進在埃及比較早發生，畢竟，「有誰會想把卡納克神廟的建造者當成人類還在原始階段的代表？」

　　另一個更珍貴的證據是青金石；這種石頭來自阿富汗山區，在古代近東地區被視為珍寶。舉例來說，巴比倫人就稱之為「山上的寶藏」，甚至在祈求神明的時候會說「願我的生命之於祢有如青金石一般」，可見他們多麼珍視這種寶石。邁錫尼宮殿的考古發現裡（時代比荷馬的時代早很多），證實希臘貴族也擁有少量的青金石。另外，許多寶石或多或少都有些透明，會讓光線反射變化出效果，但是青金石卻是完全不透明的。它之所以會被視為美物，就是因為那又深又迷人的深藍色。假如住在邁錫尼宮殿的人看不見藍色，他們又何必那麼在意一顆看起來就像普通光滑碎石子的石頭呢？

　　不過，馬格努斯和他的支持者聽不進這些說法。馬格努斯回應文化論者時，似乎只是重述當時大家都認為的看法：「對我們來說，像荷馬那樣的語言有豐富的詞彙來形容各種細微的光影變化，卻沒辦法創造出單字來形容最重要的顏色，我們認為這很不可思議。」[33]

第三章

住在異地的無禮之人

　　一八七八年十月二十一日晨間，從柏林優雅的庫丹大道經過的路人，肯定會看到一幕非常好笑的景象。[1] 在柏林動物園入口的前方，有一大群留著大鬍子的科學家等著進行一趟私人遊園。這些大鬍子紳士全都是柏林人類學、民族學和史前學會的重要會員，他們預約的這趟行程，就是要來看當前城市裡最熱門的展覽。那天展示的不是一般的動物，也不是可愛的北極熊寶寶努特，而是更珍奇的動物，在歐洲從來沒有人見過。「牠們」是由馬戲團大亨和動物買賣商哈根貝克引進的，已在德國各地的動物園裡展出過，不論到哪裡都讓各界為之瘋狂。光在柏林這座城市，一天就有六萬兩千人來觀看這項展覽。

　　興高采烈前來觀展的人所看到的，是大約三十位皮膚黝黑的「野人」，以及他們的奇裝異服（更準確來說，是沒穿衣服）。「牠們」被稱為「努比亞人」，事實上他們是來自非洲蘇丹的男女與孩童。[2] 人類學會那一票人當然不想讓一般人知道他們在做什麼事，所以哈根貝克對他們法外開恩，讓他們進行一趟私人觀展。於是，就在這個秋高氣爽的星期一早上，這些大鬍子紳士拿著皮尺、量尺和染色的羊毛到達動物園，為的就是要滿足他們的好奇心。他們進行的事現在會被稱為體質人類學，他們主要關心的包括鼻子和耳垂大小、性器官的形狀，以及這些珍奇異「人」

的其他重要生理數據。不過,他們還很關切另一件事,就是努比亞人的色覺。[3] 馬格努斯的書所引起的爭論,此時正在如火如荼進行中,最後科學界總算意識到這些「住在異地的無禮之人」[4](這是一位美國民族學家給的稱呼)可能掌握解開謎團的關鍵。

　　事實上,早就有跡象暗示世界各地的種族可以解開古人的色覺謎團,而且這些跡象已經存在將近十年之久。一八六九年,也就是蓋格在演說中提到不同古代文化之間的顏色詞彙有多麼相近之後兩年,德國新創的《民族學誌》期刊就刊登了一位人類學家巴斯田的短文,他同時也是一位暢銷的旅遊書作家。巴斯田認為不只古代史詩有怪異的顏色描述,因為到他那個時代仍然有些民族界定綠色與藍色的方式和歐洲人不一樣。他寫道,他在緬甸的僕人「有一次向我道歉,因為他找不到一個我說是『藍色』(pya)的瓶子,他說那個瓶子的顏色事實上是『綠色』(zehn)。[5] 我為了懲罰他,想要讓他被他的同事嘲笑,於是就在他的同事面前數落他一番,可是很快就發現被大家嘲笑的不是他,而是我自己。」巴斯田還說,菲律賓人一直到被西班牙殖民後才開始區分綠色和藍色,因為菲律賓語裡表示「綠色」和「藍色」的字眼很明顯是從西班牙語 verde 和 azul 借來的。他還宣稱,非洲查德的提達族至今都不能區分綠色和藍色。

　　一八六九年時,還沒有什麼人留意巴斯田所說的故事。但是馬格努斯的理論點燃爭論的戰火之後,文化論者很快就發現這方面的資訊有多麼重要,於是有人開始提議要從世界各個偏遠角落裡搜集各色人種的相關資訊。[6] 於是,柏林人類學、民族學和史前學會的創辦人兼主席菲爾赫夫接受挑戰,率領學會成員從堤爾公園辛苦跋涉兩公里的路到柏林動物園,好讓大家可以第一手觀

察努比亞人。有些更大膽的學者把研究的視野拉到動物園以外的地方，到原始人類的所在地去測試他們的色覺。第一個觀察案例發生在同一年，也就是一八七八年，觀察者阿姆奎斯是一艘瑞典探險船上的船醫。那艘船被困在北極海裡，被迫在西伯利亞楚科奇半島外海度過寒冬。阿姆奎斯把握這個機會，測試了當地游牧麋鹿和獵捕海豹的楚科奇人的色覺。美國人就不用那麼麻煩，因為他們自家後院就有一大堆的野人。軍隊裡的軍醫收到指示，要測試他們接觸到的印第安人的色覺，他們回報的資料由美國地質調察局的民族學家蓋契特統整成一份詳盡的報告。英國科學作家艾倫則是製作問卷交給英國的傳教士和探險家，要他們記錄他們遇到的原住民的色覺。最後，馬格努斯面對這些直接的挑戰，自己也決定來調查一下，寄送問卷和色表到全世界各地數百位領事、傳教士和醫師的手上。

　　這些問卷和研究結果送回來的時候，在某種層面上紮紮實實地印證了格萊斯頓和蓋格的先見之明。再也沒有人可以把這些發現視為語源學家過度照字面解釋，或是把古籍裡的怪異顏色描述當成是作家的藝術自由，因為格萊斯頓和蓋格發現的缺陷，在全世界各地活生生的語言裡都可以找到。菲爾赫夫和他的同事在柏林動物園裡測試的努比亞人根本沒有「藍色」這個字：他們看到藍色的羊毛線時，有人稱它是「黑色」，有人說它是「綠色」。有些甚至根本不區分黃色、綠色和灰色，三種顏色都用同一個字來稱呼。

　　另外，在美國的蓋契特指出奧勒岡州的克拉馬斯族印第安人會用同一個字稱呼「任何一種草、雜草或植物的顏色，就算植物從春、夏的綠色變成秋天的淡黃色，顏色的字眼也不會改變。」[7]

達科達領地的蘇族使用同一個字，*toto*，來稱呼藍色和綠色。這種「古怪而頻繁地把綠色和黃色，或藍色和綠色混為一談的情形」在其他北美印第安人語言裡也很普遍。

傳教士和旅行家從世界各地回傳的問卷也有類似情形。談到顏色的時候，許多野人（或是借用德國人稍微和善一點的稱呼：「自然之人」）的情形跟格萊斯頓和蓋格在古籍裡找到的混亂形容方式一模一樣。就連蓋格從薄弱的字源證據大膽推測出來的顏色演化順序，在戲劇化的轉折之下，現在也被證實是正確的。正如蓋格所推測，紅色永遠是第一個被命名的光譜原色。事實上，有人發現就算到了十九世紀，還有些民族只停留在紅色的階段。跟瑞典探險團隊一同困在北極海的船醫阿姆奎斯，回報說西伯利亞的楚科奇人只用「黑色」「白色」和「紅色」三種字眼來描述任何的顏色。[8] 代表「黑色」的 *nukin* 一字，同時也用在藍色和所有完全不帶一絲紅色的深色顏色上；*nidlikin* 用來代表白色和所有亮、淡的顏色；而 *tschetlju* 用來表示紅色，以及任何帶有一絲絲紅色的顏色。

還有人發現其他語言，完全符合蓋格推測的後續發展階段，舉例來說，有人回報蘇門答臘附近尼亞斯島上的居民只用四個基本的色彩字眼：黑色、白色、紅色和黃色。[9] 在這個語言裡，綠色、藍色和紫色全都被稱為「黑色」。另外，也有些語言有黑色、白色、紅色、黃色和綠色，卻偏偏沒有藍色，就跟蓋格推測的一模一樣。

雖然如此，一八七〇年就過世的蓋格死後還是不得平反，也沒有人替此時年逾古稀的格萊斯頓鼓掌叫好。事實上，蓋格、格

萊斯頓和馬格努斯反而受到更大的批評（特別是馬格努斯），因為他們除了有先見之明外，也顯示出相同程度的短視無知。他們的語源學卓見也許被平反了，因為世界各地的語言正好符合他們原本推測的那樣；不過，各地回報關於**視力**的部分，就直接推翻了「語彙缺陷反映視覺缺陷」的假設，因為沒有任何一個原始部落**看**不出這些顏色的差異。菲爾赫夫和柏林人類學會的成員使用荷姆格仁的色彩測驗測試了努比亞人，要他們從一堆的羊毛裡找到跟其中一撮羊毛的顏色相近的所有顏色。沒有任何一位努比亞人出錯。世界各地其他民族也都一樣，測試結果均正確無誤。[10]的確，有些回報的研究結果發現某些部落在挑選冷色系顏色時，比起紅色和黃色花了更久的時間，但沒有任何一個部落或民族有色盲的情形，不論這些人多麼不知禮俗。舉例來說，居住在納米比亞赫瑞若部落的傳教士就寫道，他們看得出綠色和藍色的差別，只是覺得二者明明是同一種顏色的不同色調，要用兩種名稱來稱呼是很荒謬的事。[11]

　　幾年前大家覺得不可思議的事，現在被證實是千真萬確的事實：有些人可以看出不同顏色之間的差異，但就是不會給它們取不同的名字。如果十九世紀的原始部落是這種情形，那麼荷馬和其他古人勢必也是如此。唯一可以下的定論就是：假如荷馬被一位德國人類學家找來做荷姆格仁測驗，他一定可以看出綠色和黃色之間的差別，也一定會發現紫色羊毛和棕色羊毛是不一樣的。

　　可是，荷馬又為什麼會說蜂蜜是「綠色」的，羊是「紫色」的呢？文化論者雖然證明了古人可以看得見所有的色彩，可是他們仍然沒辦法成功地提出一套有系統且具說服力的解釋，因為在語言的顏色概念這塊戰場上，文化論者還是面對著一堵堅實的懷

疑之牆。馬格努斯此時修改了他的論點，認為這些原始民族的人
看到的色彩不可能跟歐洲人**一樣鮮豔**。換句話說，馬格努斯沒有
讓顏色向文化妥協，反而提出不同的生理解釋。他坦言，古人和
他那時的原始民族可以看到各種顏色之間的區別，可是他認為對
這些人而言，冷色系的顏色看起來還是比現代歐洲人來得淡（彩
圖三即是這個修正過的論點的實例）。他說，由於色彩看起來沒
那麼鮮豔，使得這些人不覺得需要對這些顏色加以區別，同時這
也能解釋填答問卷的人所回報的現象：他們經常觀察到原住民在
區別沒有名稱的冷色系顏色時，需要更多的時間才能分辨。[12]

那時還沒有辦法用實證的方式證明或否決這樣的理論。測試
一個人能否看得出兩種顏色的差別倒還簡單，但若要設計一個實
驗來看不同的人是否會覺得這兩種顏色一樣鮮豔，那就困難許多
了。最起碼，根據當時所搜集到的資料來看（大部分都是從填答
問卷而來的），很難替這項難題做一個論斷。由於日後也沒有新
的證據浮現，這場熱戰便逐漸平息。色覺的問題於是沉寂了將近
二十年，直到有人首度到達原始民族的所在地進行複雜的實驗，
以測試他們的思考方式。一八九八年劍橋大學組織考察團前往托
雷斯海峽，事情有了大幅度進展，一位奇人最後將眾人一致公認
的事實轉向文化的範疇──雖然說他這麼做完全違反了他的直
覺。

海峽中的瑞弗斯

對大多數知道這號人物的人來說，瑞弗斯是在第一次世界大
戰中治療英國詩人薩松的仁慈精神科醫師。瑞弗斯在愛丁堡附近

的克雷洛克哈特醫院工作，在那裡是用精神分析療法治療砲彈休克症患者的先驅。薩松在公開質疑戰爭的正當性，把自己的軍功十字勳章丟到默西河，以及拒絕回營後，被宣告精神異常，在一九一七年被送到瑞弗斯那裡。瑞弗斯用關懷和同情的方式治療，最後薩松自願回到法國的前線去。許多病患心中對瑞弗斯的情感（甚至可以說是忠誠），在戰爭之後仍然一樣強烈。薩松在戰場上勇猛無懼，被人稱為「瘋狂傑克」，卻在一九二二年瑞弗斯的葬禮上因哀傷而崩潰。[13] 四十餘年後的一九六三年七月，一位虛弱的老人到了聖約翰學院（也就是瑞弗斯在劍橋大學時的學院）的圖書館，請求看看瑞弗斯的畫像。老人說，他在一九一七年時曾在克雷洛克哈特醫院接受瑞弗斯的治療。根據圖書館員的說法，這位老先生向畫像敬禮，並答謝瑞弗斯為他所做的一切。老先生至少還回去過兩次，每次都要求看那幅畫像。最後一次，他已經明顯病入膏肓，在離開的時候說：「老朋友，再見了，我想我們不會再見到面了。」[14]

不過，瑞弗斯成為砲彈休克症患者的救星是在他人生晚年的時候；在此之前，他還在另外兩個領域裡有過相當成功的職業生涯，也就是實驗心理學和人類學。一八九八年受邀參加劍橋大學人類學考察團的，正是這位實驗心理學家瑞弗斯。考察團的目的地，是位於澳洲和新幾內亞之間托雷斯海峽裡的島嶼。不過，在這些島嶼上的時候，瑞弗斯開始對人類習性感到興趣。他在這裡開始進行人類關係和社會組織的研究，這些研究對日後的影響甚鉅，被公認奠下社會人類學的基礎，法國人類學家李維史陀也因而稱他為「人類學的伽利略」。[15]

劍橋大學托雷斯海峽考察團的研究目的，是要探討原始民族

的思想特徵。人類學此時是一個新興學門，正在掙扎要如何定義此一學門所研究的「文化」，以及如何界定先天與後天的人類行為。若要解答這個問題，必須要找出原始民族有哪些認知上的特徵跟文明人類不同，這個考察團要做的，就是要超越以往只靠口耳相傳的故事，取得第一手證據。考察團的領隊如是說：「這是首次有受過訓練的實驗心理學家，使用充足的實驗設備，到達低度文明的地方，在當地的生活情形下研究當地的居民。」[16] 瑞弗斯和其他考察團成員在接下來幾年出版的多冊詳盡報告，讓自然與文化的習性特徵更加清楚區分開來，也因此托雷斯海峽考察團被公認是人類學成為一個真正學門的關鍵。

瑞弗斯加入一八九八年考察團的原因，是想藉此機會仔細測試原住民的視力。一八九〇年代，他曾致力研究視力，因此很想解決懸宕二十年仍然無解的色覺之爭。他想要親眼看看原住民的色覺與他們的色彩詞彙有什麼樣的關聯，以及辨識差異的能力是否與語言表達色彩差異的能力有關。

瑞弗斯在偏遠的墨瑞島待了四個月；這個島位於托雷斯海峽的最東邊，就在大堡礁的最北端。島上有大約四百五十位和善的原住民，讓瑞弗斯有個容易管理且「足夠文明化」的群體得以進行觀察，但同時又如他所說：「足夠接近原始狀態，讓人覺得這些人有意思。毫無疑問，三十年前他們一定是完全野蠻的狀態，未與文明接觸。」

瑞弗斯發現島上居民的色彩語彙跟二十年前的紀錄符合。顏色的描述通常模糊不清，有時又非常不確定。最確定的顏色名稱是黑色、白色與紅色。代表「黑色」的字眼是 *golegole*，源自「烏賊」（*gole*）（瑞弗斯說，這有可能指的是烏賊分泌的深

瑞弗斯與好友

色墨汁）；「白色」是 *kakekakek*（字源不確定）；而代表「紅色」的 *mamamamam* 明顯來自「血液」（*mam*）。大部分人也會用 *mamamamam* 來指粉紅色和棕色。其他的顏色名稱比這些更不確定，也比較不普遍。有些人稱黃色和橘色為 *bambam*（源自「薑黃」，*bam*），但又有人稱這兩種顏色為 *siusiu*（源自「黃赭石」，*siu*）。許多人稱綠色為 *soskepusoskep*（源自「膽汁」或「膽囊」，*soskep*），但又有人稱這種顏色為「葉子色」或「化膿色」。藍色和紫色的字眼比這些還要更模糊。有些年輕人會用 *bulu-bulu* 這個字，明顯是最近從英文的 *blue* 借來的；不過，瑞弗斯說：「老人一致認為他們自己表示藍色的字是 *golegole*，也

就是『黑色』。」大部分人也稱紫色為 *golegole*。

瑞弗斯也說：「原住民經常會熱烈討論正確的顏色名稱是什麼。」[17] 許多島民被問到某些顏色的名稱時，都說他們需要請示智者。如果一再請他們答出一個名稱，他們通常會說出特定物體的名稱。舉例來說，有一個人在看了一個綠黃色的色調後，把這個顏色稱作「海綠色」，同時用手指向視野範圍裡一大片的珊瑚礁。

墨瑞島民的語彙很明顯「有缺陷」，可是他們的視力呢？瑞弗斯檢查了超過兩百位島民辨識顏色的能力，使用的是非常嚴格的測試方式。他使用的是改良並擴充版本的荷姆格仁測驗，還自行設計實驗來檢查他們是否沒辦法辨識差異。但他完全沒發現任何人有色盲。他們不但能辨識所有的原色，也能辨認出藍色和各種其他顏色的不同色調。瑞弗斯精細又透澈的實驗結果明確證實有人可以辨別各種顏色的種種色調差異，卻在語言裡沒有標準名稱，就連基本的顏色名稱（如綠色或藍色）都沒有。

這麼聰明出色的一位研究員，從這些發現裡導出了唯一一種可能的結論：顏色詞彙的差異一定跟生理因素完全無關。不過，這當中卻有一個經驗大大地衝擊瑞弗斯，甚至有辦法讓他完全迷失了方向。這個經驗是怪中之怪，語源學家只能從古籍裡推得出來，但他卻親眼見到了，也就是把天空稱為「黑色」的人。瑞弗斯在他的觀察紀錄裡以訝異的口吻寫道，他實在無法理解為何墨瑞島上的老人會用「黑色」（*golegole*）來稱呼蔚藍的天空與大海，而且還認為這樣很自然。他用一樣難以置信的方式描述其中一位「相當有智慧的原住民」，很樂地將天空的顏色與骯髒的汙水相提並論。瑞弗斯說，這樣的行為「實在讓人無法相信，除非

藍色對他們而言比我們所看到的更淡、更暗。」[18]

　　於是，瑞弗斯下了結論，認為馬格努斯的推論是正確的，這些原住民一定「跟歐洲人比起來，對於藍色（綠色也有可能）相對不敏銳一些。」[19] 由於他自己是一位非常細心的科學家，瑞弗斯不只了解這個看法的弱點，更在陳述的時候格外小心翼翼。他說，他自己的結果證實了我們不能從語言裡得知語言使用者能看到什麼。他甚至還提到年輕一代的原住民借用 *bulu-bulu* 表示「藍色」，而且也沒有混淆的情形。雖然如此，在提出這麼多反駁前人意見的看法之後，瑞弗斯還是用另一個事實來作為緩衝，好像這一件事可以瓦解其他所有的事證一樣：「雖然如此，我們還是無法忽視這件事實：這些有智慧的原住民，認為天空、海洋的蔚藍色跟最深的黑色使用同一種顏色名稱，是一件再自然也不過的事。」[20]

傳統的水果，以及其他的思想實驗

　　瑞弗斯的想像力於是在最後一道關卡上裹足不前，無法接受「藍色」這個概念最終只是一種文化慣例。他實在沒有辦法讓自己接受這件事：這些人看到的藍色跟他一樣鮮豔，卻覺得藍色只是黑色的一種色調，而且還認為這種想法很自然。說實在，我們也很難責怪他，因為就算今天我們可以看到這麼多無法抹滅的事實，我們也很難想像藍色跟黑色之所以是不一樣的顏色，完全是因為我們自身的文化背景使然。我們最深層的直覺、最心底的感受都告訴我們，藍色和黑色**根本**就是不一樣的顏色，就像綠色和藍色一樣；反之，深藍和蔚藍**根本**就是同一種顏色的不同色調。

所以，在進入色覺原始的最終章之前，我們可以先將我們的探索中斷一下，進行三項思想實驗，好幫助我們真正理解文化習俗的力量有多強大。

第一個實驗是一項反史實的思想練習。我們來想像一下，假如色覺的爭議發生在俄國，而不是在英國和德國，這樣可能會是什麼情形。假設十九世紀有一位名字叫嗝啦諾夫的俄國人類學家，到達歐洲北方外海的英倫諸島，在這個偏僻的荒地裡住了幾個月，在與世隔絕的原住民身上進行了詳盡的生理和心理實驗。他返國以後，向聖彼得堡皇家科學院提出一項驚天動地的報告。他發現，英國的原住民在光譜 *siniy* 和 *goluboy* 這兩塊地方，色彩詞彙竟然出奇地混亂；事實上，這些迷霧之島的原住民居然完全不區別 *siniy* 和 *goluboy*，反而把這兩種顏色稱為同一個！[21] 嗝啦諾夫說，他原先以為是原住民的視覺有問題，大概是因為這些人一年大半時間都在陽光照耀不足的地方。可是，當他實際測試了他們的視力，他發現他們完全可以區分 *siniy* 和 *goluboy* 這兩種顏色，只是他們堅持這兩種顏色都叫「藍色」。如果再追問他們二者的差異，他們會說其中一個是「深藍色」，另一個是「淺藍色」，可是卻堅稱把這兩種色調視為不同的顏色很荒謬。

當我們從鏡子裡看見自己的語言是多麼模糊不清時，我們馬上會覺得這樣的想法很可笑：我們的色彩詞彙「有缺陷」，是因為我們的視力有問題。說英語的人當然看得出大海深藍色和天空淺藍色的差別，只是文化習俗上把這兩個視為同一種顏色的不同色調（雖然這兩個色調之間的波長差異，其實就跟淺藍色和綠色之間的波長差異一樣；詳見彩圖十一光譜的圖案）。可是，如果我們練習使用俄國人的眼睛來看光譜，我們也許比較能夠接受這

些一無所知的原住民怎麼會把「藍色」和「綠色」視為同一種顏色。一如英語把 goluboy 和 siniy 視為同一個「藍色」的概念，其他的語言會把這種合稱的方式延伸到整個藍色和綠色的色帶。假如你所生長的文化正好只用一種標籤來稱呼光譜這一大塊（就說是「青色」好了），有些語言把樹葉青色跟海洋青色視為兩種不同的顏色，而不是同一種顏色的不同色調，不也很奇怪嗎？

　　第二個思想實驗也許沒那麼需要想像力，但是卻需要非常珍貴的器材。瑞弗斯自己沒有小孩，但是如果他研究過西方小孩子區別顏色有多麼困難，很可能就不會覺得托雷斯海峽的原住民那麼難讓人理解。科學家早就發現兒童學習顏色詞彙的過程既緩慢又費事；然而，我們卻一直覺得這方面的困難之處很讓人訝異。達爾文便寫道，他「小心照料我的小孩的心智發展，其中兩位或三位到了知道所有日常用品名稱的年紀，我驚覺他們很難在彩色版畫裡把顏色的稱呼弄對，就算我一直試圖教他們也一樣。我記得很清楚，一度還以為他們有色盲，但事後證明這是白擔心了。」[22] 目前研究估計兒童可以確實叫出主要顏色的年紀，已經比一個世紀前早很多了；根據一百年前最早的研究資料，兒童竟然要到七至八歲才會記得顏色名稱。[23] 從現在的資料來看，現代兒童早在三歲就能學會主要的顏色名稱了。雖然如此，我們仍不免覺得奇怪，當小孩子已經到了語言能力夠發達的年紀，顏色還是可以讓他們完全錯亂。我們要小孩子指出圓形、方形或三角形，他們可以毫不費力地找到，但是當我們要他們從一堆物體裡找出「黃色」的東西時，他們卻一臉茫然，隨手抓最近的物體，這實在非常怪異。若經過嚴密的訓練，兩歲的小孩子可以說出顏

色的字眼，並且正確使用它們。可是，要讓兒童學習顏色是獨立於特定物體之外的屬性，需要向他們不斷重複數十次才會學起來；這有別於要他們學習那些物體本身的名稱，因為他們通常只要聽過一遍就會記得了。

那麼，如果小孩子成長的文化不會在他們眼前擺放亮眼的塑膠玩具，也不會拚命向他們灌輸顏色詞彙，反而是個沒有什麼人工染色、顏色本身也不太具有溝通價值的地方，這樣他們會變成什麼樣子呢？兩位丹麥人類學家曾到玻里尼西亞一個叫貝羅納島的環礁小島上長居；讓他們大為訝異的是，貝羅納島的居民鮮少跟孩童提到顏色。[24] 我們可能會覺得水果、魚類等等最適合用顏色分類；但貝羅納島民跟小孩子解釋水果或魚的差異時，幾乎完全不會提到顏色。兩位人類學家不免問他們為什麼會這樣，但他們唯一得到的答案是：「我們在這裡不常提到顏色。」少了在顏色表達上的訓練，也難怪貝羅納島的孩子就算顏色詞彙有「缺陷」，也不覺得有什麼不對。

事實上，我開始研究這本書的時候，正好就是我的大女兒開始學習說話的時候；由於我對顏色相當著迷，她在這方面受到密集的訓練，因此算相當早就學會辨識各種顏色了。由於格萊斯頓、蓋格和瑞弗斯都被一個「敗點」困住（特別是瑞弗斯），我決定進行一項無害的實驗。格萊斯頓無法理解荷馬為何沒有發現「最完美的藍色」，也就是那南國天空。蓋格花了一頁又一頁的篇幅說明他對古文缺乏藍天的描述感到驚訝。瑞弗斯也是因為原住民說天空是黑色的，讓他十分過意不去。所以我想試試看，天空的顏色對於一位未接受文化洗禮的人，到底有多麼明顯？我決定絕對不跟女兒提起天空的顏色，就算我講其他各種物體的顏

色，講到她臉都發青還是一樣。她什麼時候才會自己發現天空是藍色的呢？

艾爾瑪在十八個月大的時候就能成功辨認藍色物體，十九個月大的時候就會自己說「懶色」。她習慣玩辨識顏色的遊戲（就是我指著物體，問那是什麼顏色），所以我開始有時候向上指，問她天空是什麼顏色。她知道天空是什麼，我也確保我在提問的時候天空都確確實實是藍色的。不過，雖然她辨識藍色物體完全沒有問題，我問到天空的時候她都只會用茫然的眼神向上看，給我的回答也只有一副「你在說什麼呀？」的面孔。直到二十三個月大的時候，她才肯回答這個問題，但答案是……「白色」（那天是個晴朗的日子就是了）。她再花了一個月才首次說天空是「藍色」的，而且就算到這個時候，還不一定都是藍色的：有一天她會說「藍色」，另一天她會說「白色」，又另一天她下不了決定：先是「藍色」，再來是「白色」，最後又是「藍色」。簡而言之，從她能確實辨識藍色物體到她稱天空是「藍色」的，總共花了超過六個月的時間；而且，就算到了四歲，她似乎還是會覺得混亂，因為她曾在四歲的時候指向深夜全黑的天空，說那個天空是藍色的。

現在，不妨想一想，這項工程對她而言比起對荷馬或墨瑞島居民來得簡單多了。畢竟，艾爾瑪受過積極訓練讓她學會辨識藍色物體，也被教導說藍色有別於白色、黑色或綠色，是另一種單獨的顏色。因此，她只需要做到兩件事：第一，先察覺出天空是有顏色的；第二，發現這個顏色跟她周遭許許多多藍色的東西是同一個顏色，而不是黑色、白色或綠色。雖然如此，她還是花了六個月才學會。

　　這到底哪裡困難，實在很難說。有沒有可能是因為相較於一個實體的物品，一片空曠的空間會有顏色，是一件很陌生的事？還是說，天空那種不飽和的淡藍色跟人工物品高度飽和的藍色其實很不同？也許我這種嘴巴說說的證據可以啟發他人進行更系統化的研究。不過，就算沒有更深入的研究，光是艾爾瑪覺得這種藍色很難理解這一回事，就足以讓人更容易了解到，為何沒有看過藍色物體的人不會為天空的顏色費神。如果在現代這種有諸多暗示的環境下，都很難弄清楚這種號稱最純粹、「最完美」的藍色，那麼對於沒有看過像天空一般顏色的物體的人，恐怕也更難替這空曠的一大片空間找到一種顏色。如果他們正好碰到一個人類學家一直不斷逼問，他們從有限的顏色詞彙裡選一個最接近的顏色標籤，把它稱作「黑色」或「綠色」，不也是很自然的事嗎？

　　最後一項用來證明文化力量的思想實驗，是一點科學幻想。想像一下，我們現在身處遙遠的未來，家家戶戶都有一個看起來像微波爐的機器，但實際上它能做的遠遠超過加熱食物的功能。它可以直接變出食物——或者說，它能從超市隔空傳送冷凍食物塊進來，並將它變成真正的食物。舉例來說，在機器裡放一塊水果方塊，再按幾個按鍵，就能變出各式各樣的水果：按一個按鍵就會變出一顆成熟的酪梨，按另一個按鍵會變出一顆多汁的葡萄柚。

　　但這完全不足以描述這台神奇的機器能做的事，因為它不只能變出二十一世紀早期的少數幾種「傳統水果」。這台機器可以創造出幾千種的水果，只要順著幾道軸線改變口味和口感，像是

緊實度、多汁度、順口度、綿密度、柔滑度、甜度、香度，還有許多各種我們沒辦法形容的「某某度」。只要按一個按鈕，機器就會產生一個像酪梨一樣外表油油的水果，但口感又介於紅蘿蔔和芒果之間。轉動一個旋鈕，出來的會是一個果肉像荔枝一樣滑順，但味道又介於水蜜桃和西瓜之間的水果。

　　事實上，「有一點像某某某」，或「在某甲和某乙之間」這種粗糙的比喻都不足以形容機器能製造出來的味道。我們的後人此時會發展出一套豐富精細的語彙，來形容各種可能的味道和口感。在這塊味覺空間裡，他們會有幾百種不同名稱，不會只限於我們現今所熟悉的少數幾種水果味道而已。

　　現在，想像有一位專長是原始文化的人類學家，用物質傳輸光線把自己送到原始的矽谷裡；此時矽谷的原始人類還停留在數位階段的 Google 時代，所使用的工具就跟二十一世紀的時候一樣原始、沒進步。這位人類學家帶了一盤味覺試劑，叫作「猛塞味覺系統」。在這個盤子上有一千零二十四個小水果方塊，代表整個味覺空間的各種味道，而且每從盤子裡拿起一個小方塊，它就會自動再生出一個。人類學家要這些原住民一塊一塊地品嘗，並且用他們自己的語言告訴她每種味道的名稱。她十分訝異，這些原住民的味覺詞彙怎麼會這麼貧乏。她無法理解為何這些原住民會覺得這些味覺試劑這麼難以形容，為何他們的抽象味覺概念只有像「甜」「酸」這種粗糙的語彙，以及為何他們除此之外只能用「這有點像某某某」來形容味道，而「某某某」又只是某一種傳統水果。她開始懷疑：這些人的味蕾是不是沒有進化完全？但她測試了這些原住民之後，又發現他們可以辨識出任兩塊試劑之間的差異。他們的舌頭顯然沒有問題，可是他們的語言為什麼

有這麼嚴重的缺陷？

我們試著幫她一下。假設你就是其中一位原住民，她剛剛給你一塊試劑，吃起來的味道完全不像你以前吃過的任何東西，但又勾起你一絲絲的回憶。你先是苦思一陣子，突然想到這個的味道有點像是有次你在巴黎的一間餐廳吃到的野草莓，只是這個試劑的味道比那強了十倍，又摻了一些你認不得的味道在裡面。於是，你最後用非常不確定的口吻，跟人類學家說這「有點像野草莓」。由於你看起來像是特別聰明又能言善道的原住民，她忍不住問了你一個問題：「你沒有語彙可以形容野草莓這個區間的各種味道，不會覺得很奇怪、很受限嗎？」你的回答是，從以前到現在你唯一吃過像野草莓味道的東西就只有野草莓，也從來沒有想過野草莓的味道需要比「野草莓的味道」有更一般性或更抽象的形容詞。她笑了笑，笑容裡充滿疑惑與不解。

如果這一切看起來像是在胡說八道，只要把「味道」換成「顏色」，你就會發現這種類比方式相當類似。我們沒辦法控制水果的味道和口感，而且也從未接觸一套有系統的高度「飽和」（也就是「單純」）的味道，只有我們所知道的水果的幾種隨機生成的味道而已。也因此，我們沒有發展出一套精細的語彙，用來描述從實體水果單獨抽離出來的水果味道。同樣地，原始文化的人沒有辦法用人工方式操弄顏色，也沒有接觸到一套有系統的高度飽和顏色，就只有大自然裡隨機、經常不飽和的顏色（就像格萊斯頓在顏色論戰開頭的時候說的一樣）。也因此，他們並未發展出一套精細的語彙來描述各種精確的色調。我們不覺得有必要把水蜜桃的味道從這種水果中單獨抽離出來討論；他們也不覺得有必要把某種魚、某種鳥或某種樹葉的顏色單獨抽離出來討

論。當我們真的把某種水果的味道抽離出來，只談到味道本身的時候，我們只會用最模糊的反義形容詞，像是「甜」與「酸」等等。他們把色彩從某個物體抽離出來，只談到顏色本身的時候，也只會用最模糊的反義形容詞，像是「白／亮」與「黑／暗」等等。我們不覺得用「甜」來形容許多種味道有什麼奇怪，也會說「像芒果一樣甜」「像香蕉一樣甜」，或「像西瓜一樣甜」。他們也不覺得用「黑」來形容許多種顏色有什麼奇怪，也會說「像樹葉一樣黑」，或「像珊瑚礁外面的海一樣黑」。

簡而言之，我們擁有精細的色彩語彙，但描述味道的語彙卻很模糊。我們覺得前者精細、後者模糊是件很自然的事，但這只是因為我們所生長的文化背景使然。有一天會有其他在不同文化背景底下成長的人，他們也許會覺得我們的味覺語彙很不自然、有缺陷又讓人不解，就跟我們對荷馬的色彩系統的看法一樣。

文化的勝利

如果你現在比較能接受文化對語言概念的影響力有多強，那麼我們現在就能回到故事主軸上，正好可以看見二十世紀初文化的完全勝利。諷刺的是，雖然瑞弗斯本人沒有全盤體會到文化的力量，文化之所以會勝出卻大部分是靠他所做的事。到頭來，真正說服世人的不是他自己對事實現況的苦悶詮釋方式，而是這些事實現況本身的力道。他的觀察報告既誠實又細膩，使得其他人可以略過他所下的曲解詮釋方式，從這些事實中推得完全相反的結論：這些島民看見的藍色和其他色彩就跟我們所看到的一樣鮮豔，而他們色彩語彙會那樣不精確，完全與他們的視力無關。接

下來幾年間，甫成為人類學重鎮的美國出現了一些影響力十足的評論，論述瑞弗斯研究的價值。這些評論總算建立了一個共識，認為不同種族之間的色覺是一致的，同時這也暗示著色覺在數千年前跟現在也一樣。[25]

物理學和生物學的新進展也證實了這項發展出來的共識，學術上的新發現更暴露出馬格努斯色覺演進論的重大缺陷。馬格努斯所仰賴的拉馬克式演化法，現在被發現只是這個破綻百出的理論中的一個漏洞而已。舉例來說，馬格努斯提出的光學理論竟然完全上下顛倒（或說，紫色與紅色顛倒）。他本來假設，紅色之所以最容易察覺到，是因為紅色的能量最高。不過，到了一九〇〇年，維因和普朗克的研究清楚地證實了長波的紅光其實能量**最低**。紅光其實是最冷的光：熱鐵會發紅，是因為它還**不夠熱**。愈老、愈冷的星星會發出紅色的光（紅矮星），而真正非常熱的星星發出的是藍光（藍巨星）。事實上，光譜上靠近紫色的光才是能量比較強的光，紫外線的能量則還要更高，高到可以傷害皮膚（我們現在也不斷被提醒這件事）。馬格努斯相信視網膜對顏色的感受能力會**不間斷**沿著光譜增進，現在也被證實是錯誤的，因為我們對顏色的感受完全只靠視網膜裡的三種視錐細胞（詳見本書附錄），而且所有的證據都顯示視錐細胞的發展不是連續性的，而是階段式躍進。

簡而言之，到了二十世紀前半，「視力到了近代才有生理上的變化」這類理論已被證實只是一些誤導人的大話。古人跟現代人一樣可以看到顏色，而顏色詞彙的差異只因文化發展所致，並不代表生理上的演化。正如一場世界大戰即將改變政治版圖，另一場論戰即將讓思想領域的塵埃落定，文化在這場爭論中是全盤

的贏家。

　　但是，文化的勝利並沒有解決所有的謎團；當中最大的謎團，就是蓋格提出的顏色順序。或者應該說，其實這個謎團也該解決了才對。

昨日生命於今日重複。

（蘇美諺語，約西元前兩千年）[1]

現今所說的話只是重複以前的話，以前說過的話也早已經被說過了。

（〈卡克佩爾瑟那卜的怨言〉，埃及詩，
約西元前兩千年）[2]

已有的事後必再有。已行的事後必再行。日光之下並無新事。

豈有任何一件事能使人指著說這是新的。它早已存在多時，在我們的世代之前就有了。

已過的世代，無人紀念。將來的世代，後來的人也不紀念。

（《傳道書》第一章九至十一節，約西元前三世紀）

現今說的話，沒有以前不曾說過的。

（泰倫提烏斯，《太監》，西元前一六一年）

消滅那些在我們之前就說過我們說的話的人。

（多納圖斯，對泰倫提烏斯的評論，西元四世紀）[3]

第四章

那些在我們之前就說過我們說的話的人

　　一九六九年特別充滿重要的歷史事件：人類登陸月球，我在這年出生，還有一本叫作《基本色彩詞彙：普遍性與演化》的小書在加州柏克萊出版，立刻在語言學和人類學界造成轟動。這本書革命性的影響之大，就連四十年後的大部分語言學家都以為顏色的研究是一九六九年才開始的。甚至是那些依稀知道有人在《基本色彩詞彙》出版之前思考過這個問題的人，還是會覺得一九六九年之前是遙遠的史前時代，除了研究古代歷史的史學家之外，對其他人而言，根本沒什麼關聯或重要性。若要理解為何一本書可以有這麼爆炸性的效應，我們必須往回退一步，回到我們離開主要故事線的地方，看看二十世紀初期蓋格那個色彩順序遭逢什麼樣的奇特命運。或者，更精確來說，我們得診斷一下科學史上一場規模特大的集體失憶症。

　　我們很自然就會想，一旦文化確立了它在顏色概念發展進程上的地位之後，大家一定迫不及待想要解決一個問題：在那麼多不相似的語言之中，為何顏色名稱會以那麼有秩序的方式演進？如果每一種文化都能依據自己的狀況調整顏色語彙，那麼為什麼從極地到熱帶、從非洲到美洲的人，就算沒有替光譜其他顏色命

名，也一定都會有紅色？為什麼沒有任何一種沙漠地帶的語言只有黃色，沒有其他顏色？為什麼沒有任何一種雨林地區的語言只有綠色、棕色和藍色？本來解釋蓋格順序的方式（也就是視網膜在過去千年之內徹底完成演進）現在已經被證實是錯的；但是，如果顏色在語言裡出現的順序並不是因為視覺逐漸精進造成的，蓋格的顏色進化順序勢必需要有人再提出方法來解釋。因此，最重要的議題勢必就是尋找可以解釋的方式。

可是，語言學家和人類學家還有別的議題要探究。他們並未嘗試解決這個問題，反而選擇忽視它；彷彿整個學術界都被遺忘咒語罩住了，因為不過幾年的時間，蓋格的順序就從大家的意識裡消失了，從此再也沒有人聽說過。乍看之下，這個現象似乎很難讓人理解，可是我們必須放大視野，來看人文科學的世界觀那時正在經歷什麼樣的鉅變，包括對所謂「野人」的巨大態度轉變，以及世人愈來愈憎恨以演化地位進行民族分類的方式（此時「演化」在人類學家眼中迅速變成一個骯髒的字眼）。

十九世紀時，世人公認「野人」從生理上來說不如文明人，因此是尚未演化完全的人類。當時大多數人認為，世界各地的各種民族，代表的是歐洲人演化過程之中的各種階段。最能代表十九世紀心態的一件事，就是二十世紀初的一場大型展覽會，也就是一九〇四年的聖路易世界博覽會。這場在密蘇里州聖路易市的大型集會，是當時有史以來最大型的世界博覽會，為的是紀念路易斯安那州購地（亦即美國總統傑佛遜向拿破崙購買一大塊北美洲的土地）一百周年。博覽會的重頭戲之一，是一項史無前例的大型人類展。展覽者將全世界不同的人種帶到聖路易市，依據所謂的「演化程度」分成不同的「村落」。博覽會的官方報告

用以下的文字說明展覽所選的人種（往下看之前請先深吸一口氣！）：「展覽所選擇的代表性人體，是最近似於低等人類或猿猴的人種，先從非洲的侏儒原住民開始，再來包括（菲律賓）民答那峨島內部的矮黑人、日本群島北部的愛奴人……以及多種形態的北美原住民。」[4]

從現代的眼光來看，我們覺得當時怎麼可能有這樣的看法；不過，這些看法跟當時的科學認知並不衝突。由於當時認為後天的特徵可以遺傳，因此大家自然就認定「原始」是一種**出生便具備的特徵**，而不僅是人出生時的**環境狀態**。畢竟，如果一個世代的思想會影響日後的遺傳特徵，那麼原始狀態就自然是一種生理上可遺傳下去的特徵，而不只是教化程度的問題。舉例來說，就算是當時最靈光的科學家，都認為容易迷信、缺乏自制力、缺乏抽象思考能力等思想方面的狀態，都是讓「粗俗野人」之所以是野人的**遺傳**特徵。

不過，新世紀剛開始的時候，這種想法就改變了。「後天特徵可以遺傳」開始受到質疑之後，漸漸沒有人再相信世界上有人種處在原始的生理狀態。美國學界現在開始公開倡導，若要解釋不同種族之間的思想差異，唯一可以接受的因素只有文化。這種論點更被人類學界奉為圭臬。倘若比較聖路易世界博覽會的官方報告，以及美國新人類學重鎮哥倫比亞大學的心理學家伍德渥斯所寫的報告，就能明顯看出新舊觀念之間的差異。瑞弗斯對托雷斯海峽島民進行的實驗啟發了伍德渥斯（不過，他倒是不認為瑞弗斯所下的結論可取），他於是決定把握這麼多種族聚集在聖路易市的良機，進行他自己的實驗。他測試了數百位來自各個種族的人，不僅測試他們的視力，還測試了他們的其他思想方式。他

對這些官方報告所稱「最近似於低等人類或猿猴」的人種進行了實驗之後，得到的結果刊登在一九一〇年的《科學》雜誌上。我們可能會覺得他的報告只是把現在大家都知道的事情說一遍而已，不過他的說法在當時實在是太震撼了，必須到處撒下「也許」「可能」「應該」來緩衝。雖然如此，他的主旨還是非常明確：「我們推得以下結論應該是合理的：感官與運動過程，以及基本的腦內運作，可能會有個體之間的差異，不過種族與種族之間則大致相似。」[5]

雖然這種新的認知並未馬上成為大眾意識的一部分，科學界卻很快就反映了這種心態上的變化。新人類學使得每一種文化必須以各自的方式來理解，而不是像之前那樣，將其他文化視為邁向西方文明的各個早期階段。文化之間的階級差異被消除了，任何理論只要是帶有一絲絲「從猿猴進化到歐洲文明人」的味道，現在都被認為沒品、心態可議。

不幸的是，蓋格的顏色演進順序正好就被視為這種沒人要的殘留物。色彩語彙有共通的發展順序（黑白→紅→黃→綠→藍）這件事，似乎犯了古早時代最嚴重的錯誤：這個順序把各種語言擺進一個再清楚不過的階級次序裡，最下面的是色彩語彙最少的語言，最上面的是色彩語彙精細、複雜的歐洲語言。更糟的是，在蓋格的順序下，原始人類的顏色系統變成歐洲文明演化過程中的各個階段。在新的學術環境下，這種演化式的階級論調簡直是一種恥辱；更讓人覺得無地自容的是，這個階級還有可能真的存在。學術界很想直接把這個順序忘掉，事實上，沒多久就有人找到遺忘的藉口了。有人提出一種看法，認為蓋格的順序可能只是

巧合而已：舉例來說，紅色之所以會比黃色早，可能只是當時既有的語言樣本剛好都是如此。[6]在這樣的看法下，假如研究的語言數目再增加，可能就會發現有些語言裡「黃色」出現的時間比「紅色」早。說實在的，當時其實也沒有人發現這樣子的語言，日後也沒有這樣子的發現（不過蓋格的順序有一部分需要微調，下面就會看到）。雖然如此，光是有這個可能性的存在，就足以成為一個遺忘的好理由，讓大家不必再煩惱各種不相關的語言之間，竟然有這麼棘手的相似之處。於是，蓋格就跟其他十九世紀的偏執論點一樣，像汙水一般被放流掉了。

　　第一次世界大戰之後的幾十年之間，蓋格的順序就跟十九世紀的整場論戰一樣，直接從大家的記憶裡消失了。現在只有一個教條留下來：各個文化之間的色彩語彙有很大的差異。躲在這些差異背後的共通點現在似乎就不值得一提了，學界也認為每種文化都能依照自己的方式來分割整個光譜。一九三三年，美國當代最偉大的語言學家布隆菲爾德就信心滿滿地重述當時公認的事實：「物理學家把光譜上的顏色視為連續的漸層，不過語言會以十分隨心所欲的方式區分這個漸層的各個區塊。」[7]十年後，與布隆菲爾德齊名的丹麥語言學家葉姆斯雷夫也呼應了同樣的看法，認為每種語言「會以武斷的方式自行設定」光譜上的界線。[8]到了一九五〇年代，這些理論就變得更極端了。美國人類學家雷伊在一九五三年宣稱：「光譜沒有所謂『自然』的切割方式。人類的顏色系統並沒有任何心理、生理或人體構造方面的根據。每一種文化把連貫的光譜拿來後，都用各自的方式隨意地切割。」[9]

　　嚴肅的科學家怎麼會這樣胡言亂語呢？想像一下，假如這些

說法為真，情況會如何。假設各個顏色的概念真的一點都不自然，每種語言可以任意訂定自己的顏色概念。在這樣的情形下，任何一種隨意分割光譜的方式，被世界上的語言採用的機率都一樣高。可是真的是這樣子嗎？我們就拿個簡單的例子來說明。英語裡有三個概念，「黃色」「綠色」和「藍色」，約略依照彩圖四Ａ的方式區分相對應的色彩空間。

如果區分的方式真的可以任由語言自行訂定，我們應該可以期待有另一種更常見的區分法，像彩圖四Ｂ那樣，將顏色區分為「黃綠」「綠藍」和「深藍」。

那麼，為什麼有好幾十種語言的分法跟英語大致相同，卻沒有半個已知語言使用另外一種？

假如這個例子太以英語為中心，我們就來找個比較異國的例子。前文裡已經說過，有些語言只把整個色彩空間區分為三個顏色。如果色彩的概念真的可以任由語言訂定，我們可以合理推測任何一種三分法在全世界語言裡出現的機率都一樣高。更詳細來說，我們可以預測以下兩種區分方法出現的頻率應該一樣。第一種分法（見彩圖五Ａ）的代表，是前文裡玻里尼西亞貝羅納島上的語言。貝羅納語用以下三種顏色概念來區分整個色彩空間：「白色」，包括所有光亮的顏色；「黑色」，包括紫色、藍色、棕色和綠色；以及「紅色」，包括橘色、粉紅色和深黃色。[10] 第二種分法（見彩圖五Ｂ），據說可以在我們熟悉的另一種島國語言裡找到。在本書前言的齊福特語裡，顏色的區分方式跟貝羅納語有一個重要的差異：綠色屬於「紅色」的那一塊，而不是「黑色」。換句話說，齊福特語裡的「紅色」概念包括紅色、橘色、粉紅色、深黃色和綠色，而「黑色」的概念就只有黑色、紫色、

藍色和棕色。如果每種語言真的可以依照「各自的方式隨意地切割」色彩，那麼我們可以預測齊福特語的分法會跟貝羅納語的分法一樣常見。那麼，為什麼有好幾十種語言的分法像貝羅納語那樣，卻沒有任何一種語言跟我們假想的齊福特語一樣呢？

有好幾十年的時間，這種問題被認為不值得認真的學者一提，「顏色概念可以任意訂定」的教條在教科書和講堂裡廣為散播，未受到任何質疑。任意訂定的理論也許沒有腳可以站得住，也沒有座位、椅背可以依靠。但就像英語打油詩裡的椅子那樣，這個理論就這樣一屁股坐了下來，沒注意到這些小細節。[11]

這一切都在一九六九年改變了。這年，伯林和凱伊這兩位來自加州柏克萊的研究人員，出版了一本小書，很無禮地打破半個世紀以來因遺忘造成的和樂景象，並重塑了光譜的顏色。伯林和凱伊察覺到色彩語彙任意性的理論有多麼荒謬，於是進行了系統化的比較：他們搜集了各方情報，了解二十種不同語言裡對色彩的看法，使用的工具是像彩圖六的一套色片。

他們從分析結果得出兩項驚人的發現，這些發現開始廣為人知之後，他們那本書就被視為語言學的新黎明、革命性的創新、一個改寫語言學和人類學的轉捩點。有一位評論者這樣寫道：「把伯林和凱伊的《基本色彩詞彙》稱為人類學裡一項驚天動地的發現，一點都不為過。」[12]另一位評論者也這樣附和：「很少新發現能像《基本色彩詞彙》那樣舉足輕重……（伯林與凱伊的兩項主要）發現，任何一項都已經夠驚人，可是在一本那麼小的書裡提出兩項大發現，真的太讓人吃驚了。」[13]

這兩項驚人大發現到底是什麼？首先，伯林和凱伊發現色彩

語彙的決定其實沒有那麼任意。雖然不同語言的色彩系統有可能差異甚大，有些區分光譜的方式還是比較自然：這些比較自然的方式被許多不相關的語言所採用，但有些方式則從來不曾被引用。

不過，真正讓學術界受到震撼的，是他們的第二項發現；伯林和凱伊自己都說這是「完全意料之外的發現」。這個發現就是：語言會依照固定的順序替顏色命名。更精確地說，伯林和凱伊發現的顏色命名順序，正是蓋格在一百零一年前提出的假說，也正是在十九世紀末由馬格努斯所引起的多年激烈爭辯的議題。

其實，伯林和凱伊的顏色演化順序跟前人的順序有些差別。首先，他們比蓋格更詳細地說明綠色和黃色的順序。蓋格認為黃色一定會比綠色先被命名，但伯林和凱伊的資料顯示，有些語言反而會在替黃色命名之前，先替綠色標上名稱。所以，他們提出另一種順序，讓演化可以依照兩種路線進行：

黑色與白色→紅色→黃色→綠色→藍色
黑色與白色→紅色→綠色→黃色→藍色

另一方面，伯林和凱伊更試圖延伸蓋格的順序，不過這些嘗試後來被證實有誤。舉例來說，他們相信這套普世的順序還包括其他的顏色，宣稱在藍色之後一定是棕色被命名，而在此之後出現具體名稱的一定是粉紅色、紫色、橘色和灰色的其中一種顏色。

儘管有這種表面上的差別，本質上伯林和凱伊就是重新發現

了蓋格的理論，這個沉睡了一百零一年的睡美人，他們給了它重重的一吻，讓它甦醒過來。當然，此後沒有人再敢說這是蓋格的順序，因為蓋格所說的話早就從公眾意識裡被抹除掉了，這個順序現在統稱為「伯林與凱伊，一九六九」。不過，暫且不論這個順序的版權屬於誰，十九世紀爭論不休的顏色順序，現在重新回到學術舞台上，並且要求世界提出合理解釋：為什麼有那麼多語言會依照同樣的順序替顏色命名，而且雖然有細微變化，為什麼不同語言之間的顏色概念又那麼相近？

伯林和凱伊的回應，把這個擺錘又丟回大自然的領域。半個世紀以來，文化不只嘗到貨真價實的勝利果實，甚至還被當成一個有無限權力的專制君王。此時伯林和凱伊卻幾乎完全回歸格萊斯頓最初的信念，也就是「我們的主要顏色概念是由大自然賦予我們的。」當然，他們並未否認不同文化界定顏色的方式可能會不同；但是，他們認為在這些表面的差異底下，有一種更深刻的共通性，或者更應該說是一種普世性，反映在他們所謂不同顏色的「焦點」裡。

他們的「焦點」概念，立基在一個我們都有的直覺上面：有些色調比起其他的色調更適合當作某個顏色的「代表性」色調。舉例來說，世上可能有數百萬種紅色的色調，可是我們還是會覺得有些色調比其他的「更紅」。如果你要從彩圖六中選出最能代表「紅色」的色調，你不太可能會選出像 H5 那樣的酒紅色，或是像 D1 那樣的淡紛紅色。雖然這兩個色調毫無疑問都屬於紅色，你可能會認為 G1 附近的色調更能代表紅色。同理，我們也會覺得 F17 附近的草綠色比其他的綠色色調更像「綠色」。伯林與凱伊於是把顏色的焦點，定義為世人覺得最能代表該種顏色的

色調。

　他們問了許多種語言的使用者，要他們指出最能代表特定顏色的色調之後，發現不同文化之間選擇出來的焦點，竟然非常相似。其中，藍色與綠色的例子最讓人印象深刻。許多語言不會區分藍色與綠色，而是將這兩種顏色視為同一種顏色的不同色調。其中一種語言是澤套語，這是墨西哥的一種馬雅語系語言，語言裡只用 *yaš* 一字代表整塊「青色」的區域。[14] 我們也許會以為，如果請澤套語的使用者指出最能代表 *yaš* 的色調，他們可能會指向這個區域的中間地帶，大約會是 F24 附近的藍綠色。不過，研究裡測試的四十位澤套語使用者之中，沒有任何一位指向一個藍綠色的焦點，大部分受試者反而指向明顯是綠色的色調（大約是在 G18 到 G20 之間；這比英語使用者通常指出的綠色更深一點，不過仍然是真正的綠色，而不是偏向藍色的綠色），少數的澤套語使用者則是認為明顯是藍色的色調最能代表 *yaš*（大約是 G28 到 H30 之間的色調）。伯林和凱伊於是從這種情形中得到結論，認為我們的「綠色」和「藍色」還是有些自然、普世的特質，因為就算某個人的語言裡不會區分這兩種顏色，他還是會視正綠色或正藍色為代表性的顏色，反倒不會覺得藍綠色或綠藍色有什麼特別。

　由於伯林和凱伊在他們搜集到的二十種語言的資料裡，發現其他顏色的焦點也有高度相似之處，他們於是認定這些焦點是人類普遍的共通性，取決於生理特徵，與各個文化無關。他們宣稱，總共有剛好十一個自然的顏色焦點，正好對應英語裡的十一種基本顏色：白色、黑色、紅色、綠色、黃色、藍色、棕色、紫色、粉紅色、橘色和灰色。

　　伯林和凱伊並沒有提出解釋來說明各個焦點為何會以特定的順序被命名，他們說，這是未來研究要做的事。不過他們倒是宣稱，他們知道這個解釋要在哪個領域裡找：人類的視力。他們說，文化唯一可以決定的事情，是這些焦點中有多少個會被命名（當然，還有要給這些顏色什麼樣的標籤）。文化決定好要給多少個名稱之後，剩下的都交由大自然來決定：大自然會決定哪些焦點會有名稱、會以什麼順序接受命名，更會依照既定的模型畫好各個焦點之間的界線。

　　正如任何一個夠有分量的擺錘一樣，公認的定論從一個極端擺盪下來後，很難剛剛好落在正中間，一定會先擺到另一個極端去。一九六九年革命之後的數年間，大學講堂到處迴盪著這個新的教條，教科書也大力宣稱顏色語彙其實是自然、普世的，宣揚的力道就跟幾年前它們宣傳完全相反的立場一樣強勁。顏色現在被稱為是人類普遍性概念的最佳範例，顏色的語言現在也被認為是廣義的「自然與文化」論戰中的一張王牌，這場論戰的勝利現在又紮紮實實屬於大自然。[15]

　　伯林和凱伊這本書啟發了許多研究員，讓他們重新檢視更多種語言裡的顏色概念，精細度和精確度也比一九六九年任何一項研究高上許多。其後數十年，研究人員有系統地搜集了數十種語言使用者對顏色界線和焦點的直觀概念，並且相互比較。不過，當語言的數目從伯林和凱伊原本的二十種不斷增加，資訊取得的方式也不斷精進之後，大家逐漸發現情況沒有伯林和凱伊原本想像的那麼直接。事實上，一九六九年大部分關於顏色命名普世性的通盤結論，在接下來的幾年陸續受到挑戰。

　　首先，大家發現有許多語言違反了伯林和凱伊提出來的順序，因為在許多語言裡，在藍色之後受到命名的不是棕色。另外，後來的修正也必須放棄十一個顏色焦點正好與英語的白色、黑色、紅色、綠色、黃色、藍色、棕色、紫色、粉紅色、橘色和灰色相對應的說法。在取得新的資料後，其中五個焦點（棕色、紫色、粉紅色、橘色和灰色）無法再被證實具有普世性，因此修正後的理論只把討論集中在六個「主要」的焦點上：白色、黑色、紅色、綠色、黃色和藍色。但是，就算是這六種顏色，大家也發現伯林和凱伊原本推測的焦點太過集中了，因為有些語言的使用者所選出的顏色，跟原本號稱具有普世特性的焦點有相當大的差異。最後，語言資料庫擴大了之後，大家發現有些語言會以伯林和凱伊原本認為不可能的方式，把數種焦點合併成為一個概念。舉例來說，有些語言會用一種顏色名稱涵蓋黃色、淡綠色和淡藍色等光亮的顏色。整體來說，雖然伯林和凱伊原本提出來的規則被證實具有相當高的一致性，但是他們宣稱的幾種普世特性裡，幾乎每一項都被發現有例外。[16]

有限度的自由

　　在這樣來來回回，從自然擺到文化再擺回來又擺回去之後，這個爭論現在究竟到哪裡去了？顏色會依照自然法則受到命名的信念，最後被發現只是痴人說夢，因為幾乎條條規則都有例外。雖然如此，各個語言之間的焦點實在是太過相似，不能只說是剛剛好如此而已：絕大多數的語言區分顏色的方式仍然高度可預測，如果各種文化可以完全任意分割顏色概念，實在是很難解釋

這樣的現象。這種一致性與變異性之間既平衡又不安定的狀態，在語言替顏色命名的順序裡最明顯。一方面，語言的樣本數擴大之後，我們發現幾乎所有的預測都有例外：唯一一個完全沒有例外的規則，就是紅色一定是在黑色與白色之後，第一個被命名的顏色。另一方面，絕大多數的語言都符合蓋格提出的順序，或是綠色出現在黃色之前的另一種順序；這絕對不只是巧合而已。[17]

　　因此，從過去數十年累積的資料來看，不論是支持文化的文人或是擁護自然的學者，都沒辦法完全滿意。或者該從另一方面來看，雙方皆大歡喜，因為他們還能站在各自的立場，**繼續**爭論顏色概念**主要**由文化或**主要**由大自然決定，一直戰到心滿意足為止。（學術圈的人如果要吃飯，不會大家都同意彼此說的話。）但是，只要稍稍秉持中立一點的立場，就會發現其實兩邊各有一部分有道理：文化與大自然各自據守顏色概念的一部分，而且兩邊都有理，卻沒有任何一邊可以完全獨占。[18]

　　從種種證據看來，我認為文化與大自然之間的權力平衡可以總結成一個簡單的教條：文化享有有限度的自由。文化在切割光譜上的顏色時，有著相當高的自由，但還是得依據大自然訂定下來的一些寬鬆規則。雖然這些規則的生理根據，到目前為止仍有很多我們不明白的地方，不過大自然顯然不會立下完全不能踰越的規矩，規定顏色空間**一定**得怎麼切割。*相反地，大自然會建議一些最適當的原型，也就是根據眼睛的特性合理訂下來的區隔方法。[19]世界語言最常見到的顏色系統會在這些合理區隔的範圍內運作，但是不必完完全全照單全收，使得自然的規範有時還會有文化的選擇來輔助，甚至是完全被文化的選擇推翻。

　　若要解釋蓋格的順序，也應該在自然的限制與文化的因素之

間取得平衡。我們與紅色之間的關係，毫無疑問有生理上特別之處：人類就跟其他歐亞非舊世界的猿猴類一樣，似乎先天看到這個顏色就會興奮。我有次在動物園裡看到一個標誌，警告身穿紅色衣服的人不要太靠近一隻大猩猩的籠子。對人類進行的實驗也證實，人類看到紅色後會有生理上的效應，像是皮膚的電阻會上升，代表情緒上變興奮。[20] 這在人類演化的歷史上有充分的原因，因為紅色是許多重要事情的訊號，最重要的是代表危險（血液）和性（舉例來說，母狒狒的屁股變得又紅又大，代表牠準備好交配了）。

不過，紅色之所以會有這種特殊的地位，有一部分也是因為文化，追根究柢下來是因為人類會替他們覺得需要談論的東西找到名稱。紅色在原始的社會裡，文化意義最為重要，特別是因為它是血液的顏色。‡ 再者，正如格萊斯頓於一八五八年提出的說法，把顏色視為抽象的特徵，很可能是跟著人工染色的能力一起發展出來的，因為此時顏色可以被視為獨立於特定物體之外的特徵。紅色染料最為普及，也最容易製造；許多文化的人工染料也只有黑色、白色和紅色。簡單來說，自然和文化因素都使得紅色比其他顏色更加重要，這兩種因素的加乘，讓紅色必定是第一個命名的光譜顏色。

繼紅色之後，黃色和綠色是接下來受到命名的顏色，藍色則需要等到更晚。我們會覺得黃色和綠色都比藍色還要亮眼；對我們而言，黃色更是顯得比綠色或藍色光亮許多。（如附錄中所述，靈長類中有一種突變，使得靈長類對黃色特別敏感，也讓我們的老祖先更能在一片綠葉的背景中看到成熟的黃色果實。）但是，如果這種命名順序只取決於顏色亮不亮眼，那麼黃色一定會

比紅色更早有特定的名稱才是。由於事實並非如此，我們應該從文化意義切入，來看為何黃色和綠色會比藍色重要。黃色與綠色是植被的顏色，兩者之間的差異（就像是果實成熟和未熟的差別）會造成很實際的問題，有可能會讓人想要加以討論。另外，黃色染料也相對容易製造。反之，藍色的文化意義就相當有限。正如前文所述，自然素材裡很少見到藍色的物質，藍色染料更是難以製造。身處原始文化的人類有可能一輩子都沒見過真正藍色的東西。當然，藍色是天空的顏色（對一部分的人來說，也是大海的顏色）；不過，如果沒有什麼藍色物體具有實質意義，這些

＊ 二〇〇七年時，三位研究員，萊格、凱塔帕和凱伊（同一位凱伊）提出一種暫時的方式，來解釋這些生理限制的特性。他們的出發點是認為，如果一個概念把相似的東西歸為一類，那麼這個概念就是「自然」的。另外，他們認為顏色空間的自然分法，是讓每種顏色分類下的色調盡可能彼此相似，並且與其他分類盡可能有差異。更精確來說，自然的分法會使每種概念下的色調表面相似性最大化，並且使不同概念下的相似性最小化。我們也許會以為，任何一種把光譜循序切割的方式都會一樣自然，因為任何相鄰的顏色都會相似。不過，實際上我們在生理上變異之處會使得顏色空間變得不均等，因為我們對某些頻率的光線比起其他頻率來得更敏感。（更詳細的說明，請見本書附錄。）由於生理上有這種不一致性，使得有些區分顏色空間的方式比起其他方式更能讓概念內部的相似性增強，並讓概念之間的相似性減低。

‡ 在許多語言裡，「紅色」的名稱來源其實就是「血液」。正巧，這層語言上的關係讓一代又一代的聖經學者非常頭痛，因為這與人類之父的名字有關。根據聖經裡的字源描述，亞當的名字來自神用來創造他的紅土，也就是 adamah。不過，adamah 一字來自閃米語代表「紅色」的字 adam，這個字又來自 dam 這個字，也就是「血液」。

人也就不會覺得非要替這一大片的虛無找到特定的名稱不可。

　　特洛伊城旁的斯卡曼德河水滔滔流逝，一位專研荷馬學，偶爾還擔任英國首相的偉大學者漂過酒色大海，踏上人類色覺之旅，已過數十載。他在一八五八年發動的探險，至今已繞地球好幾圈，隨強烈的學派潮流盪來盪去，更被捲進時下最具爭議性的科學風暴中。可是，我們到底有什麼進展呢？

　　嚴格說起來，在某種層面上，我們現在跟格萊斯頓一八五八年提出的分析結果比起來，可以說毫無進展。事實上，這情況嚴重到我們現在已經很難找到提起這件事的文獻。如果在語言學的討論裡尋找這項議題，能看到有人提起格萊斯頓的名字就已經要偷笑了。如果真的有人提到他，也只是在例行性的「早年先驅」註腳裡出現一下，表示這個人應該被提到一下，但不值得一讀。雖然如此，格萊斯頓描述荷馬「從自然元素得到的粗糙顏色意念」[21] 實在非常犀利又有遠見，即使他是在一百五十年前寫下這些文字，至今仍有一大部分無法超越。不只是他對荷馬時代希臘文的分析仍然無人能出其右，他的描述甚至還能用來形容當今許多社會上的情形：「對荷馬來說，顏色不是一件事情，而是一幅形象：他用來描述顏色的字是從自然物體借來使用的意象用字。那時沒有固定的色彩語彙，每位真正的詩人都要憑藉自己的天分選出自己的語彙。」[22] 舉例來說，人類學家康克林在一段常常被引用的文字裡，解釋菲律賓的哈奴努人為何會說光亮、棕色的新切竹子是「綠色」的：簡單來說，這是因為這段竹子是「新鮮」的，這也是「綠色」這個字的主要意思。[23] 荷馬用 *chlôros* 形容棕色的新鮮樹枝，但是格萊斯頓對此的解釋，康克林八成完全沒

讀過；不過，任何人只要比對他們兩人分析的結果，如果覺得康克林那段話是從《荷馬與荷馬時代的研究》直接照抄過來的，也是可以諒解的事。

再者，格萊斯頓其中一個根本論點，就是光亮與黑暗的對立是荷馬色彩系統的主要根據，這樣的想法就算放在當今色彩語彙發展的思維裡，也幾乎不用修改，就是走在時代最前端的論點。當然，現在不會有人承認這個想法是格萊斯頓提出來的。在今日的言論中，語言會從光與暗的系統逐漸轉移到有色調的系統，這種論點被視為是個非常新穎的現代理論。[24] 不過，雖然現代理論比起古時的說法多了許多複雜的詞彙，基本的內容仍然跟格萊斯頓提出的分析差不多。

但是，整個故事最諷刺的地方，恐怕是格萊斯頓在色彩爭論最初所提出來的演化模式，雖然看似幼稚，其實卻完全正確。拉馬克式的「伸長演化論」用來解釋荷馬時代和我們的差別，其實再適合不過了——只是，我們需要忽略一個小細節，也就是格萊斯頓以為他描述的是**生理**上的進展。雖然拉馬克的模式（換句話說，就是一個世代後天取得的習性，會成為下一個世代先天遺傳到的習性[25]）用來解釋生理變化非常荒謬，用這種模式來理解文化變遷卻相當合理。在生物學上，一個個體在一生之中取得的特性不會遺傳給下一代，所以就算眼睛在訓練後對顏色更敏感，這種進步也不會傳到下一代去。不過，拉馬克模式跟文化進展的實際情形卻相當吻合。一個世代如果訓練**口舌**，讓語言得以「伸展」，子女世代在學習父母的語言時，確實會「遺傳」到這些後來發展出來的特性。

因此，格萊斯頓認為色彩語彙的發展與人類的「漸進式教

育」[26] 有關，這個想法其實完全正確；另外，他說「荷馬的感官」在分辨色彩這一方面仍然需要進一步的訓練，其實也正確無誤。格萊斯頓只是不知道，接受這種漸進式教育的是人類的哪一種知覺，也不知道是哪一種感官需要受到訓練。在這個長達一百五十年的爭論裡，有重大進展的正好就是這個問題：我們學會區分眼睛和口舌、教育和生理特徵，以及文化和大自然。我們的眼光在這方面更加銳利，不只超越一八五八年的格萊斯頓、一八六九年的蓋格、一八七八年的馬格努斯，以及一九〇三的瑞弗斯，更跨越了一九三三年忽視自然的布隆菲爾德（語言會以「十分隨心所欲的方式」畫清顏色的界線）與一九五三年的雷伊（「光譜沒有所謂『自然』的切割方式」），甚至比伯林和凱伊在一九六九年的文化缺失還進步。[27]

顏色之外

彩虹上的爭執可能比任何其他的概念更久、更激烈，不過我們從中得到的啟發可以套用在語言的其他領域上，也能獲得同樣的效益。我在上文提到「有限度的自由」的架構，適合廣泛用來理解文化如何塑造語言概念，甚至連文化系統也一樣適用。

不同的文化當然沒辦法任憑己意來切割世界，因為它們都需要受到大自然的規範──一方面受大腦自然構造的限制，另一方面也被外在的自然世界限制住。自然界線愈明白的地方，文化也就愈沒辦法干涉。舉例來說，在貓咪與小狗、飛鳥與玫瑰這些概念上，文化幾乎沒有自由表現的空間。我們可以相當肯定，在任何一個有飛鳥和玫瑰的社會裡，一定會有跟「飛鳥」和「玫瑰」

相對應的單字。就算真的有人試圖建構出像齊福特語那樣充滿不自然概念的語言，小孩子能不能把這些概念學起來，恐怕也是個未知數。當然，基於人道立場，沒有人進行過這樣子的實驗；不過，就算真的有人殘忍到只用飛瑰與玫鳥、貓小與咪狗、石樹與頭葉等字彙來教育幼兒，這些無辜的小孩子很可能沒辦法「正確」學習這些概念，反而會根據更有道理、更自然的意義來建立「不正確」的解讀方式，讓他們語言的概念與我們的飛鳥與玫瑰、貓咪與小狗、石頭和樹葉相仿。

從另一方面來說，只要大自然在畫分界線時稍稍模糊或遲疑一點，不同文化就能用不同的方法來區分語言概念，而且彼此之間的差異之大，只接受過一種社會規範洗禮的人完全無法想像。當然，語言概念必須建構在某種合理的邏輯上，概念裡面的事物也必須有某種一致性，才會讓人覺得有用處又有辦法學習。但是，就算在這些限制下，還是有許多完全合理的方式可以用來切割世界，而且讓孩童有辦法學習，又適合語言使用者用來溝通，卻跟我們所習慣的切割方式完全不同。

顏色的範疇畫分方式清楚顯示，看起來陌生的事情不一定就是不自然。舉例來說，一個把黃色、淡綠色和淡藍色視為同一種顏色的語言，對我們來說可能會覺得完全陌生，但是如果這個語言的重點是亮度而非色澤，光譜裡被區隔出來的顏色又只有紅色，那麼把所有光亮又不帶任何紅色成分的顏色全部視為同一個語言概念，也會是很自然的事情。

不過，我們還可以從許多例子看到哪些事情只是稍嫌陌生一點，哪些卻會讓人覺得相當不自然。在後面的章節裡，我們會看到一個讓人非常驚訝，卻罕為人知的例子，牽涉的是描述空間與

空間內相對關係的概念。另一種比較為人熟知的例子是親屬關係的概念。舉例來說，我們會覺得巴西雅諾馬米人的語言模糊到讓人難以理解，因為這種語言把完全不同種類的親屬關係合併到一種概念裡。這種語言只用一個字，*šoriwə*，來表示表親和配偶的兄弟，恐怕就已經讓人覺得夠奇怪了。不過，這個情形跟把兄弟和某些堂表親合併起來的情形比起來，只不過是小巫見大巫：雅諾馬米語裡的 *ɛiwə*，把自己的兄弟、堂兄弟和阿姨所生的表兄弟合併在一起，完全不區分！另一方面，雅諾馬米人也會覺得英語含糊不清，因為英語裡只用 cousin 一個字表示四種不同的親屬關係：*amiwə*（伯父、叔叔或阿姨的女兒）、*ɛiwə*（伯父、叔叔或阿姨的兒子）、*suwəbiya*（舅舅或姑姑的女兒），和 *šoriwə*（舅舅或姑姑的兒子）。[28] 還有些更怪異的親屬關係用詞，像是人類學家所稱的克羅族系統，這種系統把一個人的父親和姑姑所生的表兄弟視為同一個概念。這些區分親屬的方式都有某種內在的邏輯和一致性，不過還是跟我們認為自然的區分方式大相逕庭。

文化在文法的領域裡有更高的自由，因為文法本來就比較抽象。我們在前文裡已經看到，在抽象的領域上，大自然的力量會大幅降低。文法系統裡一項差異相當大的變數是單字的順序，即使是世界主流的語言也相差非常多。舉例來說，日語和土耳其語組合單字和文法單元的方式，我們會覺得是前後顛倒、十分詭異。在《語言的推展》裡，我討論的例子包括土耳其語的句子 *Padişah vezirini ordular-ı-nın baş-ı-na getirdi*（蘇丹王把他的首相帶到軍隊前方）；如果直接照字面把每個單元轉換成英文，得到的結果會是：Sultan vizier his troops his of head their to brought。對英語使用者來說，就跟土耳其語的原文一樣讓人看

不懂。但是，對於一位初次見到英語的土耳其語使用者來說，英語裡正確的排列組合：The Sultan brought his vizier to the head of the troops。看起來也一樣怪異。

世界上各種語言的文法有非常顯著的差異，這件事實雖然沒有人質疑過，但是要如何解讀，倒是有相當激烈的爭論。文法系統之間的差異，對秉持先天普世文法的自然論者是個相當大的挑戰，因為如果文法規則是寫在基因裡面，我們可以合理推測世界上所有語言的文法應該都一樣，這樣就很難解釋為何文法最基本的層次會有變異。自然論者面對這種挑戰，提出一種非常有影響力的論點，稱為普世文法裡的「參數變化」。[29] 根據這種說法，這種寫在基因裡的文法有幾種「參數」，亦即一些本來就設定好，有如開關的選項；兒童在學習母語時，不需要真的去**學**母語的文法規則，而是大腦會根據他們接觸到的語言，去打開或關閉這些早已設定好的參數。自然論者宣稱，這些開關的設定可以變化出全世界各種語言的文法結構，各個文化只有選擇這些設定的自由，決定要打開或關閉哪些開關：把幾個開關打開，就會得到英文的文法；把幾個開關關掉，就會得到義大利文的文法；再動幾個開關，就會出現日文的文法。

不支持自然論的人大肆批評參數理論，或是對它略帶嘲諷；這些人認為全世界語言之間的變異太大，不可能只用幾種參數來制定，而且從演化的觀點來看，寫在基因裡的文法實在不太可能演化出這樣的一套開關。（為了什麼目的呢？）不過，參數理論最主要被批評之處，是這種理論充其量只是一種繞遠路來解釋文法變異的方式；只要不堅信特定文法規則是與生俱來的，就能有更簡單、更直接的解釋方式。

　　簡單來說，自然論者堅持文法與生俱來，文化論者也以同樣堅定的口吻反對這樣的論調。過去數十年來，文法論戰消耗掉的筆墨已經相當驚人，世界各地許多圖書館的書架，莫不在這方面著述的沉重壓力下暗自啜泣。這本書不會在這個論戰上再加上多少重量，因為本書的主旨是語言的概念，不是文法。不過，文法系統有一點還是需要我們多加關注，全是因為這一點在這場論戰中幾乎完全沒出現，相當不合理。這一點就是文法系統本身的複雜度。在這一點上，抱持各種不同信念的語言學家竟然口徑一致，實在相當詭異；他們共通的看法，大大低估了文化的影響力。

第五章

柏拉圖與馬其頓的養豬人

　　如果在路上隨便找一位普通的張三李四路人甲，問他們亞馬遜熱帶雨林裡那些光著上半身的民族說的是什麼語言，他們一定會跟你說：「原始民族都說原始的語言。」如果問專業的語言學家這個問題，他們的回答會非常不一樣。其實，就算你不問，他們也會直接跟你說：「所有的語言都一樣複雜。」[1]這是當今語言學經常公開宣稱的口號，幾十年來，教授在講台上這樣說，語言學入門教科書也這樣說，語言學家只要有機會跟普羅大眾說話，也一定都會這樣說。

　　那麼，到底誰是對的：街頭上的路人，還是所有的語言學家？語言的複雜度是不是一種普世的通性，而且像語言學家所說的那樣，反映出人類的天性？抑或像張三李四路人甲說的那樣，反映的是語言使用者的文化和社會狀態？在接下來的篇幅裡，我會試圖說服各位，兩邊其實都有錯，但是語言學家犯的錯誤比較大。

原始的語言？

　　語言學家狄克生是認真研究澳洲原住民語言的開路先鋒；他在回憶錄裡敘述他在一九六〇年代初次到昆士蘭北部進行田野調

查時，碰到的人抱持著什麼樣子的心態。他在凱恩斯附近碰到一位白人農夫，問他在做什麼。狄克生說，他想要寫下當地原住民語言的文法。那位農夫說：「喔，這一定很簡單。大家都知道他們沒有什麼文法。」狄克生到凱恩斯當地的廣播電台接受訪問。主持人聽到狄克生說的話，實在太過驚訝，沒辦法相信他的耳朵：「你是說，這些原住民真的有語言喔？我還以為只不過是些鬼吼鬼叫的聲音而已。」[2] 狄克生抗議，說他們的語言不只是些吼叫聲，主持人又大叫：「可是他們的字彙一定不超過兩百字，對吧？」狄克生回答，那天早上他才剛剛從兩位當地人士搜集到超過五百種動物和植物的名稱，所以這個語言的字彙一定還要比這龐大許多。不過，最讓主持人反應不過來的驚人說法還在訪談的最後面，他問狄克生，當地原住民的語言最像哪個知名語言。狄克生回答，原住民語言裡某些文法結構比較不像英文，反而更像拉丁文。

狄克生在一九六〇年代碰到的這種心態，現在可能不那麼常見，至少不會以這麼低俗的方式表現出來。不過，在市井街道上（即使是一些高級的大街上），大多數人還是相信澳洲的原住民、南美洲的印第安人、非洲的布希曼人，以及世界上其他原始民族的語言，就跟他們的社會結構一樣簡單。根據市井小民道聽塗說的看法，未開化的生活反映在未開化的語言裡，石器時代般的原始工具表示文法結構也一樣原始，裸身、幼稚的行為更直接印證在幼稚、不成規矩的言談裡。

這種錯誤的看法之所以這麼普遍，背後的原因相當簡單。我們對語言的印象大多建立在我們所見到的語言使用者身上；大多數人對原住民語言的認知，主要來自大眾文學、電影和電視。我

們從這些媒體看到的描繪方式，不論是比利時的《丁丁》漫畫或是美國的西部片，都是印第安人、非洲人和其他的「原始民族」只會用粗糙的字彙，說些像「大爺，我，不去」等等的話。所以，根本的問題是不是我們被大眾文學給騙了？我們認定原住民說的都是滿口破爛的語言，這是否只是一種偏見，是被沙文主義、帝國主義式的想像給扭曲的看法？如果我們真的大老遠跑去昆士蘭北部，我們會不會發現當地原住民說話都像莎士比亞那樣，出口成章？

那倒也未必。雖然普羅大眾的說法不一定會遵守最嚴格的學術標準，但是這些描繪的方式畢竟還是有現實生活的依據。事實上，原住民確實常常會用一種粗糙、不合文法的語言，像是：「no money no come」「no can do」「too much me been sleep」「before longtime me no got trouble」（我以前從來沒有遇過麻煩）「mifela go go go toodark」（我們一直走，直到天色太暗為止）。這些都是「原住民語言」的真實例子。

不過，你是否發現了一個小問題？我們聽這些人說原始的語言時，那個語言永遠是……英語。雖然他們在說英語的時候，都會用一種簡化、沒有文法、粗鄙、不講究（簡單來說，就是「原始」）的語法，但這是因為英語不是**他們**的語言。想像一下，你平常是一個出口成章、用字精確又講究文法的人，卻要用一種你從來沒有學過的語言跟別人溝通。你來到一個荒涼的小村莊，那裡沒有人會說英語，你又急著想找地方過夜，身上卻只有一本口袋字典。轉眼之間，你說的話就毫無典雅、講究可言。你不會對人這麼說：「先生，能否請你好心告訴我，這個村子裡有哪裡可以讓我借宿一宿？」這是絕對不可能的。你的語言就像是

被人剝光衣服一樣,變成只會用瞥腳的西班牙語問:「*yo dormir aqui?*」,用破爛的阿拉伯語問:「*ana alnoom hoona?*」,或是用你想說的那個語言說出等同:「我,睡,這裡?」之類的話。

　　當你在還沒受過經年累月的文法訓練時,試圖要說一種陌生的外語,你一定會退而使用一種求生策略:把一切多餘的東西都拿掉,只留下最基本、最重要的部分,忽略所有與表達根本意義無關的成分。那些嘗試要說英文的原住民就是這樣子;這種簡略的字句並不表示他們自己的語言沒有文法,而是如果他們要使用一種不曾真正學過的語言,就算他們的母語文法再怎麼複雜,此時也都派不上用場。舉例來說,北美洲印第安人的語言裡,可以用眼花繚亂的字首和字尾變化創造出長到讓人喘不過氣來的單字;但是,他們卻連英語動詞最基本的 *-s* 字尾都沒辦法處理,反而會說出像「he come」「she work」的句子。南美洲印第安人的語言往往會使用許多種不同的過去式,來表示不同程度的過去時間;不過,他們卻連英語或西班牙語最基本的過去式都沒辦法掌握,於是會說出像「he go yesterday」的句子。或是再拿一個亞馬遜部落來當例子,這個部落的語言裡,必須詳細表示未來事件的可知性,幅度之精細,就連最聰明的律師聽到都會瞠目結舌。(下一章會有更詳細的描述。)但這個部落的人如果嘗試要說西班牙語或英語,也只能用最根本的語言結構,聽起來就會像牙牙學語一樣,讓人覺得他們不懂得說話。

　　如果我們把「原始語言」定義為像基本英語的「me sleep here」一樣,語言裡只有幾百種單字,也沒有任何文法規則可以表達更精細的語意,根本的事實就是:沒有任何一個自然語言是原始的。語言學者至今已經仔細研究過上百個原始部落的語言,

就算是科技最落後、衣著最簡單的部落所說的語言，也沒有任何一個還停留在「me sleep here」的層次。因此，張三李四路人甲說「原始民族都說原始的語言」，這毫無疑問是錯的。語言的「科技程度」如果用文法結構的複雜程度來衡量的話，那麼不只高度文明社會可以宣稱自己的語言高度「科技化」，連最原始的狩獵、採集社會在這方面也一樣進步。語言學家沙皮爾在一九二一年用一個讓人印象深刻的比喻，說明在文法結構的複雜度上，「柏拉圖與馬其頓的養豬人並行，孔子也與阿薩姆的獵人頭蠻族並肩。」[3]

不過，語言學家說「所有的語言都**一樣**複雜」，這種看法是不是正確無誤？我們不必去修高深的邏輯學課程，也會知道「沒有原始的語言」和「所有的語言都一樣複雜」的意思不一樣，而且前者成立不代表後者也成立。兩種語言可以同樣都遠遠超過「me sleep here」的層次，但其中一種還是有可能遠比另外一種複雜。借用一個類比來說明的話，想像一下那些就讀茱莉亞音樂學院的年輕鋼琴家，他們絕對不是只會用一根手指彈《倫敦鐵橋垮下來》的「原始」鋼琴家，不過這也不代表他們都**一樣**出色。同理，如果一個語言從千世萬代以來就是社會溝通的媒介，一定至少發展到了某種複雜的程度，可是這也不代表**所有**的語言都一樣複雜。難道高度文明社會的語言就不可能比簡單社會的語言**更**複雜嗎？或者反過來說，我們又怎麼知道進步社會的語言，複雜度反而比較**低**？

我們知道，因為語言學家這樣說。而且，如果一整個學術圈都團結起來，在所有的場合上都說一樣的話，這一定表示立場非

常穩固牢靠。事實也沒錯，「所有的語言都一樣複雜」往往是學生在入門教科書裡最早碰到的基本法則其中一條。一個典型的例子是史上最熱門的一本語言學入門教科書，亦即弗羅姆金和羅德曼所寫的《語言學新引》。自從這本常用教科書在一九七四年問世後，美國和其他國家的學生，都讀這本書（和後來陸陸續續的再版版本）長大。第一章的標題〈我們對語言之所知〉本身就是個好采頭，其內容如下：「歷史上語言學的研究以及對口語的分析可追溯到至少西元前一千六百年的美索不達米亞。過去我們對語言已有相當的了解。我們可以列出下列所有語言共通的現象。」[4] 此書隨後便列出十二條語言學學生從一開始就必須知道的事實。第一條宣稱「有人類存在之處，便有語言存在」；第二條則說「所有語言皆同樣複雜」。

一位在不疑處有疑的學生可能會私底下想，從西元前一千六百年至今這麼長的研究過程中，我們究竟從何時、何地「得到」語言都一樣複雜的結論。這項驚人的事實，到底是誰發現的呢？當然，我們也不必要求一本入門的書直接在第一章討論這麼細的細節，我們這位假想的學生也是一位有耐心的人。於是，她就一直讀下去，深信未來的章節一定會釐清這個問題──如果後面的章節不會，至少在更進階的教科書裡會。她一章一章讀下去，一門課一門課修下去，讀完一本又一本的教科書，但就是從來沒得到這項資訊。此間，「所有的語言都一樣複雜」的教條一再重複，可是從來沒有任何一本書提到這個教條的出處。這位學生現在開始懷疑，她一定漏掉了什麼東西。她覺得很慚愧，不敢讓人知道她竟然不知道這麼基本的東西，所以持續瘋狂尋找出處。

她有幾次似乎快要找到答案。在一位著名語言學家的著作

裡，她發現「所有的語言都一樣複雜」的教條被稱作**發現**：「現代語言學的一項發現，就是所有的語言在整體的複雜度上，大致上都相同。」[5]這位學生欣喜若狂，她已熟知學術寫作的成規，知道當人宣稱有一項「發現」時（而非一種「主張」或一種「看法」），學術規範必定要求列出資料出處，告訴讀者這項發現來自什麼地方。畢竟，她的老師也告訴過她無數次，學術寫作和新聞或大眾文學不一樣之處，就是必須用確實的證據來佐證任何宣稱的事實。她直接翻到書末的資料來源，可是怪哉怪哉，這本書排版的時候一定出了什麼問題，因為硬是少了這一條。

幾個月後，這位學生再次歡欣鼓舞，因為她找到一本書，把「所有的語言都一樣複雜」的教條提升到更高的境界：「語言學的一項**核心**發現是所有的語言，不論古老或現代，不論被『原始』或『進步』社會使用，在結構上都一樣複雜。」[6]她再一次翻到書末的資料來源，真是怪哉加十級呀，怎麼這本書排版的時候又出了一模一樣的問題呢？

我們要不要把這位學生從痛苦的輪迴中解救出來？她很可能再找個好幾年，都還是找不到這項資料的出處。我自己已經找了十五年，到現在都還沒找到。語言學家提出「所有語言都一樣複雜」的「核心發現」，卻根本不曾想過要說明這個發現從哪裡來、是什麼時候被發現，以及是怎麼被發現的。他們只會說：「相信我們吧，我們知道。」好吧，其實事實就是：不要相信我們，因為我們根本不知道！

事實上，「所有的語言都一樣複雜」這個教條完全沒有任何根據。從來沒有人衡量過任何一個語言的整體複雜度，更別說是全世界的語言了。其實，我們甚至連語言的整體複雜度**究竟**要怎

麼衡量都不知道。（我們等一下就會回到這個問題上，不過我們現在就先假設我們大概知道語言的複雜度指的是什麼。）「所有的語言都一樣複雜」的口號只是一種迷思；語言學家會不斷重複這個都市傳奇似的口號，只是因為他們聽過其他語言學家重複過，而他們又聽過更早的語言學家說過。

如果你跟我們這位害羞的學生不一樣，逼問一位語言學家這個教條的根據是什麼，最有可能提到的來源是《現代語言學教程》這本書裡的一段話；這本書寫於一九五八年，作者霍凱特是美國結構語言學的鼻祖之一。奇怪的是，霍凱特在這一段話裡費盡了力氣，只為了說明「所有的語言都一樣複雜」只是他的印象，不是新發現：

> 客觀觀察此事相當困難，可是從印象來看，任何一種語言的整體文法複雜度（如果綜論構詞法和構句法），應該大致相當。這種說法並不讓人訝異，因為所有的語言都有同樣複雜的工作需要做，沒有在構詞層次上做到的事，應該就要在構句層次上做到。（美國愛荷華州原住民語言）福斯語的構詞方式就比英語複雜，因此構句方式應該就要比較簡單。事實上也正是如此。[7]

由於霍凱特特別強調他說的只是「印象」，我們把這段話看得太仔細，似乎也太苛責他了一點。不過，由於這段話攸關現代語言學甚大，而且在不斷複誦之後，霍凱特的「印象」最後竟然成為這個學門的一項「核心發現」，我們還是需要稍微看一下這個來龍去脈。霍凱特的印象，或者說其背後的邏輯，真的有道理

嗎？霍凱特先假設，所有的語言必須具備最基本的複雜度，才足以進行它們的複雜工作；事實上，這個假設也沒有錯。他再從這個假設出發，推論如果一個語言在某一方面比另一個語言簡單，這個語言就必須要在其他方面變得更複雜來補償。但是，我們只要稍微在此多想一下，就會發現這樣的推論其實不對，因為如果只是為了有效溝通，語言有許多複雜之處其實是**不必要的**，也因此沒有必要進行補償。任何一個學過外語的人都能深刻體會，語言可以有許多完全不必要的不規則變化；這些不規則之處會大幅增加語言的複雜度，卻不會讓想法更容易傳達。舉例來說，英語的動詞如果少掉一些不規則變化，變成規則動詞，也不會讓這個語言的表現能力變差。這一點在其他歐洲語言裡會更明顯，因為它們的單字結構往往有更多的不規則變化。

　　事實上，如果我們把霍凱特使用的例子，美國印第安人的福斯語，換成一種主要的歐洲語言（就換成德語好了），我們馬上就會發現他的論點是多麼似是而非。德語的單字結構遠比英語來得複雜。舉例來說，英語裡的名詞如果要變成複數，只需要在字尾加上 s 或是 z 的聲音（books、tables），不規則的例外非常少。而德語裡至少有七種不同形成複數的方式：有些單字，像「汽車」，會在字尾加上 *-s*，就跟英語一樣（*Auto*、*Autos*）；有些，像「馬」，是加 *-e*（*Pferd*、*Pferde*）；有些，像「英雄」，是加 *-en*（*Held*、*Helden*）；有些，像「蛋」，是加 *-er*（*Ei*、*Eier*）；有些，像「鳥」，不是加字尾，而是改變單字裡母音的發音（*Vogel*、*Vögel*）；有些，像是「草」，除了改變母音發音外，**還會**加上字尾（*Gras*、*Gräser*）；最後，有些名詞，像是「窗戶」，則是什麼都不改（*Fenster*、*Fenster*）。我們也許會

想，既然德語的名詞這麼複雜，補償之道應該是讓動詞比較簡單；不過，德語動詞的形態事實上也遠比英語動詞多，所以德語單字的構詞方式跟英語比起來，簡直是複雜到讓人無從比較。那麼，我們也許還可以借用霍凱特的話，推得「由於德語的構詞方式比英語複雜，因此應該會有更簡單的構句方式。」可是，這是真的嗎？真的要比較的話，其實應該是反過來的：舉例來說，德語單字順序的規則就遠比英語的複雜。

從更全面的觀點來說，霍凱特的想法之所以無法成立，是因為這些複雜之處只是語言從幾百年前累積下來的累贅包袱。所以，這些複雜的東西如果在種種因素下消失不見（後面會再詳述），倒也沒有必要讓語言的其他地方變複雜，以茲補償。[8] 反之，如果語言在某一方面變得更複雜，我們也不必讓另一方面變得簡單，因為兒童學習語言的時候，大腦可以應付相當龐雜的語言包袱，而且應付的能力強得驚人。數百萬的兒童從小學習至少兩種語言，而且可以流利使用每一種語言。這件事實證明了光是一個語言的複雜度，根本不足以窮盡小孩子大腦的語言能力。所以，綜論起來，沒有任何先天的原因，可以說明語言為何要很神祕地變得一樣複雜；就算只是讓複雜度約略相等，也說不過去。

不過，你也許會問，我們何必把時間浪費在這種先天的假設上呢？我們一直用這種抽象的方式談複雜度有什麼用？如果真的想知道語言到底是不是一樣複雜，直接拿工具去做田野調查，比較各個語言的關鍵數據，然後判別每種語言整體的複雜度，這樣做不是最直接嗎？

有一個笑話，來自物產豐饒的前蘇聯：有一位女士到了肉

鋪，跟屠夫說：「老闆，可以給我兩百公克的火腿嗎？」屠夫
說：「沒問題。你先給我火腿。」從我們的情況看來，我們有的
是火腿，缺的是測量的工具。我很樂意替你們測量任何一種語言
的整體複雜度，可是我不知道哪裡找得到度量工具，而且也沒有
人知道。事實上，倡導「所有的語言都一樣複雜」教條的語言學
家之中，沒有任何一位試圖定義過語言的「整體複雜度」是什
麼。

　　「等等啊，」我聽到你這樣想：「就算至今沒有人試圖定義
過複雜度，我們自己去做，也不會難到哪裡去吧！比方說，我們
不是可以從外國學習者感受的困難度來定義這個語言的『複雜
度』嗎？」但是，這指的是哪些學外語的人？問題就在於，學習
外語的難易度，與學習者的母語有非常大的關係。瑞典語簡直易
如反掌——如果你是一位挪威人的話；同理，如果你是義大利
人，西班牙語也非常簡單。可是，如果你的母語是英語的話，瑞
典語和西班牙語對你來說都相當困難；但是對說英語的人來說，
兩者都比阿拉伯語或漢語簡單多了。那麼，這代表從客觀條件來
看，阿拉伯語和漢語就比較困難嗎？不對，因為如果你的母語是
希伯來語，那麼阿拉伯語一點都不困難；如果你的母語是泰語，
那麼漢語又比瑞典語或西班牙語簡單。簡單來說，根本沒有辦法
從學習的困難度來衡量語言整體的複雜度，因為（就跟到某個地
方旅行一樣）這完全要看你從哪裡開始。（一位傳說中的英國人
就用最痛苦的方式學到這一點。有一天，這位英國人在愛爾蘭鄉
間迷路。他在荒涼的鄉下道路不停打轉好幾個小時之後，總算看
到有位老人走在路旁，於是問他要怎麼回到都柏林。那位老人回
答：「如果我要去都柏林，我不會從這裡開始。」）

　　我可以感覺到，你還不會這麼輕易就放棄。你現在會說，如果困難度這一點行不通，那麼是不是可以用比較客觀的數據來判斷複雜度，像是語言裡總共有多少元件？就像拼圖一樣，如果片數愈多，拼圖就愈複雜；我們是不是也可以說，語言的複雜度取決於語言有多少種詞類、會區別多少種的時態、文法裡有多少條規則，或是其他類似的概念呢？這裡的問題是，我們是拿蘋果來比橘子。語言的元件分成許多種：聲音、單字，和文法元件，像是字尾、子句類型、單字的順序等等。這些東西要怎麼比呢？假設甲語言比乙語言多了一個母音，可是乙語言比甲語言多一種時態。這樣會讓甲語言和乙語言一樣複雜嗎？如果不會，那麼兩者之間的匯率怎麼算？幾個母音可以換一種時態？兩個？七個？買一打多送你一個？這比蘋果和橘子還要糟；這簡直像是拿蘋果來比猩猩。

　　長話短說：我們想不出一套客觀、不武斷的方式來衡量任何兩種語言的整體複雜度。這並不是說沒有人試過；就算真的有人嘗試這樣做，就先天條件來說根本不可能做到。所以，「所有的語言都一樣複雜」的教條要何去何從呢？我們的張三李四路人甲說「原始民族都說原始的語言」時，他們說的是一個簡單而富有意義的陳述，只是這個陳述剛好是錯的。但是語言學家宣誓的那一條信念還不只是錯的──這條信念根本沒有任何意義。語言學號稱的「核心發現」，只不過是子虛烏有，因為既然我們無法為語言整體複雜度下一個定義，「所有語言皆同樣複雜」的說法，大概是「所有語言皆同樣是玉米片」一樣的程度。

　　語言學家意圖說服普羅大眾，讓大家認為所有語言皆生而平等；這種做法也許立意良善，因為這好歹是一項有意義的工程，

想讓世人不再相信「原始民族都說原始的語言」。不過，通往啟蒙的道路，並不能用空洞的口號來抵抗錯誤的事實。

　　雖然追求語言**整體**複雜度只是讓人白忙一場，我們倒也不必完全放棄複雜度這種想法。事實上，我們只要不再追求虛無縹緲的整體複雜度，轉而針對語言**特定**層面的複雜度，抓到一點具體東西的機率會大幅增加。假設我們今天把「複雜度」定義為一個系統裡有多少個元件。如果我們夠小心區別語言的特定層面，測量每個單獨層面的複雜度就變成一件很有可能的事。舉例來說，我們可以測量聲音系統的大小，只需要算語言裡有多少個不同的聲音（亦即「音位」）就好了。或者，我們可以看動詞系統，算出動詞可以有多少種時態變化。語言若用這種方式來互相比較，馬上就會發現各個語言在特定的文法層面上，複雜度有非常大的差別。雖然這種變異的存在本身並不是件大新聞，但比較困難的問題是，這些特定層面的差異是否能反映語言使用者的文化，以及他們的社會架構？

　　語言有一個層面的複雜度公認與文化相關，那就是字彙量的大小。[9]這個層面最明顯的區隔方式，就是無文字社會的語言，以及有書寫傳統社會的語言。舉例來說，澳洲原住民的語言擁有的單字數量，可能比凱恩斯那位廣播電台主持人所說的兩百個字還要多，可是還是沒辦法跟歐洲語言的單字寶庫相比。有些語言學家描述過小型無文字社會的語言；據他們推估，這些社會的字彙平均大約在三千到五千字之間。相較之下，主要歐洲語言的小型雙語字典通常至少會有五萬個條目，更大的雙語字典可能會有七萬到八萬個條目。分量夠的英英字典會有大約十萬個條目，

《牛津英語字典》完整印刷版的條目數量更有三倍之多。當然，《牛津英語字典》裡有許多罕用字，一般的英語使用者只能認得全部條目的好幾分之一。有研究人員推算，一般說英語的大學生有大約四萬字的被動字彙——這指的是他們就算不主動使用，仍然可以辨認出意義的單字數量。另一項研究估算大學講師的被動字彙大約有七萬三千字。

語言是否有書寫傳統會造成很大的發展差異，這個背後的原因不難理解。在無文字社會裡，字彙量的多寡受到非常大的限制，因為這些社會沒有所謂的「被動字彙」——至少可以說，一個世代的被動字彙不會傳到下一個世代去：也就是，一個世代不會主動使用的字，下一個世代就不會聽到，之後就會永遠失傳。

構詞學

語言的字彙跟文化相關，這點既不讓人意外，又不會引起爭議；不過，我們即將踏入一片渾水，因為接下來將探討社會結構是否會影響語言的**文法**層面，像是語言的構詞方式。各種語言在獨立的單字之內表達的意義（有別於一串單字組合起來的意義）相差甚大。舉例來說，英語的動詞，像 walked 或是 wrote 會在動詞本身表示動作是過去發生的，可是不會表示「人」是誰，必須再藉由另一個獨立的單字，像是 you 或是 we 來表達。阿拉伯語的動詞包含時態和人稱，就像 *katabnā* 一個字表示「我們曾經寫」。但是，漢語的動詞本身，既不會表達動詞的過去時態，也不會表達人稱。

名詞裡面包含的資訊也有差異。夏威夷語不會在名詞上區別

單數與複數，而是用另外一個單字來表達。同樣地，法語口語裡大部分名詞的單數和複數聽起來都一樣（「日子」的單數 *jour* 和複數 *jours* 的發音一樣，需要有其他獨立的單字，像是定冠詞 *le* 或 *les*，才能區別兩者的差異）。反之，英語的名詞本身就可以聽出單數和複數的差別（dog–dogs、man–men）。有些語言會區分得更仔細，連雙數都有特別的形式。索比亞語是德國東部一個小地方說的一種斯拉夫語系語言，這個語言會區別 *hród*（一座城堡）、*hródaj*（兩座城堡）和 *hródy*（三座以上的城堡）。[10]

　　代名詞內包含的資訊，在各個語言裡也不同。舉例來說，日語的指示代名詞會把距離分得更精細。日語不只區分 this（指近的物體）和 that（指較遠的物體），而是將距離區分為三種：*koko*（表示距離說話者近的物體）、*soko*（表示距離聽話者近的物體），和 *asoko*（離說話者和聽話者都遠的物體）。相較之下，希伯來語完全不區分距離，不論物體的距離為何，都使用同一個指示代名詞。

　　單字本身傳達的資訊多寡，是否與社會的複雜度有關？舉例來說，狩獵採集的民族是不是會偏向使用簡短的單字？進步社會的語言是不是又會在單字裡包含更複雜的資訊？一九九二年，語言學家佩金斯開始著手調查這個問題，使用資料統計的方式調查了五十種語言。他把所採用的社會樣本依照複雜度區分為五大類，所用的依據綜合人類學者建立的幾種規範，包括人口規模、社會分層、維生經濟的種類，和工藝的專精度。在最簡單的類別裡，是由數個家庭組合的「團體」，他們沒有固定的居所，完全依靠狩獵和採集維生，在家庭之外沒有任何的權力架構。第二個類別包括比較大的群體，他們有初始階段的農業、半固定的居

所，和少量的社會組織。第三個類別是「部落」，他們的食物大多經由農業供應，有固定居所和少量工匠，以及某種權威人物。第四個類別有時被稱為「鄉民社會」，這種社會有密集的農業生產、小型城市、專門的工匠，和區域管理的權力架構。第五個類別是都市化的社會，有龐大的人口和複雜的社會、政治和宗教組織。[11]

佩金斯為了比較這些語言的單字複雜度，選擇了一些像我前文所述的語言特徵：名詞是否會表示複數，動詞的時態變化，和其他表示事件的參與者、時間和地點的資訊。他再檢查每個語言裡，這些資訊有多少是直接包含在單字本身裡，不須再借助另外的獨立單字。他從分析中發現，社會的複雜度和單字本身包含的資訊高度相關。只是這個結果不同於張三李四路人甲所認為的單字結構複雜的社會，社會結構本身必然複雜。事實上正好相反：社會複雜度與單字結構複雜度**反**相關！社會愈簡單，單字裡可能包含的資訊也愈多；反之，社會愈複雜，單字內部所欲表達的語義差別也愈簡單。

佩金斯的研究在當時並沒有造成什麼轟動，大概也因為語言學家那時忙著宣揚「所有的語言都一樣複雜」，沒有發現這件事。不過，近年來有愈來愈多資訊可取得，特別是匯集了數百種語言文法現象的電子資料庫，使得研究人員更容易檢視更多種語言；也因此，近幾年學術界有更多類似的調查研究。[12] 這些研究與佩金斯的研究不同的是，它們不再用幾個大分類來區分各個社會的文化複雜度，改成只用一個變數來衡量：語言使用者數。這種變數不但更容易掌握，在統計分析上也更有助益。當然，一個語言有多少使用者，只能用來粗略估計社會結構的複雜度，不過

這兩者之間的相關性仍然頗高：在一個極端下，簡單社會的語言只會有幾個使用者；在另一個極端下，複雜的都市化社會所使用的語言，通常都有數百萬人在說。近年的調查研究高度支持了佩金斯的結論，顯示了大型社會的語言，其單字結構比較可能趨向簡單，而小型社會的語言比較有可能在單字內放進更多文法上的意義。

　　這種關聯性要怎麼解釋呢？有一件事情相當明白：語言的構詞複雜度，通常不是使用者可以刻意選擇或規畫的；畢竟，從來沒看過哪場政治辯論會討論動詞或名詞可以接多少種字尾。所以，如果原始的社會傾向有複雜的單字，這些差異背後的原因一定是語言隨著時間流逝，所產生的未經規畫的自然轉變。在《語言的推展》裡，我說明了語言不斷受到毀滅與創造兩種力量的夾擊。毀滅力量的動能，來自人類一種相當沒動力的天性，也就是惰性。人類追求省力的習性會讓語言使用者縮短發音，時間久了之後，這些發音習慣逐漸產生影響，以至於削弱，甚至完全刪去整批的字尾，進而把單字的結構變簡單。諷刺的是，懶惰也同樣會創造新的複合單字結構。在不斷反覆之下，兩個常常一起出現的單字界線可能會被磨掉，最後融合成為一個單字——就像 I'm、he's、o'clock、don't、gonna。這樣一來，更複雜的字會誕生。

　　長期下來，構詞的複雜程度取決於毀滅與創造力量的平衡。如果創造的力量比較大，而且語言得到的字首和字尾跟失去的至少一樣多，那麼這個語言的單字結構就會持平，或是變得更複雜。不過，如果消失的字首和字尾比新創的還多，單字在日積月累下會變得愈來愈簡單。

　　過去一千年以來，印歐語系語言的變化就是後者的明證。十九世紀的德國語言學家許萊赫提出一個讓人印象深刻的例子：他將哥德語長得嚇人的動詞 *habaidedeima* [13]（「have」的第一人稱複數過去虛擬式）與當今英語的同義字，單音節的 had 做了比較，將現代的形式比喻為一個在河床裡滾動的雕像，四肢都已經被磨去，只剩下一個光滑的圓柱。印歐語系的名詞也經歷過類似的簡化過程。六千多年以前，印歐語系語言的老祖先（也就是「古印歐語」）有一套非常複雜的格位字尾變化，用來表示每個名詞在句子中的用途。當時總共有八種不同的格，而且大部分都有不同的單數、雙數和複數形態，使得每個名詞大約有二十種不同的字尾變化。不過在最近一千年以來，這個像漁網一樣錯綜複雜的字尾系統，在古印歐語的子語言裡大多消失不見，原本使用各種不同字尾來表示的意義，現在大都由獨立的單字來表示（像是介系詞 of、to、by 和 with）。不知因為什麼原因，勢力最終偏向毀滅的那一邊，瓦解了龐雜的構詞方式：舊有的字尾不見了，新的功能因應而生。

　　創造與毀滅的平衡，有沒有可能與社會的結構有關？小型社會的人彼此溝通的方式，是不是會讓他們產生出新的複合字詞？當社會變得愈來愈大、愈來愈複雜時，大家溝通的方式是否又有什麼因素，會讓語言偏向簡化單字結構？現今所有可能的答案都指向一個共同的因素：與熟人溝通和與陌生人溝通的差異。

　　若要了解我們這些住在大型社會的人有多常跟陌生人溝通，只需要快速數一下過去一周以來你跟多少位陌生人交談過。如果你住在大城市，活動又跟一般人一樣，你交談過的人應該多到記不起來：店員、計程車司機、電話推銷員、餐廳侍者、圖書館

員、警察、來修理熱水器的工人、你隨便在路上問要怎麼到某某街的人。現在，請再加上第二圈的人，這些人可能不完全是陌生人，但是你還是幾乎不認識他們，也就是那些你偶爾會在上班、上學、上健身房時遇到的人。最後，再加上你認得卻從不曾主動過去跟他們說話的人，像是在街上、車上或電視上看到的人，你會明顯發現你接觸到一大群陌生人的語言──而且時間才短短的一周。

小型社會的情況大為不同。如果你身處在某個與世隔絕的部落，部落總人口數又只有幾十個人，你幾乎不會遇到陌生人，而且就算你遇到陌生人，你八成會在跟他們聊天之前先把你的矛丟過去，或是他們把他們的矛往你這裡丟。你非常熟悉你的每一位交談對象，所有跟你交談的人也都跟你很熟。他們也都熟知你的朋友和親戚、你常去的地方，和你所做的事情。

但是，這些跟我們的主題有什麼關聯？有一個相關的因素，是我們與熟人溝通的時候，常常可以用比和陌生人溝通時更精簡的表達方式。[14] 想像你跟一位家人或好友說話，談的是一位你們都非常熟的人。你有一大堆的資訊根本不必明白說出來，因為這些從當下的情境裡就能推知。當你說：「他們兩個人往那裡走。」聽你說話的人必然知道那兩個人是誰，「那裡」又是哪裡。現在，再想像你要把同一個故事說給一位完全陌生的人，這位陌生人連你跟隔壁的王小明都分不清楚，更不知你住在哪裡，或其他與你相關的資訊。你不會再說「他們兩人往那裡走」，反而必須說「我姊姊李小華的未婚夫和他前女友的丈夫回到河邊高級社區那棟他們曾經在裡面遇見李小華的網球教練的房子……」

從更廣泛的層次來說，你和熟人談到附近的東西時，你的用

字可以更加精簡。你和聽話的人有愈多共通之處，你就愈能用單字來「指出」你所說的人、事、時、地。這些指示的用詞用得愈頻繁，就愈有可能融合成為字尾或其他構詞元素。因此，在大家都是熟人的社會裡，「指示」的資訊到最後很有可能直接包含在單字裡面。反過來說，在大家需要大量與陌生人溝通的大型社會裡，有更多資訊需要明白說出來，不能僅僅用指示而已。舉例來說，我們可能就需要用英語的關係子句來明白指出「他們曾經在裡面遇見……的房子」，不能只用「那裡」一個詞。簡短指示用詞的使用頻率愈低，就愈不可能融合到單字裡面，成為單字的一部分。

另一個可能可以解釋造成小型社會與大型社會構詞複雜度差異的因素，就是這些社會接觸其他語言、甚至是同一種語言的不同變體的程度。在一個大家都是熟人的小型社會裡，說話的方式都大同小異，可是我在一個大型社會裡，會接收到許多不同變體的英語。上一周你聽到的陌生人對話裡，許多人說的英語跟你自己的英語完全不同——可能是另一種方言、另一個社會背景下的英語，或是有外國腔調的英語。目前已經證實，語言和其他變體的語言接觸後，單字結構會傾向變簡單，因為學習外語的成人會覺得不同的字尾、字首和其他單字變化很困難。在大量成人需要學習語言的情形下，單字結構通常會大幅變簡單。英語的變化就可以證明這一點：在十一世紀以前，英語的單字結構相當複雜，有如當今的德語，但在西元一〇六六年諾曼征服事件發生以後，這些複雜的變化大都消失殆盡，無疑是因為不同語言的使用者互相接觸所致。

一種語言如果接觸到同一種語言的不同變體，也有可能迫使

語言簡化，因為單字的組成方式就算有些微變異，也有可能造成理解上的問題。在大型社會裡，不同方言和語言變體的使用者之間經常需要彼此溝通，促使大家簡化構詞方式的壓力也會因此增加；在人種一致的小型社會裡，語言的使用者不常與其他變體的使用者互相接觸，簡化的壓力也就可能比較低。

　　最後，還有一個因素可能會減緩新構詞方式出現的速度，就是複雜社會最高等的特徵：書寫文字。流暢的口語裡，單字與單字之間沒有什麼空格，所以兩個單字常常一起出現時，很容易融合成為一個字。不過，書面的文字讓每個單字清清楚楚獨立存在，也因此會加強語言使用者對於單字之間界線的認知。當然，這並不代表我們就不必期待有書寫文字的社會出現新的融合單字，只是新融合單字出現的頻率可能會大幅降低。簡而言之，書寫文字可能會形成一股反勢力，讓比較複雜的單字結構不易出現。

　　社會複雜度與構詞複雜度是反相關的，但是沒有人知道以上三種因素是否可以完全解釋這個現象。不過，至少我們有合理的方式可以解釋，使得文字結構與社會結構之間的關係不再那麼神祕。語言還有另一個層面的東西，最近也經由統計方法證實具有相關性；可惜的是，這是另外一個區塊的相關性。

聲音系統

　　各種語言之間，聲音的數量有非常大的差別。[15]巴布亞紐內亞的羅多卡斯語只有六種子音（p、t、k、b、d、g），夏威夷語有八種，但是波札那的宏語有四十七種不是吸吮音的子音，和

七十八種只出現在字首的吸吮音。母音的數量也有很大的差別：許多澳洲語言只有三種（*u*、*a*、*i*），羅多卡斯語和夏威夷語分別有五種（*a*、*e*、*i*、*o*、*u*），英語則有大約十二或十三種（依語言變體而定）和八種雙母音。因此，羅多卡斯語總共只有十一種聲音（六種子音和五種母音），但是宏語卻擁有超過一百四十種聲音。

二〇〇六年時，語言學家海伊和鮑爾發表了一篇統計分析的論文，總共分析了超過兩百種語言的聲音。他們發現，語言使用者數和語言聲音數量有相當大的關聯：社會愈小，語言擁有的個別母音和子音數量也愈少；語言的使用者愈多，語言裡的聲音也愈多。[16]當然，這只是統計學上的相關性，並不表示所有小型社會的語言都一定只有少數幾種聲音，或是大型社會的語言一定有比較多種聲音。馬來語有一千七百多萬人使用，卻只有六種母音和十六種子音，所以總共只有二十二種聲音。相反地，法羅語的使用者不到五萬人，語言裡的聲音數量卻是馬來語的兩倍多，總共有大約五十種聲音（三十九種子音和超過十種母音）。

就算有這些例外，從統計學的相關性來說，這種關聯相當站得住腳，所以我們唯一可以得到的結論，就是小型社會的溝通模式一定有什麼特質，會讓語言裡的聲音數量偏少，而大型社會又一定有哪些特質，會讓新的音位更容易產生。問題就是，目前還沒有人想出任何夠具說服力的解釋，來說明為何會是這種情況。其中可能有一個因素，是語言跟其他語言或方言的接觸。語言之間的接觸會讓單字結構趨於簡單，但聲音的數量卻相反，經常會因為跟其他語言接觸而增多。舉例來說，如果語言裡借用夠多有「異音」的外來字，這個外來的聲音就有可能進入語言本身的聲

音系統。倘若這種經由接觸產生的變異，在與世隔絕的小型社會裡比較少出現，那麼就可能可以解釋他們的聲音數量為何比較少。不過，這個因素很明顯不能適用於全部的情況。

附屬關係

最後，語言有一個層面可能就跟路人的見解一樣，跟社會的複雜度有一定的關係：就是句子的複雜度，特別是附屬子句的使用方式。附屬關係是一種句法上的結構，經常被稱作語言皇冠上的夜明珠（至少句法學者會這樣說），也最能展現語言精妙之處：使用這種方式，我們就能用一個子句完全涵蓋住另一個子句。透過附屬關係的運用，我們可以變出愈來愈複雜的句子，卻仍然可以讓人理解：

I must have told you about that seal
我一定跟你說過那隻海豹的事

I must have told you about that seal [which was eyeing a fish]
我一定跟你說過那隻〔當時在看一條魚的〕海豹的事

I must have told you about that seal [which was eyeing a fish [that kept jumping in and out of the icy water]]
我一定跟你說過那隻〔當時在看一條〔不斷從冰水裡跳進跳出的〕魚的〕海豹的事

而且我們也不必就此打住，因為理論上這種附屬的機制可以讓句子一直持續不斷，只怕我們氣不夠長而已：

I must have told you about that quarrelsome seal [which was eyeing a disenchanted but rather attractive fish [that kept jumping in and out of the icy water [without paying the least attention to the heated debate [being conducted by a phlegmatic walrus and two young oysters [who had recently been tipped off by a whale with connections in high places [that the government was about to introduce speed limits on swimming in the reef area [due to the overcrowding [caused by the recent influx of new tuna immigrants from the Indian Ocean [where temperatures rose so much last year [that...]]]]]]]]]]

我一定跟你說過那隻〔當時在看一條落寞但頗具吸引力的〔不斷從冰水裡跳進跳出〔完全沒注意到一隻海象和兩隻年輕的牡蠣在熱烈議論著〔前陣子聽到一隻與政府高層有良好關係的鯨魚〔說政府即將要在礁區限制游泳速度〔以因應近來因為〔聚集了去年從增溫許多的印度洋遷來的鮪魚〕造成的壅塞〕〕〕〕的〕魚的〕愛吵架的海豹的事⋯⋯

附屬關係可以將在許多不同層次上的不同句子連綴起來，成為一個精煉的整體，同時又能掌握住每一個層次；這讓我們可以用簡潔的方式來傳達相當繁複的資訊。以上段文字為例，在最根

本的層次上只有一個句子：「我一定跟你說過那隻海豹的事」；不過，在這個層次之下，有愈來愈多的資訊出現在各種不同的附屬子句裡，不斷累積上去。

目前沒有任何可信的報告，指出有哪種語言完全沒有附屬子句的概念。＊不過，雖然目前所有已知語言或多或少都會運用附屬關係，差異之處在於它們有哪些附屬子句可以應用，又能應用到什麼樣的地步。[17]

舉例來說，如果你整天游手好閒，只顧著翻古籍文本，過沒多久你就會發現西臺文、阿卡德文和聖經希伯來文等語言經常顯得非常冗長無趣，一直在反覆。這是因為附屬關係的機制在這些語言裡尚未發展完全，所以使用這些語言書寫時，更需要藉助「然後……然後……」這種簡單的構句方式，讓每個子句依照時間順序先後出現。以下是一段簡短的西臺文，內容是國王穆爾西里二世所說的話；穆爾西里二世統治的期間在西元前十四世紀，當時帝國的首都在哈圖夏城，位於現在的土耳其中部。穆爾西里用相當戲劇化的口吻，描述他怎麼生了一場大病，使得他說話有障礙。（也許是中風？）不過對我們現代人來說，文字本身像斷奏一樣的風格相當無聊，跟文字生動的內容成為鮮明的對比。

＊ 最近幾年倒是有不少人頂著皮拉罕語的名號在叫囂；這種語言來自巴西亞馬遜河的雨林區，據稱該語言裡完全沒有附屬句型的概念。不過，近來有些皮拉罕語的附屬子句逃出雨林來，告訴一些可靠的語言學家，說它們的死亡完全是一件被大幅誇大的事。（詳見書末資料來源。）

以下就是偉大的穆爾西里王所說的話：

Kunnuwa nannaḫḫun

我駕著（一輛馬車）到庫努去

nu ḫaršiḫarši udaš

然後一陣雷雨襲來

namma Tarḫunnaš ḫatuga tetḫiškit

然後暴風雨之神不斷可怕地打雷

nu nāḫun

然後我害怕

nu-mu-kan memiaš išši anda tepawešta

然後我嘴巴裡的話語就變小

nu-mu-kan memiaš tepu kuitki šarā iyattat

然後話語稍微起來一點

nu-kan aši memian arḫapat paškuwānun

然後我完全忘記這回事

maḫḫan-ma uēr wittuš appanda pāir

不過歲月在之後流逝

nu-mu wit aši memiaš tešḫaniškiuwān tiyat

然後這件事不斷在我夢裡重複

nu-mu-kan zazḫia anda keššar šiunaš araš

然後神的手在我夢裡抓住我

aišš-a-mu-kan tapuša pait

然後我的嘴巴就斜到一邊

nu...

然後……

　　我們現在寫同樣的話會使用各種附屬子句，所以不用那麼一五一十地照時間順序一步步陳述。舉例來說，我們也許會這樣寫：「有一次我駕車到庫努去的時候發生了可怕的雷雨。暴風雨之神不斷落雷，讓我害怕到失去說話的能力，聲音只能出來一點點。有一段時間我完全忘記有這一回事，不過日子久了以後，這件事情就會出現在我的夢裡，在做夢的時候我會被神的手擊中，嘴巴就會斜到一邊。」

　　以下再舉一個例子：這個例子是用阿卡德文書寫的，這是古代美索不達米亞的巴比倫人和亞述人所用的語言。這個文件記錄一個法律案件的結果：某位叫烏巴倫的人在稽查官員前面證實，他告訴一位叫伊利本的人去占下庫利這個人的農地，但是他（烏巴倫）不知道伊利本其實自行改變了決定，占領另一位叫巴濟的人的農田。雖然這份文件的內容是這樣，文件本身不是這樣子寫的，而是：

ana Iribum Ubarum eqel Kuli šūlu'am iqbi

烏巴倫叫伊利本去占領庫利的農地

šū libbiššuma

他（伊利本）自行決定

eqel Bazi uštēli

占領了巴濟的農地

Ubarum ula īde

烏巴倫不知道

mahar laputtî ukīnšu

他證明（這件事）在稽查官員面前[18]

我們如果用英語來表達這段話，跟阿卡德文表達方式最大的不同，是我們自然會使用大量如「he didn't know [that]...」或是「he proved [that]...」的構句方式。這種附屬子句稱為「限定補語」；雖然這個名字看起來很艱難，但這種構句方式在英語言可是平常得不得了。不論是口語或書面文字，我們可以在句子本身不更動的情況下，把幾乎任何一個句子（就拿〔伊利本占領農地〕[Iribum took the field] 好了）變成另一個句子的附屬子句：

He didn't know that [Iribum took the field]
他不知道〔伊利本占領農地〕

由於這種階層關係只做一次太簡單了，我們還可以做第二次：

Ubarum proved that [he didn't know that [Iribum took the field]]
烏巴倫證明了〔他不知道〔伊利本占領農地〕〕

還能再來一次：

The tablet explained that [Ubarum proved that [[he didn't know that [Iribum took the field]]]
泥板說明〔烏巴倫證明了〔他不知道〔伊利本占領農地〕〕〕

還能再來一次：

The epigrapher discovered that [the tablet explained that [Ubarum proved that [[he didn't know that [Iribum took the field]]]]

古籍學者發現〔泥板說明〔烏巴倫證明了〔他不知道〔伊利本占領農地〕〕〕〕

阿卡德文的紀錄並未使用限定補語；事實上原文大部分子句不是依照階層安排，而是依照時間順序排列。這種情況不只在一份文件裡看到。我們現在雖然認為限定補語並不特別，但這種構句方式在現存最古早的阿卡德文（和西臺文）都見不到，甚至現在也還有活生生的語言沒有這種構句方式。

不過，這並不代表語言學課本會告訴你這些資訊；相反地，有些甚至還會滿腔熱血地告訴你相反的事。就拿先前提到的那本語言學標準教科書《語言學新引》好了，特別是〈我們對語言之所知〉的十二個教條。如前文所述，第二條說「所有語言皆同樣複雜」；稍後的第十一條則是這樣子的：

句法的普遍性質顯示出每一種語言都有辦法造以下的句子：

- Linguistics is an interesting subject.

  語言學是一個有趣的科目。

- I know that linguistics is an interesting subject.

  我知道語言學是一個有趣的科目。

- You know that I know that linguistics is an interesting subject.

  你知道我知道語言學是一個有趣的科目。

- Cecelia knows that you know that I know that linguistics is an interesting subject.

  賽西莉雅知道你知道我知道語言學是一個有趣的科目。

- Is it a fact that Cecelia knows that you know that I know that linguistics is an interesting subject?

  事實上賽西莉雅知道你知道我知道語言學是一個有趣的科目嗎？

可惜的是，這本教科書並沒有指出是哪些「句法的普遍性質」，讓所有語言都有這種構句方式，也沒有指出這麼高深的啟示何時、何地降臨人間。這項宣稱到底是不是真的？我自己還沒有幸運到可以跟句法的普遍性質互相聯絡，但是從一些比較無趣的證據（也就是真實語言的真實描述）來看，我們確確實實知道，有些語言就是沒辦法構成這樣的句子（而且也不是因為這些語言沒有「語言學」這個字）。舉例來說，許多澳洲原住民語言就沒有像英語限定補語的構句方式，有些南美洲印第安人的語言也是這樣，包括我們下一章會碰到的馬策斯語 [19]。使用這些語言的人沒辦法說出像下面的句子：

事實就是許多學生不知道他們的語言學教科書並不知道有些語言沒有限定補語。

這類的陳述必須使用其他的方式才能表達。如果使用早期的阿卡德語來打比方，我們可能要用類似下面的說法：

> 有些語言沒有限定補語。有些語言學教科書不知道有這一回事。許多學生不知道語言學教科書的無知。這是一件事實。

雖然目前還沒有人針對語言的附屬關係進行統計分析，從主觀印象來說，補語運用有限（或甚至是完全沒有補語）的語言，似乎大都是簡單社會使用的語言。再者，從阿卡德語、西臺語等古代語言來看，這種「句法科技」發展的時期，正好就是這些社會開始變複雜的時候。這只是巧合嗎？

我曾在其他地方認為這不是巧合。限定補語這種工具，讓繁複的陳述更能有效表達出來，特別是在語言必須更明白、更精準，以補足外在相關資訊的不足之時。回想一下前幾頁那份阿卡德文法律文件裡描述的事情。我們當然可以用簡單的連貫子句來傳述文件裡的每一個項目，就跟阿卡德文原文一樣：甲叫乙去做某件事情；乙做了一件不一樣的事情；甲不知情；甲在稽查官員面前證明了這件事。但是，如果我們不明白指出子句之間相互依賴，就會有些模糊不清的地方。甲到底證明了什麼？他證明了乙所做的事跟他接收到的指示不一樣嗎？還是，甲證明的是他**不知道**乙去做了一件不一樣的事？使用連貫的子句時，這一點並不清楚；但是，使用限定補語時，就能輕易辨別。[20]

法律案件的語言有相當苛刻的要求，必須要精準、明白，而

且敘述不能仰賴文件裡未提到的外在環境或隱含意義。複雜的社會比較容易產生出複雜的溝通模式，法律文件正是這類溝通模式的一種極端例子，但絕非唯一一種。如我先前所述，一個充滿陌生人的大型社會裡，經常會要在各方沒有共同背景和知識的情況之下，傳達繁雜又精確的資訊。限定補語的結構比其他的句型結構更能傳遞這樣的資訊；比較複雜的社會被迫要有不同的溝通方式，也有可能使得限定補語的結構更容易在這樣的環境下出現。當然，由於目前還沒有人針對語言的附屬關係進行統計調查，任何將附屬關係與社會複雜度聯想在一起的想法都只是一些主觀印象；不過，已經有些狀況可能要改變的跡象。

幾十年以來，語言學家把「所有的語言都一樣複雜」這個空洞的口號，提升成為這個學門的一條基本教義；另外，文法複雜度可以反映社會層面的說法，都會被貶為異端邪說。正因如此，這一方面的研究可說是少之又少。不過，最近幾年突然襲來的一股學術論文潮，顯示現在有愈來愈多的學者敢去探索這方面的連結。[21]

這類的研究已經揭露出相當顯著的統計關聯性。其中有一些發現，像是小型社會的單字結構比較可能偏複雜，乍看之下可能會讓人費解，但是多看幾眼後就會發現確實有可能。有些其他的關聯性，像是複雜社會更需要倚賴附屬關係構句，還需要更精確的統計調查資料，不過從直覺來看卻相當有說服力。最後，聲音系統的複雜度和社會結構的關係，尚待合理的解釋方式。不過，既然這方面的禁忌已經開始褪去，有愈來愈多的研究開始進行，未來無疑會有更多的啟示等著被發現。所以，好好留意這個領域。

　　自從亞里斯多德提出語言如何反映自然與文化的看法以來，我們已經走過一趟漫長的旅程。我們在起點上，認為只有語言的標籤（即亞里斯多德所謂「語言的聲音」）才受文化的規範，而標籤背後的一切都反映自然的天性。現在，文化已經成為一股相當巨大的力量，影響力之大，絕對不只有在既定的概念、既定的文法系統上加標籤而已。

　　在本書的第二部分裡，我們要進展到另一個問題，這個問題乍看之下，好像很自然就會從第一部分的結論裡推論出來，而且似乎也沒什麼大不了：我們的母語會不會影響我們的思考方式？既然我們所生長的文化會影響我們把世界分割成各種概念的方式，也會影響我們把這些概念形成精細的想法的過程，那麼我們再追問下去，問文化是否會**透過**它加諸於我們身上的語言特徵，進而影響我們的思考方式，似乎也是一件很自然的事。不過，雖然從理論上來看，提出這樣的問題看似沒什麼害處，這項議題早就被嚴肅的學者視為眼中釘。下一章會解釋為什麼。

第二部

語言透視鏡

第六章
高喊「沃爾夫」的人

一九二四年時，美國語言學的燈塔沙皮爾，對於外人怎麼看待他的學門不抱持任何幻想：「一般有知識的人對語言的學問有某種瞧不起的心態，他深信沒有什麼比這更沒用的東西。倘若他覺得稍稍有點用處，也只是把語言當成工具來看待。法文值得學習，因為有值得看的法文書。古希臘文值得學習（如果真的值得學習的話），因為有些用這種已滅絕的怪異語言寫的戲劇和幾段詩文，到現在仍有辦法打動我們的心（如果真有辦法的話）。其他的東西都有很好的譯本……。不過，阿基里斯在哀悼完他死去的同伴帕特羅克洛斯，皇后克呂泰涅斯特拉也殺害完所有的人後，剩下來的古希臘文不定過去式還要怎麼處理？有一種傳統模式，可以將這些字排列組合起來；這種模式叫作文法。負責文法的人，也就是稱為文法學家的人，被所有一般人都視為冰冷、無人性的書呆子。」[1]

不過，在沙皮爾眼裡，這種看法與事實可是天差地遠。他和他的同僚所做的事情，跟那種只會區分虛擬式和不定過去式，或是名詞屬於離格或工具格的學者完全不一樣。語言學家的發現相當讓人震撼，甚至足以改變人類的世界觀。美國印第安人的語言本來是一片完全未開發的荒土，此時逐漸在世人面前展開，在這片土地上的發現，足以顛覆人類千年以來的想法，讓人開始質疑

哪些組織想法的方式才是自然的。印第安人使用令人難以想像的奇特方式來表示想法，這也證實了在世人原本熟知的語言裡，許多本來認為是自然、普世的面向，其實只是歐洲語言剛好都是如此而已。沙皮爾和同僚仔細研究納瓦霍語、努特卡語、派尤特語和其他許多種原住民語言，這讓他們攀上極高的制高點，從高處回頭鳥瞰歐洲舊世界的語言，就像是第一次從高空看到自己家園的人，赫然發現它只是多樣化又遼闊的地景中的一個小點，這種經驗十足令人亢奮。沙皮爾形容，這是從「箝制思想、麻木心神……狠狠接受絕對事實」的狀況中解放出來[2]；他在耶魯大學的學生沃爾夫則認為：「我們不能再把印歐語系幾種近代發展出來的方言視為……人類心智進化的極致。它們，以及我們自己的思想過程，都不能再看作橫跨理性與知識的整個範疇，反而只是廣闊銀河裡的一個星座。」[3]

這樣的景觀讓他們實在不能自已。沙皮爾和沃爾夫逐漸深信，語言之間的鴻溝所造成的影響，絕對不只停留在語言的文法組織而已，一定會牽涉到思想方式的重大差異。這些發現帶來的氛圍十分讓人沉醉其中，也因此使得一個跟語言的力量有關的大膽想法，在這樣的氣氛下快速竄起：我們的母語會決定我們思考的方式，以及看待世界的方式。這種想法本身並不新奇；事實上，這種想法的雛形早就存在將近一世紀之久。不過，到了一九三○年代，這種想法被提煉成一種後勁特強的烈酒，讓一整個世代都為之醉倒。沙皮爾把這個想法冠上「語言相對論」的標籤，把它看成跟愛因斯坦撼動世界的理論同樣重要。一個人對世界的觀察（這是沙皮爾對愛因斯坦重新演繹後的詮釋），不只跟他外在不變的參考點有關，還跟他的母語有關。

接下來這幾頁將敘述語言相對論的故事，這是一個想法受到眾人唾棄的紀實。雖然這個想法曾經飄上高空，隨後卻又突然直線墜毀，因為世人發現沙皮爾和沃爾夫（特別是沃爾夫）在缺乏有力證據的情形之下，聲稱會影響認知的事情，其實只是單純文法組織上的差異。現今任何人提到語言相對論，都會讓語言學家坐立難安，「沃爾夫主義」也變成只是一個讓神祕主義份子、滿腦幻想的人，和後現代騙子逃離俗世的知識避難所。

那麼，我們又何必把這個被唾棄的想法的故事再說一遍呢？原因不（只）是讓我們可以為我們的後見之明感到志得意滿，或是讓我們看到聰明的人有時候也可以很蠢。雖然這樣做確實很享受，我們在此揭露前人失誤的真正原因是：雖然沃爾夫的狂論大多只是胡說八道，我稍後會想辦法說服你，「語言會影響思想」的想法還是不能直接摒棄不論。不過，如果要讓我的論點站得住腳，證明這個想法背後某些概念值得被我們救起來，而且語言仍然有可能是我們用來觀察世界的透視鏡，那麼我們這趟營救的任務就必須避開前人所犯的錯誤。我們若要駛往另一個方向，必須先了解語言相對論怎麼會走火入魔。

洪堡德

語言相對論這個想法，並不是到二十世紀才憑空興起的。事實上，耶魯大學那些學者看到令人屏息的語言景觀之後的過度反應，幾乎是十九世紀初期、德國浪漫主義全盛時期發生事件的翻版。

沙皮爾在一九二四年委婉諷刺世人對於學習非歐洲語言的成

見，但這在一百年前完全沒什麼好取笑的。當時不論是「一般有知識的人」或是古文學家，都認為只有拉丁文和古希臘文值得認真研究，而且這種成見是大家都抱持的普遍認知。同屬閃米語系的希伯來文和亞拉姆文偶爾會有登場的機會，主要是因為這兩種語言在神學上的重要性所致；梵文也開始被大家心不甘情不願地接納為值得學習的古典語言，但這只是因為梵文跟古希臘文和拉丁文**太像**。就算是現代歐洲語言，在當時也僅僅被視為是古典語言的低等變種。那些沒有文字的部落所說的語言，既沒有重要文學作品，更沒有任何其他值得探究的特徵，當然也被視為不值得一顧，只不過是一些原始的嘈雜聲音，就跟說這些語言的原始民族一樣沒有價值。

這並不是說當時的學者對於所有語言共通的特性不感興趣。事實上，從十七世紀以來，學者之間相當流行撰寫「普遍文法」相關的文章。不過，這些普遍文法的普遍性相當有限。舉例來說，大約在一七二〇年前後，有一位叫漢利的人在倫敦出版了一系列叫作《完全的語言學家；或是，當今所有重要語言的普遍文法》的文法書籍。「當今所有的重要語言」總共有九種：拉丁語、希臘語、義大利語、西班牙語、法語、希伯來語、迦勒底語（即亞拉姆語）、敘利亞語（亞拉姆語後來發展出來的一種方言），和阿拉伯語。這個相當有限的小世界，使得整體的世界觀也相當扭曲，因為（我們現在知道）歐洲語言之間的變異，跟其他更奇特的語言比起來，只不過是小巫見大巫。想像一下，如果一個人把世界局限在歐洲地中海和北海中間，得到的「普遍宗教觀」或「普遍食物觀」會有多少錯誤。他可能會在歐洲國家之間到處旅行，看到這些國家中間的變異，大大感到驚奇：教堂的建

構方式完全不一樣，麵包和乳酪的味道也不盡相同。可是，如果他從未旅行到更遠的地方，親自見到沒有教堂、乳酪和麵包的國度，他就不會發現這些歐洲之內的變異，其實只不過是一些小差異，而從本質上來說，整個區域的宗教和飲食其實都一樣。

十八世紀後半的視野開始稍稍拓展了一些，當時有不少人試圖編寫「普遍字典」，亦即世界各大洲語言的同義字列表。[4] 不過，雖然這些列表的幅度和野心都不斷增加，它們畢竟只是一些語言珠寶櫃而已，供人展示世界各地的珍奇異字。更準確來說，這些字典並沒有針對這些奇特語言的**文法**多加說明。[5] 當時的人如果研究「文法」，表示研究的是古希臘文和拉丁文，因為「文法」一詞指的**就是**古希臘文和拉丁文的文法。所以，當有人描述遠方的語言時（這些人也不是語言學者，而是有實際需求的傳教士），這些描述通常長得像一個列表，一邊列出拉丁文的詞類變化，另一邊則是他們認為相對應的當地語言形式。舉例來說，美國印第安人語言的名詞，會分成六種形式列出，來對應拉丁文名詞的六種格。語言本身是否區別得出不同的格並不重要；無論如何，名詞一定會分別依照主格、屬格、間接受格、直接受格、呼格和離格一一寫出來。法國作家拉薩迪坦在一七六三年編纂加里比語（加勒比海的一種語言，現已絕跡）的字典時，抱怨之詞就展現這樣的心態：「加里比人的語言裡沒有任何區別格的方式，照理來說每個字應該要有六種格。」我們現在看這樣的描述，會覺得這好像是故意寫得很蹩腳似的，可是當時的人會這樣寫，卻是完全相信有這麼一回事。美國印第安人語言的文法結構，可能根本就和拉丁文完全不一樣，但這樣的想法完全超出當時世人的想像。這背後的問題，遠比那時的人不理解某個新世界語言的某

洪堡德，一七六七～一八三五

個文法特徵還要嚴重得多。事實上，很多傳教士根本不能理解，
這些語言有什麼好理解的。[6]

　　此時，身兼語言學家、哲學家、外交官、教育改革家、柏林
洪堡德大學創辦人，以及十九世紀初期明星人物的洪堡德（一七
六七～一八三五）登場了。他接受的教育，是柏林啟蒙時代最頂
尖的教育，這樣的背景也讓他十分崇尚古典文化和古典語言。一
直到他三十三歲以前，沒什麼跡象顯示他有一天會跳出這樣的窠
臼，除了崇高的拉丁文和古希臘文以外，還會去關心其他的語
言。他十九歲時出版的第一個作品，寫的是蘇格拉底和柏拉圖，
之後的作品寫的是荷馬，除此之外他還翻譯古希臘悲劇作家埃斯
庫羅斯和古希臘詩人品達的作品。此時他眼前似乎是一條古典學
問的康莊大道。

　　他的語言學之路首先引領他越過庇里牛斯山，再朝向最後終
點大馬士革走去。一七九九年，他前往西班牙，深深被巴斯克地

彩圖一：荷姆格仁色盲測驗使用的一套彩色羊毛（見六十三頁）。

彩圖二：彩虹。

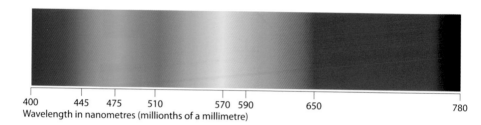

400 445 475 510 570 590 650 780
Wavelength in nanometres (millionths of a millimetre)

彩圖十一：可見光的光譜。

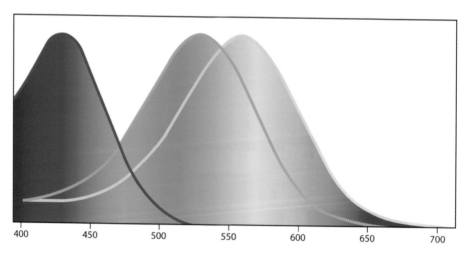

400 450 500 550 600 650 700

彩圖十二：（標準化後）短波、中波和長波視錐的敏感度，為波長的函數（見二八一頁）。

區的人、文化和風景吸引住；不過最令他感興趣的，是巴斯克人的語言。這種語言的使用者就住在歐洲，可是語言本身卻完全不像任何其他的歐洲語言，而且明顯源自不同的地方。回到老家以後，洪堡德花了好幾個月的時間，閱讀他能找到的所有跟巴斯克人有關的資料，但由於可靠的資料不多，他又回到庇里牛斯山裡，進行深度的田野調查，並跟當地人學習他們的語言。他對巴斯克語的認知更深了之後，發覺這個語言不光只是字彙不一樣，連語言深層的結構都完全打破他既有的認知，原本他認為唯一一種自然的文法形式，在這個語言裡完全不適用。他開始發現，不是所有的語言都像拉丁文那樣。

洪堡德的興趣被挑起之後，他就開始尋找他人對更遙遠的語言的描述。當時幾乎沒有這方面的出版品，不過他在一八〇二年成為普魯士駐梵蒂岡大使後，有了更多發現的機會。許多耶穌會傳教士從西班牙統治下的南美洲被驅逐之後，紛紛回到羅馬來，梵蒂岡圖書館有許多傳教士從當地帶回來，或是回到羅馬後寫下的手稿，當中不乏對中南美洲語言的描述。洪堡德一一把梳了這些文法描述。自從巴斯克語開拓了他的眼界之後，他就發現這些描述描繪出來的景象有多麼扭曲：跟歐洲語言不一樣的文法結構，要不完全沒被發現，要不就是被傳教士曲解，好讓這些語言符合歐洲的習慣。他寫道：「讓人感到難受的是，這些傳教士為了把這些語言擠進拉丁文的狹隘規範裡，對自己和這些語言施加了何等的暴力。」[7] 洪堡德執意了解這些美洲語言真正的運作方式，改寫了許多文法描述，這些語言真正的結構於是從拉丁文構造的背後慢慢浮現出來。

洪堡德讓語言學家踏上相當陡峭的學習曲線。當然，他手邊

關於美洲印第安人語言的資料只是二手資料，完全比不上沙皮爾一個世紀後發掘出來的深度第一手資料；另外，從我們現今對於不同語言文法組織的知識來看，洪堡德的發現只不過是些皮毛而已。他搜集的資料也許只有放出微微的火光，但是這跟當時的黑暗情形比起來，已經讓人覺得相當耀眼。

對洪堡德來說，開創新局面固然值得欣喜，但他還煩惱要怎麼把這些發現帶給一個不怎麼領情的世界；對其他人來說，研究原始語言就像是搜集蝴蝶一樣，都只是搜集一些奇珍異品。洪堡德費了相當大的心思，說明不同語言之間的文法差異，其實只是讓人窺見更重要的事的一扇窗。他說：「語言之間的差別，不只有在聲音、符號上，還有在世界觀上。這就是所有語言研究的動機，也是最終的目標。」[8] 不過，洪堡德認為事實還不只如此：他還說，文法上的差異不只反映既有的思想差異，更是讓這些差異成形的原因。母語「不只是發現已知事實的途徑，更可以用來發現未知的事實。」[9] 由於「語言是讓思想成形的器具」[10]，文法規則和思想規則之間一定有相當緊密的關聯。洪堡德的結論是：「思想不只在一般層面上與語言相關，就某些方面更與個別語言有關。」[11]

於是，洪堡德拋出一個誘人的想法，而且這個想法到了一九三○年代，在耶魯大學又再度被人帶往高空（而且一直帶、一直帶）。洪堡德本人沒提出太大膽的假設，也並未認為母語可以完全宰制我們的思想和知識界線。他倒是明白提出一個看法，一個世紀後沃爾夫的爭議之中卻經常忘掉這個看法：就理論上來說，任何想法都能用任何語言表達。洪堡德認為，語言之間真正的差異，並不是在於語言**能夠**表達什麼，而是語言「用內在的力量促

成、刺激使用者做出的事」[12]。

　　這股「內在的力量」是什麼？語言會「刺激」使用者形成哪些想法？在實際層面上，這種力量要怎麼達到這種刺激的效果？這些問題的答案在洪堡德的著作裡一直模糊不清。我們接下來會看到，他的直覺基本上沒有錯，可是就算他搜集了許多奇異語言的詳盡資料，他講到母語對思想的影響時，總是只有談空泛的哲學通則，從來沒有腳踏實地檢視這些語言的細節。

　　事實上，洪堡德在這方面雖然著作等身，卻仍然遵守所有偉大思想家的兩大戒律：一、汝將必須模糊不清；二、汝將不排斥自我矛盾。但是，也許正因為他表達得模糊不清，使得他的想法在當時備受關注。德高望重的學者莫不追隨洪堡德的腳步，使得語言如何影響思考方式成為當時熱門的議題，而且只要這些人不舉出實例出來，就能任意暢談這個主題，看似可以引發廣大的共鳴，但其實都只是空泛的言論。知名的牛津大學語文學家穆勒，在一八七三年宣稱「我們用來思考的文字，是讓思想流通的渠道；這些渠道不是我們自己挖掘的，而是在我們之前就修築好的。」[13] 遠在大西洋另一岸的美國語言學家惠特尼是穆勒的死對頭；惠特尼也許其他方面都跟穆勒唱反調，可是這方面的論調卻與穆勒如出一轍：「每種語言都有自己獨特的架構，用來分辨差異，建立思想的形態；一個人若以某種語言當母語，這個語言會鑄出他腦中的內容和產物、他所有的印象……以及他對世界的經驗和認知。」[14] 幾年之後，數學家和哲學家克利福德也認為：「語言內深藏人類過去思想，使得大自然是我們所見的樣子。」[15]

　　不過在十九世紀裡，這類的言論始終都只是偶爾出現的浮誇詞藻而已。一直到了二十世紀，這些口號才開始純化成為具體的

看法，談論特定文法現象可能會在大腦裡造成什麼樣的影響。洪堡德式的想法此時經歷一道快速醞釀的過程；當新理論有如烈酒一般愈變愈強，學者也變得愈來愈不清醒。

語言相對論

　　究竟是在什麼樣的氛圍之下，才會促成這樣的反應？其中一個原因，必定是當時十分令人振奮的一件事（而且振奮的原因也很合理）：語言學家有了重大的進展，開始理解美國印第安人語言一些匪夷所思的特性。美國的語言學家不需要讀遍梵蒂岡圖書館的手稿，來發掘當地語言的結構，因為還有幾十種活生生的本土語言，需要他們實地去觀察。另外，從洪堡德到沙皮爾的一個世紀期間，語言科學的發展突飛猛進，語言學家使用的分析工具也變得更強，先前的分析方式完全比不上。這些先進的工具應用到北美原住民的語言寶庫上，揭露出來的是洪堡德完全意想不到的文法景象。

　　沙皮爾跟比他早一百年的洪堡德一樣，語言學生涯之初離美國原住民語言的開闊原野相差十萬八千里。他在哥倫比亞大學時，研究的主題是日耳曼語系語文學，內容則是跟這章開頭他所貶抑的學問相似，盡是一些賣弄古代語言動詞形態的高深學術言論。沙皮爾自稱，他是在博厄斯教授的影響之下，從積滿灰塵的日耳曼語文學，轉移到印第安語言的開闊原野。博厄斯是哥倫比亞大學饒富個人魅力的人類學教授，同時也是用科學方法研究美洲原住民語言的先驅。多年以後，沙皮爾回憶起一次跟博厄斯的會面，這場會面後來改變他的一生：會面當中，博厄斯從各種印

第安語言裡舉出反例，瓦解沙皮爾原本深信的各種普世語言結構論點。[16] 沙皮爾開始覺得，他從日耳曼語系語文學中所得有限，而且還「有待學習所有跟語言有關的事」[17]。從此之後，他把他那顆傳奇性的清晰腦袋用來研究奇努克語、納瓦霍語、努特卡語、雅那語、特林吉特語、薩西語、庫欽語、殷加利克語、胡帕語、派尤特語，和其他原住民語言，寫出來的分析既清楚又有深度，遠遠超出前人的成就。

　　除了讓人興奮的新文法發現外，空氣裡還瀰漫著另一種氣氛，促成沙皮爾語言相對論的成形；這種氣氛就是二十世紀初期哲學的激進潮流。當時的哲學家，如英國的羅素與奧地利的維根斯坦，莫不忙著駁斥語言以往對形而上學的害處。羅素在一九二四年寫道：「語言不論是字彙或是語法，都會讓我們走上歧途。我們如果不想被邏輯帶到錯誤的形而上學裡，就必須在這兩種面向上時時提高警覺。」[18]

　　沙皮爾把語言影響哲學思想的說法，轉譯成為另一個論點，認為母語會影響日常的想法和感受。他開始提到「語言的形式有如暴君一樣，決定我們在世界上的方向。」[19] 跟前人不同的是，他隨後又在這種口號裡放進實質的內容。一九三一年時，他提出以下的例子，說明特定的語言差異如何影響語言使用者的思維。沙皮爾說，我們看到一顆石頭在空間裡向地面掉落時，會不自主地將這件事分為兩種不同的概念：一顆石頭，以及「落下」的動作，於是我們會說「石頭落下」。可是這種「石頭」和「落下」的二分法也不一定是必然的拆解方式，因為溫哥華島上的努特卡語會用很不一樣的方式看待此事。努特卡語裡，沒有一個動詞表可以獨立於特定物體之外，表示一般性的「落下」動作，反

沙皮爾，一八八四～一九三九

而有一個特定的動詞來表示石頭的動作。如果要表示石頭**落下**，「下」這個字就扮演了這個特定動詞的角色。所以，我們會把整個動態區分為「石頭」和「落下」，但是努特卡語裡卻會像說「下雨」一般，用「下石頭」的方式來描述。

　　沙皮爾說，這種例子證實了「不同語言之間，解析經驗的方法無從比較；這讓我們真真實實地看到一種相對性，但由於我們天真地接受語言的固定習慣，使得這種相對性往往被隱藏起來……。這種相對性，就是概念的相對性，或者也可以說是思想形式的相對性。」[20] 他還說，這種相對論可能比愛因斯坦的相對論好懂，但是必須要有語言學的比較資料才能真正理解。

　　對沙皮爾來說不幸的是，正因為他脫離空洞哲學式口號的保護傘，使用冰冷的語言實例來印證他的話，反而暴露出他的理論簡直如履薄冰。努特卡語的「下石頭」，無疑是用一種很不一樣的方式來表示這件事，而且聽起來也很奇怪；可是，這究竟是否

代表努特卡語使用者一定會用不一樣的方式**感知**這件事？努特卡語把動詞和名詞合在一起，是否就表示努特卡語使用者在腦子裡不會把物體和動作分開來？

　　我們可以用另一個比較熟悉的語言來測試沙皮爾的說法。就拿英語的「It rains」（下雨）來說：這個結構其實跟努特卡語「下石頭」的結構很像，因為動作（落下）和物體（水滴）結合成為一個語言概念。可是不是所有的語言都像這樣。我自己的母語會把物體和動作分開來，所以我們說的比較像是「雨水落下」。所以，語言會用非常不同的方式表達下雨這一種事件，可是這一定表示你和我會用不同的方式**感受**雨水嗎？你會覺得，你被母語的文法局限住，沒辦法區別水滴和掉下來的動作嗎？你會覺得很難把落下的水滴類比成其他同樣往下掉的物體嗎？還是說，我們語言表示「下雨」這個概念的方式，只不過是文法組織上的差異？

　　當時沒有人想要為這種小事抓狂。大家見到美國印第安人的語言有很奇怪的表達方式（這大致上是真的），就興奮過頭；不知怎麼搞的，大家竟然就認為語言裡有這種事實，就足以證明這些語言的使用者有不一樣的感知方式和想法（這大致上是假的）。事實上，好戲才正要上場，因為即將登場的是沙皮爾最有創造力的學生，沃爾夫。

　　沙皮爾再怎麼天馬行空，腳尖還是停留在地面上，整體來說也不太願意明白道出語言到底怎麼像暴君一樣，掌控大腦裡的分類方式；不過，他的學生沃爾夫則肆無忌憚。沃爾夫勇往直前，闖進前人未曾進入過的領域；他在一連串愈來愈狂妄的宣稱之下，不僅讓母語的影響範圍達到我們的思想和感受，甚至還廣及

外在世界的物理現象。他寫道，每種語言的文法「不僅是讓想法可以說出來的複製工具，本身更是讓想法成形的工具、每個個體腦內活動的指引，以及分析印象的導引⋯⋯。我們依照我們母語訂定下來的線條，來切割外在的自然世界。」[21]

　　一般說來，沃爾夫的論證方式就是提出某種不可思議的文法現象，然後再用彷彿主宰一切的「因此」「所以」，或「由於以上種種」等等字眼下結論，認為這種現象一定會造成非常不一樣的思想方式。舉例來說，美國印第安人語言經常將名詞和動詞結合成為一個字，沃爾夫從這個現象中，得出這種語言會使得使用者「用一元的方式看待自然」[22]，而不是像我們用「二元分法來切割自然」。他用以下的文字來讓這種說法變合理：「某些語言擁有一些表達方式，每個詞條不像英語那樣各自獨立，而會融合在一起，成為可塑性高的合成體。這些語言不像英語和它的姊妹語言那樣，不會用切割個別物體的方式來描繪宇宙，**因此**有可能指向新的邏輯思考模式和新的宇宙觀。」[23]

　　如果你發現你不自覺被他的文字牽著鼻子走，只要想一想英文「it rains」這一句話，因為這句話就把雨滴和落下的動作合起來，變成「可塑性高的合成體」。你會覺得你「切割個別物體的方式來描繪宇宙」受到影響嗎？你跟那些「雨水落下」語言的使用者，會用不同的邏輯思考方式，描繪出不同的宇宙觀嗎？

赫必族的時間

　　讓人最感驚訝的是，許多西方世界認為普世如此的大觀
　　念，像是時間、速度和物質，對於建構一致的宇宙觀來

說並非必要的條件。[24]

　　　　　　　——沃爾夫，《科學與語言學》

空中的鸛鳥知道來去的定期；斑鳩、燕子與白鶴也守候
當來的時令；我的百姓卻不知道耶和華的法則。

　　　　　　　——《耶利米書》第八章第七節

　　沃爾夫最令人震撼的理論，莫過於他對另一個語言的另一個
文法層面提出的觀察：這個語言是美國亞利桑那州東北部的赫必
語。赫必族現今約有六千人，他們以「蛇舞」著稱，舞者在跳這
種舞蹈時，嘴裡會咬著活生生的蛇。跳完後，蛇會被釋放，並且
跟牠們的同伴說明赫必人與神靈和自然世界和平共存。不過，沃
爾夫卻用另一種方式讓赫必人出名：根據他的說法，赫必語裡沒
有時間的概念。沃爾夫宣稱他對赫必語進行過「長期又仔細的研
究」；不過，他其實從來沒有實地到亞利桑那州造訪當地的赫必
人，研究的依據也完全來自一位住在紐約市的赫必語人士。沃爾
夫在研究開始就劈頭宣稱「赫必時間的維度值是零，亦即時間
不能用比一大的數字來形容。赫必人不會說：『我停留五天（I
stayed five days）。』而會說：『我在第五天的時候離開（I left
on the fifth day）。』指示這種時間的字眼，像是『天』這個字，
沒有複數形態。」[25] 從這一點，他得到的結論是：「對我們而言，
我們覺得時間是在空間裡的動態，恆常的重複看起來會在這個空
間裡的一連串固定單位中被分散力量，於是完全浪費掉了。對赫
必人來說，時間不是一種運行，而是所有一切已完成之事的『更
晚化』，恆常的重複沒有浪費掉，而是累積起來。」[26] 因此，沃

爾夫認為：「如果我們假設一位只會赫必語、只懂赫必族文化的赫必族人，對於⋯⋯時間和空間的想法跟我們一樣，將會是一件沒有根據的事。」他說，我們如果說「明天又是另一天」，赫必人會聽不懂，因為對他們來說，新的一天「感覺起來有如同一個人再次回來，可能稍微老一點，但還保有昨日的一切印象，而不是感覺起來像『又一天』，亦即不會像是另一個人。」

不過，這一切才正要開始。沃爾夫對赫必語的研究更深入以後，自覺他原本的分析還做得不夠，赫必語其實完全不會指示出時間。他解釋道，赫必語裡「沒有字、文法形式、結構或表示方式可以直接點出我們所謂的『時間』，也沒辦法指出過去、現在或未來。」[27] 因此，赫必人「的整體想法或直覺裡，不會覺得『時間』是一個不斷流動、讓宇宙一切在當中以固定速度前進的流體。」

這個揭示有如一道耀眼的光芒，不但比先前任何人的想像還要亮眼，更讓全世界的人都注意到沃爾夫。他所宣稱的事情很快就聲名遠播，遠遠超出語言學的領域，短短幾年的時間內，大家都在談論沃爾夫提出的想法。當然，這件事每經一次轉述就會變得更誇張。一本一九五八年出版的書，《值得知道的事：給一般人的有用知識指南》，認為英語讓「我們一般人」無法理解時間是第四個維度的科學概念。但是，「一位赫必印第安人，如果用不把時間看成流體的赫必語思考，比較不會像我們那樣難以理解時間是第四個維度」[28]。幾年之後，一位人類學家說明，對赫必人而言「時間似乎是一種存在的面向，既是如刀鋒一般的現在，也同時是成為『過去』和『未來』的過程。從這個角度來看，我們也沒有現在，只是我們的語言習慣讓我們覺得有現在。」[29]

　　這裡面只有一個問題。一九八三年時，長久針對赫必語進行田野調查的語言學家馬洛基，寫了一本名叫《赫必時間》的書。書的第一頁大半都是空白的，只有在中間的地方寫了兩個短句子，一上一下並列出來：

經過長期又仔細的研究之後，赫必語看來沒有字、文法形式、結構或表示方式可以直接點出我們所謂的「時間」。
　　——沃爾夫，〈美國印第安人的宇宙模型〉，一九三六

pu' antsa pay qavongvaqw pay su'its talavay kuyvansat, pàasatham pu' pam piw maanat taatayna
於是，確實在第二天，在晨間相當早的時分，在大家向太陽祈禱的時候，大約在這個時候，他再次喚醒那位女孩。
　　——馬洛基，赫必田野筆記，一九八〇

　　馬洛基的書接下來用了六百七十七頁的小字，描述了赫必語許多種表示時間的方式，以及「沒有時間的動詞」的時態系統。一個語言在短短四十年間可以改變這麼多，實在是難以想像。

　　我們不難理解，自持自重的語言學家為何不再採信語言相對論的原理（或稱「沙皮爾－沃爾夫假設」）。但是，還是有許多其他人，像是哲學家、神學家和文學評論家，仍然在傳遞這把火炬。當中有一個想法，抗拒理性思考和事實證據的力道特別頑

固：這個不容易被駁倒的論點，就是語言的時態系統會影響語言使用者的時間觀。聖經的希伯來文尤其例證豐富；許多人聲稱聖經希伯來文的動詞沒有時態，從以色列人的時間概念，到猶太基督教預言的性質，都套用這個論點來加以解讀。在一九七五年出版的小眾經典著作《巴別塔之後》中，美國哲學家史坦納追隨一系列偉大思想家的腳步，試圖「將文法的可能性和局限，與時間、永恆等基本存在觀念的發展連結在一起」[30]。史坦納小心翼翼，刻意避免提出任何能聯想到具體事實的佐證；雖然如此，他仍然告訴我們說，「西方世界對時間的線性排列與向量動態特性的特殊焦慮與認知，是出自於印歐語系動詞系統的制定和組織。」根據史坦納的說法，聖經的希伯來文卻從未發展出這樣的時態特性。他提出一個問題：印歐語系的希臘語有繁複的時態系統，這點與沒有時態的希伯來文相比，是否造成「希臘思想和希伯來思想在演進上的對比？」還是說，這種差異只反映出既有的思想模式？「說出來的事實只跟說話者的現在性同時存在，這個慣例在希伯來和基督教義的啟示裡相當關鍵；這樣的慣例是否影響了文法形式的構成，抑或只是文法形式的結果？」史坦納的結論是這種影響應該是雙向的：動詞系統會影響思想，而思想又會影響動詞系統，整體來說是「多重性的反饋」。

史坦納認為最重要的一點，是未來式對人類性靈和思想有最舉足輕重的影響，因為它會塑造我們的時間和理性概念，甚至會造就我們的人性本質。根據他的說法：「我們可以把自己定義為會用『to be』這個動詞的未來式的哺乳類動物。」未來式讓我們對未來有希望；少了這個，我們就會被迫進入「地獄，亦即一個沒有未來的文法」。

先別急著辭掉你的心理諮商師，改找文法學家諮商；我們先檢查一下事實。首先必須澄清的是，沒有人完全理解聖經希伯來文動詞系統的所有細節。希伯來文的動詞形式主要有兩種，兩種形式之間的差別似乎是某種時態與語言學家所稱「動貌」的綜合體（動貌指的是已完成的動作，如「我吃了，I ate」和持續的動作，如「我那時正在吃，I was eating」之間的差別）。不過，我們姑且就說希伯來文的動詞沒辦法表示未來式，或是任何其他的時態。這樣缺乏時態，是否會局限住希伯來語使用者的時間、未來和永恆觀念？以下這段文字是一則相當有意思的預言，耶和華在盛怒中，預示祂的敵人即將受到懲罰：

Vengeance is mine, and recompense, at the time when their foot shall slip; for the day of their calamity is near, and the things to come hasten upon them.

他們**失腳**的時候，伸冤報應在我；因他們遭災的日子近了；那要臨在他們身上的必**速速來到**。

——摩西之歌，《申命記》三十二章三十五節

希伯來文原文有兩個動詞，正好第一個動詞「失腳」是上述的其中一種形式，「速速來到」是另外一種形式。英文翻譯裡，這兩個動詞以兩種不同的時態出現：未來式「shall slip」和現在式「hasten」。學者之間也許可以為這兩種形態到底表示時態或動貌吵個沒完沒了，但這樣的爭吵跟這一節的意義又有何相關？如果我們把英文翻譯裡的 shall slip 改成現在式 slips，意義會變嗎？假如把 hasten 改為現在進行式 hastening，閱讀的時候會讓

你的未來觀變得模糊不清嗎?

　　或是換一種角度來想:當你用白話的英語現在式問別人
「Are you coming tomorrow?」之類的問題時,你會覺得你沒辦
法掌握未來嗎?你會覺得你的時間觀在各種時式的交互作用下轉
變嗎?你會變得精神耗弱、失去希望、人性破碎嗎?假如先知耶
利米今天還活著,他也許會說(還是應該說「他也許說過了」才
對?):空中的鸛鳥知道來去的定期;斑鳩、燕子與白鶴也守候
當來的時令;我的學者卻不知道世界的法則。

　　你也許覺得你已經聽夠了語言相對論的事,不過我還要再奉
上一則胡鬧的故事。一九九六年時,美國的《今日哲學》期刊登
出一篇叫作〈法國、英國和德國哲學裡的語言相對性〉的文章;
文章的作者哈維宣稱法文、英文和德文的文法可以用來解釋這三
種哲學傳統的差異。舉例來說,「根據我們的假設,英國的哲
學大抵取決於英文文法,所以我們應該會發現它跟語言一樣,
是法國和德國的融合體。」這個論點的證據就是英國神學(英國國
教)結合了(法國)天主教和(德國)新教。後頭還有更多珠璣珍
言。德文名詞的各種格「可以部分解釋德國哲學為何會傾向系統建
構」,而「假如英國思想某些層面更能容許模稜兩可、缺乏系統的
狀況,可能可以歸因於英文句法相對較高的變動性和寬鬆度。」

　　也許吧。這也有可能可以歸因於熱十字麵包的不規則形狀。
不過,這更應該歸因於英語期刊的習慣,讓哈維這樣的人可以恣
意暢言。(正巧,我知道熱十字麵包的形狀其實並沒有多麼不規
則。不過,英文句法的「變動性和寬鬆度」其實也沒有多高。打
比方來說,英文句子裡單字的順序,就比德文的單字順序更固
定。)

語言的監獄

尼采從沒說過的話之中，最有名的應該是這一句：「我們如果拒絕在語言的牢籠裡思考，就必須停止思考。」（We have to cease to think if we refuse to do so in the prison-house of language.）事實上，他說的其實是：「我們假如不想在語言的限制下思考，就會停止思考。」（*Wir hören auf zu denken, wenn wir es nicht in dem sprachlichen Zwange thun wollen.*）[31] 不過，英文的誤譯已經成為一句至理名言，而且這句正好歸納了語言相對論一切的謬誤。有一個致命的錯誤，像劇毒的水銀一樣毒害了我們到目前為止遇到的所有論點：這些論點都假設我們所說的語言像監獄一樣，會限制我們有辦法理解的概念。不論是某個語言少了一種時態就會限制其使用者的時間觀，或是某個語言動詞與名詞結合起來會讓其使用者無法區別動作與物體──這些說法背後都假定同樣的事，而且這種假設既粗糙又錯誤：「我的語言的限制，就是我的世界的局限。」[32] 亦即語言裡能表達的概念就是語言使用者能理解的概念，文法所做出的區隔也等同使用者能區別的事物。

實在很難理解，這麼可笑的想法怎麼會如此盛行，因為放眼望去幾乎處處都有反例。從來沒聽說過「幸災樂禍」這個成語的人，會覺得「因為他人的不幸而感到快樂」這個概念很難理解嗎？反過來說，德語裡「當……的時候」和「如果……」是同一個字（*wenn*）；那麼，德國人會沒辦法區別某些情況下會發生的事，以及無論如何都會發生的事嗎？古代巴比倫人的「罪」與「罰」是同一個字（*arnum*）；他們就沒辦法區分這兩種事嗎？如果真是如此，他們又何必寫下數千種法律文件、法條和法庭規

範，來決定哪種罪就該受哪種罰？

　　這些例子可以再擴充下去。閃米語系的語言裡，動詞區分成陰性和陽性兩種形式（「You eat」一句會根據你是男的或女的，有不同的形式），但是英語就不會在動詞上區別性別。史坦納從這點得到的結論是：「我們的動詞與閃米語系不同，我們不會指出動作者的性別，因而在整體人類學上隱含性別平等之意。」真的嗎？有些語言在性別上還要更開放，連代名詞都不區分性別，所以就連「他」和「她」都會融合成為一個高可塑性的合成體。有哪些語言是這樣子的呢？這類語言包括：土耳其語、印尼語，和烏茲別克語；使用這些語言的社會，似乎不能算是人類學上性別平等的楷模。

　　當然，說到這些謬論，一定得提到歐威爾的小說《一九八四》；小說裡的統治者十分相信語言的力量，甚至認為只要從語言中消除所有反抗的詞彙，就能完全消弭政治上的異議。「到最後我們會讓思想犯罪變得完全不可能，因為沒有字彙可以用來傳達思想犯罪。」但是，我們何不繼續下去？何不消除「貪婪」一詞，快速解決世界的經濟問題，或是消去「疼痛」，讓我們不必再花幾十億去購買普拿疼，或是乾脆把「死亡」這兩個字丟掉，讓全世界的人立刻得到永生？

　　我在前文提到，我的最終目標是要說服你，「母語會影響我們的思考和感受」這個念頭還有些可取之處。這件事現在看起來像是自殺任務。不過，語言相對性雖然目前看起來好像沒什麼希望，好消息是我們已經到達這門學問的最低點，所以往後只會不斷進步。事實上，沃爾夫主義的破滅，對科學的進展是一大助

力，因為這個不良示範揭露了兩個根本問題，若要談論語言對思想的影響，任何負責任的理論都必須避免這兩個問題。首先，沃爾夫對沒有事實根據的幻想過度著迷；這讓我們了解到，所有「語言會影響思想」的假說，都必須有確切的實證，不能光用推論了事。我們不能光說「甲語言跟乙語言相比，有某種說法不一樣，**因此**甲語言的使用者一定會跟乙語言的使用者用不同的方式思考。」如果真有理由讓我們猜想甲語言的使用者的確會用不同的思考方式，這必須用實際的證據來佐證。事實上，光是這樣還不夠，因為就算我們可以證明思想模式的確有差別，我們還必須提出相當有說服力的說法，說明是語言**造成**這些差異，而不是該語言使用者所屬的其他文化或環境因素造成的。

　　沃爾夫主義帶來的第二個啟示，是我們必須逃出語言的監獄。更正確地說，我們必須拋棄「語言會囚禁思想」（亦即語言會限制其使用者的邏輯思考能力，妨礙他們理解其他語言的使用者所用的想法）這個錯誤的論點。

　　當然，我說語言不會妨礙其使用者理解任何概念，並不代表我們就可以用當今任何一種語言來談任何一件事。試試看，把一本洗碗機的操作手冊翻譯成巴布亞內陸高地某個原住民部落的語言，你一定很快就會卡住，因為你會發現這個語言沒有字可以表示叉子、盤子、杯子、按鍵、肥皂、洗碗流程，或表示錯誤的燈號。可是，讓巴布亞人卡住的不是他們語言本身的性質，而是他們對於這一類的物體不熟悉。只要時間足夠，你一定有辦法用他們的母語解釋這一切。

　　同理，試試看把一本形而上學導論或是代數拓樸學的書，甚至是許多新約聖經的章節翻譯成這種巴布亞語言，你八成過沒多

久就會停擺，因為你沒有字可以用來表示這些書裡面大多數的抽象概念。不過，就跟上面的例子一樣，你可以在任何語言裡創造這些抽象概念的詞彙，可以從其他語言假借過來，或是將現有的單字延伸成為抽象的概念。（這兩種策略，歐洲語言都採用過。）理論上，任何語言都有可能表示複雜的想法和概念；這種大膽的說法不只是我們憑空想像出來的，而是在現實生活中有無數的實證。沒有錯，進行這方面的實驗時，大家不太會用洗碗機操作手冊或形而上學教科書；不過，新約聖經就經常被人翻譯成各種語言，而且新約聖經裡的神學和哲學論點經常非常抽象。

　　如果你仍然覺得我們能理解的概念僅限於母語裡既有的現成概念，試著問自己一下，如果這個理論是真的話，我們又怎麼可能學習新概念呢？就拿這個例子來說：如果你不是語言學專家，「據實性」一詞可能不會出現在你平常使用的語言裡。可是，這代表你的母語會讓你沒辦法理解「據實性動詞」和「非據實性動詞」的差別嗎？我們就來看看吧。舉幾個例子來說，「發覺」和「知道」就是「據實性動詞」，因為你如果說「愛麗絲發覺她的朋友都離開了」，這隱含的意思是愛麗絲發覺的事情是一件事實。（所以，如果你說：「愛麗絲發覺她的朋友都離開了，但事實上他們並沒有離開。」聽起來就會非常奇怪。）反過來說，「猜測」等「非據實性動詞」就不隱含事實：當你說「愛麗絲猜測她的朋友都離開了」，你可以很自然地接著說「他們也確實都離開了」，或是「但是他們其實沒有離開」。所以，就是這樣子。我剛剛解釋了「據實性」這個概念，這對你來說是個全新又高度抽象的概念，本來也不是你的語言的一部分。你的母語妨礙你理解它了嗎？

　　由於沒有證據可以證實語言會妨礙使用者的思想（跟洪堡德兩百年前的認知一樣），我們就沒辦法藉由觀察不同的語言**讓**它們的使用者如何思考，而獲知母語對使用者產生的影響。那麼，我們該怎麼做呢？洪堡德接著用有些神祕的文字，說明語言仍會在它們「透過自己內在力量促成和刺激的事」上有所差別。他的直覺似乎是對的，但是他明顯不知道要怎麼用文字表達出來，一直沒辦法擺脫只用譬喻法的層次。我們能不能把他筆下模糊不清的意象變得更透明一些呢？

　　我相信我們做得到。不過，如果要做到這點，我們必須拋棄所謂的沙皮爾－沃爾夫假設，也就是語言會限制其使用者表達或理解能力的論點，轉向另一個重要的啟發，姑且稱之為博厄斯－雅克布森原理。

從沙皮爾－沃爾夫到博厄斯－雅克布森

　　我們先前已經遇過博厄斯，他是引領沙皮爾開始研究美國原住民語言的那位學者。一九三八年時，博厄斯對於文法在語言裡扮演的角色，提出一個相當敏銳的觀察。他寫道，除了用來決定句子裡每個字之間的關係以外，「文法還有另一個重要的功能，它決定了每種經驗裡**必須**表達的層面。」[33] 他接下來說明，必須表達的層面在不同語言之間有很大的差別。博厄斯提出這項觀察的地方相當不起眼，放在《普通人類學》的前言裡，〈語言〉一章中一小段關於「文法」的段落；它的重要性也似乎一直到二十年後才真正有人發現。此時，俄裔美籍語言學家雅克布森將博厄斯的觀察濃縮成為一個簡短的教條：「語言之間的差別，主要在

博厄斯一八五八～一九四二　　　雅克布森，一八九六～一九八二

它們**必須**傳達的資訊，而不是它們**可以**傳達什麼樣的資訊。」[34]
換句話說，不同語言之間關鍵的區別，不是語言使用者能用他們
的語言表達什麼東西（因為理論上，任何語言都能表達任何事
情），而是語言使用者使用他們的語言時，必須表達哪些東西。

　　雅克布森舉了下面的例子。如果我用英語說：「我昨晚跟一
位鄰居在一起（I spent yesterday evening with a neighbor）。」你
也許會好奇這位鄰居是男的還是女的，而我可以很有禮貌地跟你
說這不關你的事。可是，如果我們說的是法語、德語或俄語，我
就沒辦法含糊帶過這件事，因為這些語言的規範讓我必須使用
voisin 或 *voisine*、*Nachbar* 或 *Nachbarin*、*sosed* 或 *sosedka*。所
以，法語、德語和俄語會要求我必須透露那位鄰居的性別，就算
我覺得這不關你的事也一樣。當然，這不代表英語使用者不懂夜
晚與男性和女性鄰居度過的差別在哪裡，也不代表英語使用者沒
辦法用語言表示性別的差異（如果他們想要的話）。這只代表英
語使用者在提到這位鄰居時，不必每次都說明鄰居的性別，而有

些語言的使用者就必須說出來。

　　反過來說，使用英語時，有些必須透露的資訊，用其他的語言就不一定要說得明白。如果我用英語告訴你我跟鄰居共用晚餐，我不必告訴你鄰居的性別，可是我必須傳達這件事的時間：我必須決定要用過去式（*we dined*）、完成式（*we have been dining*）、現在式（*we are dining*），或未來式（*we will be dining*）等等。相反地，漢語就不會要求使用者每次使用動詞時必須清楚指明時間，因為同一種動詞形式可以用在過去、現在和未來的動作上。同樣地，這並不表示漢語使用者無法表示動作的時間（如果他們覺得這點很重要的話）；不過，跟英語使用者比較起來，他們不必每次都提到時間。

　　博厄斯和雅克布森提出這些文法差異時，想的都不是語言對思想有什麼影響。博厄斯在意的主要是文法在語言裡扮演的角色，而雅克布森說的是這些差異在翻譯時會造成哪些困難。不過，我認為若要理解某個特定語言對思想會有什麼影響，博厄斯－雅克布森原理會是關鍵。如果不同的語言會用不同的方式影響它們的使用者，這不是因為每種語言會限制它們的使用者如何思考，而是語言讓使用者會習慣性思考**什麼事**。如果一個語言強迫它的使用者每次開口或豎起耳朵時，必須注意外在世界某些特定的面向，這些語言習慣最後有可能成為固定的思考習慣，對記憶、感知、聯想，甚至日常生活技能造成影響。

　　如果這一切聽起來還是太抽象，我們可以再用另外一個例子來清楚呈現沙皮爾－沃爾夫假設和博厄斯－雅克布森原理的差異。對說英語的人而言，漢語看起來似乎有點鬆散，因為漢語使用者可以含糊帶過動作的時間，可是我們不妨想像一下，如果祕

魯馬策斯語的使用者聽到英語粗糙又不精確的時態區別，又會有什麼樣的想法。

馬策斯族有超過兩千五百人，部落居住在亞馬遜河支流賈瓦里河的熱帶雨林裡。語言學家弗萊克近來對這種語言的描述是，這種語言讓它的使用者每次講述事情時必須清楚區分時間，而且區分的方式精細到簡直會嚇死人。先從基本的說起。馬策斯語有三種過去的時態：你不能光說有個人「曾經從那裡走過去」；你必須在動詞上加上不同的字尾，來表示這件事發生在最近（大約到一個月以前）、較久遠（大約從一個月到五十年以前），或是非常久遠（超過五十年以前）的時間。除此之外，馬策斯語的動詞還有另一套語言學家稱為「實據性」的系統，而這種語的實據性系統又是所有目前已知語言裡最複雜的一種。馬策斯語的使用者講到動詞的時候，他們必須跟最挑剔的律師一樣，清楚告知他們從哪裡得知他們所說的事情。換句話說，馬策斯人必須是知識論哲學家。動詞的形式會因為你講述的是個人經驗（你親眼看到有人走過去）、從證據推得出來的（你看到沙地裡有腳印）、臆測（每天同一時間一定會有人經過），或是從第三者那裡聽到（你的鄰居告訴你，他看到有人走過去），而有所不同。如果你在陳述的時候用錯了實據性形態，這句話就會被視為謊言。舉例來說，如果你問一位馬策斯人他有幾位妻子，除非他在當下看得到他所有的妻子，否則他會用過去式回答，說的會是類似 *daëd ikoşh*，「兩位，曾經有（近期個人直觀）」的話。他這樣子說，等於是在說：「我上次檢查的時候，有兩位。」畢竟，由於他的妻子現在不在場，他沒辦法完全確認其中一位是不是突然死掉了，或是跟另一個男的跑掉了，就算他明明五分鐘前才看到她

們；因此，他沒辦法將這件事視為現在式的確切事實。[35]

　　不過，如果你陳述的是一件從其他事實推測出來的事件，你會需要比穿針引線還要精確的精準度；跟這個比較起來，前面替個人經驗找出正確的動詞形式，只不過是兒戲而已。就這個層面來說，馬策斯語不僅要求你說出你認為這件事是多久以前發生的，還會要你說明你是多久以前猜到這件事。假設你在村落外面某個地方看到野豬的腳印，而你想告訴你的朋友有動物經過那個地方。在英語裡，只要說「有野豬從那裡經過」（Wild pigs passed there），就已經傳達所有必須傳達的資訊了。可是，在馬策斯語裡，你必須說明你多久以前發現這件事（亦即你什麼時候看到那些腳印），以及你認為這件事情本身（野豬什麼時候經過）發生在什麼時候。比方說，你可能不久前才發現新鮮的腳印，你會假設你在看到腳印之前沒多久，野豬才剛剛從那裡經過，所以你必須說：

kuen–ak–o–şh
經過－**在經歷前不久剛剛發生**－**不久前經歷**－牠們
「牠們經過」（我不久前才發現的，而且這件事在我發現之前不久才剛剛發生）

如果你不久前發現已經老舊的腳印，你就必須說：

kuen–nëdak–o–şh
經過－**在經歷前許久發生**－**不久前經歷**－牠們
「牠們經過」（我不久前才發現的，而且這件事在我發

現之前的很久以前就發生了）

如果你很久以前發現新鮮的腳印，你就必須說：

kuen–ak–onda–ṣh

經過－**在經歷前不久剛剛發生**－許久以前經歷－牠們

「牠們經過」（我很久以前就發現的，而且這件事在我
發現之前不久才剛剛發生）

而如果你是很久以前發現老舊的腳印：

kuen–nëdak–onda–ṣh

經過－**在經歷前許久發生**－許久以前經歷－牠們

「牠們經過」（我很久以前就發現的，而且這件事在我
發現之前的很久以前就發生了）

馬策斯語的動詞系統相當誇張，到目前為止也還沒發現任何
可以與之相提並論的語言。馬策斯語的例子，說明了語言使用者
必須傳達的資訊，會因為語言的不同而有非常大的差異；不過，
馬策斯語這麼詭異的特性，也讓我們清楚了解，若語言確實會影
響思考，我們該在哪些地方尋找這些影響的可靠證據。假如沃爾
夫取得馬策斯語的資料，真不知道他會推導出什麼可怕的結論；
反過來說，假如馬策斯人裡有位沃爾夫的信徒，他看到英語動詞
竟然那麼不精確的時候，又會出現什麼樣子的想法。這樣的一位
馬策斯先知八成會說：「倘若我們直接認定一位只會說英語，只

通曉自身所處文化的美利堅人士，可以正確理解知識論的概念，我認為這樣的主觀認定無憑無據。使用英語的人根本無法了解自身經歷的經驗，跟從其他證據推斷出來的事實之間有什麼差別，因為他們的語言會讓他們用一種一元論的方式來看待宇宙，並且會使得他們將一個事件和經驗這個事件的方式融合在一起，成為高可塑性的合成體。」

　　但這一切都是胡說八道，因為我們顯然可以理解馬策斯語在這方面的種種區別，而且我們想要的話，也可以輕易用我們的語言來表示一模一樣的說法：「我不久前親眼看到……」「我很久以前推得……」「我從很久很久以前就猜測……」諸如此類。因此，英語和馬策斯語真正的差別，只在於馬策斯語**強迫**它的使用者，在描述事件時必須提供這方面的資訊，而英語則否。

　　目前還沒有人用實證的方式，研究語言要求指出實據性，是否會轉化成為思考習性，並且影響語言範疇以外的東西。不過，近年來所有可靠的說法，若認為某個特定語言對思想有影響，大都依循同一種思路。沒有人（至少沒有任何一位頭腦正常的人）會在今日認為，語言的結構會限制其使用者的理解能力，讓他們只能理解語言系統裡既有的概念和差異。當今認真做事的研究人員，轉而尋找自幼**習慣**使用特定的表達方式，是否會對其他地方造成影響。舉例來說，如果某個語言的使用者必須一直注意他們經驗裡的某一個層面，這是否會讓他們對某些細節特別敏銳，或是促成特定的記憶和聯想模式？這些就是我們在接下來的章節要探索的問題。

　　對某些人（如加拿大心理學家和語言學家平克）來說，我們的母語既不會限制我們的邏輯思考能力，也不會局限我們理解複

雜概念的本事；這件事本身就是一個無法扳回的低點。平克近年
在《思維的要素》一書裡認為，既然到目前為止，沒有人能證明
某個特定語言的使用者會無法理解（或覺得很難理解）另一種語
言的使用者覺得很自然的表示方法，那麼現在如果還有人認為語
言對思想會有影響，這樣的想法非常無趣、不性感、無聊，甚至
無關緊要。當然，什麼東西才性感，跟每個人的品味有關。不過
在接下來的頁面裡，我想要向你說明，雖然語言對思想的影響完
全不像以前那些狂妄、胡謅的說法，這些影響卻一點都不會無
趣、無聊或無關緊要。[36]

第七章
太陽不從東邊升起的地方

盛裝赴盛宴

　　關於辜古依密舍語，有一個相當著名的故事，這種語言就是因為這個故事而廣為人知，並因此在奇聞軼事界裡頗富盛名。故事大概是這樣的：一七七〇年七月，庫克船長的「奮進號」在澳洲東北部海岸上擱淺，擱淺處的附近有一個河口，那條河不久後就被稱為「奮進河」，而該地後來也成為「庫克鎮」。船花了數周的時間才修好。在那段期間，庫克船長和他的手下接觸了當地居民，不僅是人類居民，還有一種有袋類動物。庫克跟當地人類的接觸，一開始還算相當友善。他在一七七〇年七月十日的日記裡寫道：「早上有四名土著來到港口北邊的沙灘，他們駕著一艘有支架的獨木舟，似乎正忙著用矛射魚。他們全身赤裸，皮膚的顏色有如木柴燃燒後的灰燼。他們的頭髮是黑色的，既直又短，不濃密也不捲。他們的身體有一部分塗成紅色，有一位的上嘴唇和胸部塗上白色線條。他們看起來相當和善，聲音柔細、悅耳。」[1]

　　其他的原住民就沒受到這麼好的待遇了。庫克和他手下的日記後來彙編成為《航海紀實》一書，書裡對於那一周後來發生的事情描述如下：「高爾先生今天拿槍出發，運氣相當好，射殺了

一隻我們一直深感興趣的動物⋯⋯。這隻動物的頭、頸和肩膀跟身體其他部位比起來相當小，尾巴幾乎跟身體一樣長，靠近臀部的地方很粗，到末端變細；這隻動物的前腳只有八英寸長，後腳卻有二十二英寸長：牠是藉由不斷跳動或大步跳躍前進，跳的幅度相當遠，跳的時候亦保持直立的姿態；皮膚由一層看起來像深色或灰色老鼠的短毛包覆著，頭和耳朵除外，這兩部分稍微有點野兔的樣子。這種動物被當地土著稱為 *kanguroo*。第二天，這隻 *kanguroo* 被做成料理上桌，成為一道相當美味的佳餚。」[2]

奮進號第二年回到英國時帶了兩隻袋鼠的皮，專門畫動物的畫家史塔伯斯受託畫一幅袋鼠畫像。史塔伯斯筆下的袋鼠馬上讓大眾陷入瘋狂，這種動物頓時成為大明星。十八年後，這種狂熱更是熱到沸點，因為第一隻活體動物「來自植物灣的神奇袋鼠」抵達倫敦，放在乾草市場街裡展示。英語於是首次引進澳洲原住民語言的單字，而當這隻動物的名聲傳遍其他國家後，「kangaroo」更成為國際字彙裡，最出名的澳洲原住民單字。

不過，真的是這樣子嗎？

雖然沒有人會質疑袋鼠在舊世界裡究竟多麼出名，不過這個字的澳洲淵源不久後就有人提出質疑。之後到澳洲探險的人也在澳洲其他地方發現袋鼠，但是當地的原住民說出來的字卻完全不像「kangaroo」。事實上，澳洲各地的原住民根本不認得這個字，有些人第一次聽到這個字的時候，甚至還以為他們聽到的是這種動物的英語名稱。由於澳洲大陸有各種不同的原住民語言，澳洲其他地方的原住民不認得這個字，這件事倒還不太讓人起疑。不過，讓「kangaroo」一字的公信力受挫最大的，是另一位金恩船長的報告。庫克船長離開五十年後，金恩船長在一八二〇

《新荷蘭的袋鼠》，史塔伯斯繪，一七七二年

年也到了同一條奮進河的河口。他問他所遇到的原住民怎麼稱呼這種動物，得到的答案卻跟庫克記下的名稱完全不同。金恩把他聽到的名稱寫成「minnar」或「meenuah」。

　　所以，那些聲音柔細、悅耳，在一七七〇年告訴庫克船長「kanguroo」這個字的原住民到底是誰，說的又是哪一種語言？還是說，庫克船長其實被唬弄了？到了十九世紀中期，各界的人都在懷疑這個字的真實性。一八五〇年，在萊佛士之後接任新加坡駐紮官一職的著名東方學者克勞福，在《印度群島和東亞期刊》上寫道：「讓人相當訝異的是，這個字據稱來自澳洲，卻沒有任何一種澳洲語言使用這個字來稱呼這一種有袋類動物。因此，庫克和他的同伴在取這個名字時，一定出了某種錯誤，然而是哪一類的錯誤就不得而知。」[3] 各種說法和傳聞從此之後到處散布。最有名的版本，也是至今說笑話的人最愛用的開玩笑說

法，是說「kangaroo」其實是當地原住民語的「我聽不懂」的意思，也就是當庫克船長問當地人「這種動物叫什麼？」時，那些滿臉疑惑的原住民給的答案。

大部分負責任的字典編輯者寧願謹慎一些，《牛津英語字典》也用相當典雅的方式避重就輕；在我寫作的當下，線上版的字典仍然還是以下的解釋：「Kangaroo：據稱是澳洲原住民語言的名稱。庫克與班克斯相信這是昆士蘭奮進河原住民給予這種動物的稱呼。」

這個來自世界南端的謎團，終於在一九七一年解開來。人類學家哈維蘭從這一年開始密集研究辜古依密舍語。使用這個語言的是一個一千人左右的原住民社群，現在居住在庫克鎮北方大約五十公里處，但曾經以奮進河河口附近為家。哈維蘭發現，有一種大型的灰色袋鼠，在辜古依密舍語裡稱為 gangurru，因此這個名稱的來源不再有問題。不過，假如真是如此，為什麼金恩船長在一八二〇年造訪時，碰到說同一種語言的人，卻得到不一樣的名字？其實，庫克船長一行人看到的大型灰色 gangurru 很少出現在海岸邊，所以金恩船長指的八成是另一種袋鼠，而這種袋鼠在辜古依密舍語裡又有不一樣的名稱。不過，我們永遠不會知道金恩船長看到的是哪一種袋鼠，因為他記下的「minnar」或是「meenuah」，毫無疑問是 minha 這個字，而這個字只是泛稱「肉類」或「可以吃的動物」。

結論就是，庫克船長沒被唬。他的語言觀察現在獲得平反；辜古依密舍語讓世界各國的語言有了名字來稱呼他們最有名的原生動物，也讓全世界愛好趣聞軼事的人多了一項可以記下來的趣事。

自我中心方位與地理方位

「那麼你能不能朗讀一本可以持久的書，來幫助和安撫
一位非常緊迫、被卡住的熊？」所以一整周，羅賓在維
尼的北端朗讀這樣的書，兔子在維尼的南端晾他的衣
服。

〈小熊維尼出訪，維尼和小豬差點抓到一隻大臭鼠〉

　　辜古依密舍語還有另外一個足以成名的原因，不過這個原因
就算是最狂熱的知識狂都不知道，只保留在專業語言學家和人類
學家的學術圈裡。辜古依密舍語本身的名字，大致上是「這種
語言」或「用這種方式說話」的意思（*gurru* 是「語言」，*yimi-
thirr* 意思是「這種方式」）；這樣的名稱倒還算貼切，因為辜古
依密舍語描述空間關係的方式，完全顛覆我們習以為常的說話方
式。這個奇異之處被人發現的時候，啟發了一個大型的研究計
畫，來研究描述空間的語言，而這個研究計畫的成果，使得原本
認為普世皆然的人類語言特性遭到徹底改寫，也成為母語影響我
們思考方式最驚人的例證。

　　假設你要告訴別人怎麼開車到你家。你可能會這樣說：「經
過紅綠燈後的第一個路口往左轉，一直直走到你看到左手邊有家
超市，右轉，開到馬路盡頭，那裡有一棟白色的房子，我們就在
它的右側。」理論上，你也可以說：「在紅綠燈的東邊附近往北
開，一直開到你在西邊看到一間超市。這時再往東開，在馬路盡
頭的東方會看到一棟白色的房子。我們住在南邊那一側。」這兩
套指示描述的是同樣的路線，但是使用的方位系統不同。第一套

指示使用的是**自我中心**方位，兩個軸線跟我們自己的身體有關：一個是左－右方向的軸線，另一個是與之垂直的前－後軸線。我們每轉一次方向，這個方位系統也會跟著我們轉向。兩個軸線一定都會跟著我們的視野一起變動，所以如果我們轉身過來，原本在前方的物體就會變成在後方、本來在右邊的會變成在左邊。第二套指示用的是固定的地理方位，仰賴的是羅盤上東、西、南、北四個方位。這些方位不會跟著你的動作改變：不論你怎麼扭來轉去，在你北方的物體一直都會在你的北方。

當然，除了這兩種方位系統之外，我們還可以用別的方式來描述空間和指出方向；打個比方，我們可以用手指出某個方向，告訴人家「往這個方向走」。不過，為了讓討論簡單一些，我們暫且把焦點放在自我中心方位和地理方位之間的差異。這兩種方位系統各有好壞，在現實生活中我們會依照當下的情境，決定要使用哪一種系統。舉例來說，在野外踏青或登山的時候，或是講到大範圍的方位時，使用羅盤的方位來說明會比較合理。「奧勒岡州在加州的北方」，聽起來比起「如果你面向海邊，奧勒岡州在加州的右手邊」來得自然多了。即使在城市裡面（特別是有明確軸線的城市），也會有人用「uptown」和「downtown」來表示城外和城中地區；不過，整體來說，我們在說明開車或走路的路線時，絕對比較常用自我中心的方位：「先左轉，過三個路口再右轉」等等。在描述小型的空間時（特別像是在大樓裡面），自我中心方位更是常用。地理方位不一定完全沒有人採用（就像房地產仲介喜歡強調房子座北朝南），可是這樣的表達方式相當少用。想想看，如果有人說：「從電梯出來後，先往南走，再打開東邊的第二道門」，這聽起來會多麼可笑。小熊維尼卡在兔子

的前門裡，被迫在那裡待上一整周，讓他的腰圍減少一圈時，作者米恩刻意強調維尼的「北端」和「南端」，點出維尼被卡住的苦處。可是想像一下，如果一位韻律舞教練或芭蕾舞老師說：「請舉起你北邊的手，把南邊的腳往東邊移一點。」這聽起來會多麼荒謬！

　　為什麼自我中心的方位系統會讓人覺得比較容易又自然？原因很簡單：因為我們隨時都知道「前面」「後面」「左邊」「右邊」在哪裡。我們不需要地圖或指南針，還是找到太陽或北極星在哪裡，才會知道這些方位，因為自我中心的系統直接建立在我們的身體和視線範圍之上。前－後的軸線直接從我們的兩眼中間穿過：這是一條假想的長線，從我們的鼻心延伸出去到遠方，只要我們的眼睛和鼻子轉動，這條線也會跟著移動。同理，左－右的軸線穿過我們的肩膀，也永遠會跟著我們面對的方向來改變。

　　相反地，地理方位系統是建立在身體之外的概念，這些概念不會跟著我們面對的方向改變，必須透過太陽或星星的方位，或是外在景物的特徵來計算（或強記住）。所以，整體來說，我們只會在非用不可的時候才使用地理方位，像是光用自我中心系統還不夠，或是地理方位特別重要的時候（像是衡量房子座北朝南有什麼優點）。

　　事實上，自康德以降的哲學家和心理學家，都認為我們的空間思考的方式基本上以自我為中心，對於空間的概念也都來建立在幾個穿過我們身體的假想平面上。自我中心方位之所以會有主導的地位，各種說法裡最關鍵的一種，當然就是人類的語言。世界上各種語言都依賴自我中心方位，都讓自我中心方位的重要性

凌駕在其他所有的方位系統之上，也因此讓大家認為這件事實表現出人類大腦的普世特性。[4]

不過，後來就冒出了辜古依密舍語。不只如此，大家發現這些光著身子，在兩百年前給了世界 kangaroo 這個字的澳洲原住民從來沒聽說過康德這號人物。或者，應該說他們沒讀過康德寫於一七六八年、討論自我中心方位對語言和思想的主導性的著名論文。或者，最起碼可以說，就算他們讀過，他們也從來沒把康德的分析應用到他們自己的語言上。事實上，他們的語言裡完全沒有自我中心方位！

鼻子朝南方在哭

以後見之明的角度來看，哈維蘭在一九七〇年代開始研究辜古依密舍語的時候，還能找到會說這種語言的人，簡直就是一個奇蹟。這些原住民與文明社會的相遇，對於他們的語言保存實在沒有太大的助益。

庫克船長在一七七〇年離開之後，辜古依密舍人並未馬上與歐洲文明大量接觸，之後一百年間大都沒受到干擾。可是，進步的力量後來還是來了，而且一來就是以閃電般的速度快速發展。一八七三年的時候，有人在庫克船長當年擱淺處的附近發現黃金，一個以庫克命名的城鎮於是幾乎在一夜之間就發展起來。一八七三年十月某個星期五晚上，一艘載滿淘金客的船進入一個寧靜又偏僻的河口。根據其中一個人後來的描述，到了星期六「我們就身處在一個剛剛開始建造的城鎮裡——有人到處跑來跑去，四處都有帳篷搭起來，船夫和勞工在呼喊聲中卸下更多的馬匹和

貨物，同時又有驢子推動的引擎、吊車和鏈條的聲音。」[5]農夫緊追在挖土工人之後，沿著奮進河占據河邊的田地。淘金客需要土地來挖礦，農夫也需要土地和水坑來應付牛隻的需求；在這種新的秩序下，辜古依密舍人沒什麼生存的空間。這些原住民會燒掉牧草，把牛隻從水坑趕走，這讓農夫相當不滿，所以他們把警察叫來，趕走這些原住民。原住民的反應相當有敵意，這使得拓荒者改採消滅的策略。庫克鎮成立不到一年後，《庫克鎮先鋒報》的一篇社論裡提出以下的看法：「當野人和文明敵對時，他們必須被消滅，這是他們種族的命運。雖然我們不願意碰到這樣的狀況，如果要讓文明的推展不受原住民的敵意所阻，這仍是必要的手段。」[6]這可不是說著好玩而已，因為拓荒者落實這種思想的方式是採用「消散」策略，亦即把這些原住民射殺得一乾二淨。沒有被「消散」掉的原住民，不是失散分離撤退到叢林裡頭，就是遷居到城市裡，沉溺在酒色之中。

一八八六年，也就是庫克鎮成立之後十三年，巴伐利亞來的傳教士在庫克鎮北方的貝佛角設立了一個路德教派的宣教團，想要解救這些迷惘異教徒的靈魂。這個宣教團成為那一帶殘存下來的原住民的避難所，甚至還有從其他地方遷移過來的原住民。雖然來到希望谷的原住民說著各種不同的語言，辜古依密舍語仍是最主要的語言，日後成為整個群體的共通語言。宣教團的領事是一位舒瓦茲先生，他把聖經翻譯成辜古依密舍語；他雖然不精通這個語言，但他硬翻出來的蹩腳辜古依密舍語最後竟然成為一種「教會語言」，就算大家不太能理解，卻保有一道神聖的光環，就像英國欽定本聖經的英語一樣。

接下來的數十年間，這個宣教團遇到更多的挫折和打擊。第

二次世界大戰時，整個群體被強制遷移到南方。而十九歲就到達庫克鎮，此時已年逾古稀的舒瓦茲，雖然奉獻了半個世紀給辜古依密舍人，此時卻被當成敵人，遭到澳洲政府囚禁。不過，辜古依密舍語就是頑強不摧，一直到一九八〇年代，都還有一些老年人會說正統的辜古依密舍語。

哈維蘭發現，老一輩的人所說的辜古依密舍語裡，完全沒有「左」和「右」這兩種方位的字眼；更奇怪的是，這種語言也不會用「在……的前方」或「在……的後方」來描述物體的位置。[7]當我們使用自我中心方位的時候，辜古依密舍人會用四個羅盤方位：*gungga*（北方）、*jiba*（南方）、*guwa*（西方），和 *naga*（東方）。（事實上，他們的方位跟指南針指向的北方差了大約十七度，可是這對於我們現在的討論並不重要。）

如果辜古依密舍語的使用者要車子裡的人挪出點空位來，他們會說 *naga-naga manaayi*，意思是「往東邊移動一點。」如果他們要你離開桌子一些，他們會說 *guwa-gu manaayi*，「往西邊移動一點。」在辜古依密舍語裡，只說「往那個方向移動一點」都會讓人覺得很奇怪；真的要這樣說的話，還得加上正確的方位，像是「往南邊那個方向移動一點」。他們不會說約翰「站在樹的前面」，而會說：「約翰站在樹的北方一點點。」如果他們要你下個路口往左轉，他們會說：「在這裡往南。」如果他們要詳細描述屋子裡某個東西在哪裡，他們會說：「我把東西留在西邊的桌子的東緣。」如果他們要你關掉火爐，他們會說：「把旋鈕往東邊轉。」

一九八〇年代時，語言學家雷文森也來到希望谷；他後來描述了用辜古依密舍語指引方向有多麼不可思議。有一天，他在拍

攝詩人圖羅說一個傳統神話的時候，圖羅突然叫他停下來，跟他說：「小心！你腳的北方有隻大螞蟻！」在另外一個場合，一位名字叫羅傑的辜古依密舍人跟他說明，要怎麼在一間四十多公里以外的商店找到冷凍魚。羅傑說：「你會在這一邊的最末端找到它。」在說話的同時，手朝著他的右邊指了兩下。雷文森以為，這樣的動作表示他走進店裡後，冷凍魚會出現在他的右手邊。可是不對呀，走進店裡後，冷凍魚竟然出現在左手邊。那麼，手往右邊指兩下又是怎麼一回事？事實上，羅傑根本不是往右邊指；他指的其實是東北方，也認為聽他指示的人在走進商店後，會到商店的東北方找冷凍魚。[8]

　　還有更多稀奇古怪的事。老一輩的辜古依密舍人在電視螢幕上看了一個無聲短片後，描述片中主角的動作時，會因為電視朝向的方位不同而有差異。如果電視畫面朝向北方，短片裡有一個人看起來往他們的方向前進，老一輩的人會說這個人「朝北方來」。有一位年輕人說，老人在說劇情的時候，一定都聽得出電視朝向哪個方位。

　　辜古依密舍語使用者在描述書中的圖畫時，也一樣會仰賴地理方位。假設現在有本書的上緣朝向北方，如果圖案裡有一位男人站在一位女人的左邊，說辜古依密舍語的人會說：「男人站在女人的西邊。」可是，如果你把書轉個向，讓上緣朝向東方，他們看到同一個圖案，反而會說：「男人站在女人的北邊。」再舉例來說，以下是一位辜古依密舍語使用者對下頁這張圖的描述（請猜猜看他面向哪個方位）：*bula gabiir gabiir*，「兩個女孩」，*nyulu nubuun yindu buthiil naga*，「有一位的鼻子朝東方」，*nyulu yindu buthiil jibaarr*，「另一位的鼻子朝南方」，

yugu gaarbaarr yuulili，「有一棵樹站在中間」，*buthiil jibaarr nyulu baajiiljil*，「她鼻子朝南方在哭。」[9]

如果你臉朝北邊在閱讀一本書，有位辜古依密舍語的使用者要你往前翻頁，他會說：「往東邊走一點。」因為翻頁的時候會從東邊翻到西邊。如果你是臉朝南邊讀書，他當然會說：「往西邊走一點。」他們就連做夢的時候都會夢到羅盤方位。有個人說他在夢裡走向北方進入天堂，神則走向南方來迎接他。

辜古依密舍語裡有「左手」和「右手」的字，但這些字只用來指稱兩隻手本身具備的特性。（舉例來說，可能會用來說：「這個東西我可以用右手舉起來，但左手就不行。」）在任何情況下，如果要指出手的**位置**在哪裡，一定會用類似「西邊的手」的說法。

　　在我們的語言裡，我們只要轉個方向，方位就會隨之改變。對辜古依密舍人來說，方位的軸線是永恆不動的。一個想像這種差異的方式，是衛星導航系統的兩種顯示選項。這些裝置大都可以讓你選擇「北方朝上」或是「行進方位朝上」。在「行進方位朝上」的模式裡，你會一直看到自己朝螢幕上方的方向前進，周邊的街道則會隨著你面向的方位而轉動。在「北方朝上」的模式裡，街道的位置永遠是固定的，但是螢幕上代表你的箭頭則會轉動，所以如果你朝南方前進，箭頭就會指向螢幕下方。我們的語言世界大致上都以「行進方位朝上」的模式為主，可是辜古依密舍語的使用者永遠都是以「北方朝上」的模式來說話。

朝向海邊的臉頰上有麵包屑

　　有些人看到這些報導，會直接先認為這一切都是無聊的澳洲原住民開的一個大玩笑，只是想騙騙一些輕易就相信別人的語言學家，就像人類學家米德在一九二〇年代到薩摩亞時，被當地成年女性性解放的誇大故事騙倒一樣。辜古依密舍人也許沒聽說過康德這號人物，可是他們八成看過我們虛構的《齊福特荒島探險記》，決定發明一些比齊福特語「飛瑰」和「玫鳥」還要荒唐的概念。可是，他們到底怎麼發明出這麼一套不可思議的系統，又跟全世界所有其他的語言差別這麼大？

　　其實，辜古依密舍語倒還沒有我們想像的那麼奇怪。我們又一次把自己熟悉的狀況視為最自然的狀況：自我中心的方位系統之所以會被大家當成人類語言的普遍特徵，完全是因為沒有人深入研究過不是用這種方式表達方位的語言。以後見之明的眼光來

看，許多語言明明都有這種不尋常的特徵，但奇怪的是這些特徵沒什麼人注意到；而且更奇怪的是，學術文獻裡明明早就有些蛛絲馬跡可循。世界各種語言的報告裡，早就提到有人用一些奇怪的方式來表達空間的概念（像是「你西邊的腳」，或是「你能不能把東邊那裡的菸草遞給我」），可是這些報告似乎都只把這些表達方式當成偶爾出現的奇怪說法而已。一直到辜古依密舍語這個超級極端的例子浮上檯面後，才有人受到啟發，用系統化的方式檢視大量語言的空間座標系統；此後，我們才真正發現到，有些語言跟以前認為普世皆然的特性有多麼大的差別。

首先，澳洲有許多語言都依賴地理方位。從澳洲西部金伯利附近的加如語，到愛麗絲泉附近的瓦爾皮利語，和曾經在昆士蘭班提克島上使用的卡雅第德語，大部分澳洲原住民說話的方式（或是曾經說話的方式），跟辜古依密舍語相當類似。另外，這也不是只有澳洲才有的現象：事實上，全世界各地都有主要仰賴地理方位的語言，從太平洋的玻里尼西亞到墨西哥，從峇里島和尼泊爾到納米比亞和馬達加斯加都有。[10]

辜古依密舍語之外，目前為止受到最多矚目的「地理語言」是地球另一端，墨西哥西南部高地的語言。事實上，我們之前已經在另一個情況下碰過馬雅語系的澤套語（澤套語是伯林和凱伊一九六九年色覺研究裡的其中一個語言。澤套語的使用者選擇最能代表他們語言裡「青色」的顏色時，不是選擇正綠色，就是選擇正藍色，這啟發了伯林和凱伊發展出普世焦點的理論。）澤套人住的地方是一座山脈的一側，這座山脈大致上從南邊到北邊緩緩下降。跟辜古依密舍語不一樣的是，他們的地理軸線不是南－北和東－西走向，而是憑靠當地這個重要的地理特徵。澤套語的

方位是「下坡」「上坡」和「穿越」；後者可以代表與上坡－下坡軸線垂直的兩個方向。如果他們必須指明「穿越」軸線上的方向，他們會把「穿越」跟地名合併在一起，說「往某地的方向穿越」。

　　世界其他地方的語言，也有以重要地標為中心的地理方位系統。舉例來說，在法屬玻里尼西亞馬克薩斯群島的語言裡，方位軸線是以海－內陸為主。馬克薩斯人會說，桌上的盤子位在「杯子的內陸側」，或是你在「朝向海邊的臉頰上有麵包屑」。[11] 有些語言的方位系統則是綜合羅盤方位和地標。印尼峇里島的語言裡，其中一條軸線是以太陽為中心（東－西），另一個軸線則是建立在地標上：這條軸線的一邊是「向海」，另一邊是「向山」，朝向峇里島印度教神明居住的神聖阿貢火山。[12]

　　我在前文裡說，如果有位舞蹈老師跟你說「舉起你北方的腳，朝南方走三步」這一類的話，簡直是荒謬可笑至極。不過，還是有人覺得這一點都不好笑。加拿大音樂學家麥克菲在一九三〇年代的時候，在峇里島上待了幾年，研究當地的音樂傳統。他在《峇里島之屋》這本書裡，提到一位叫薩姆皮的男孩，在舞蹈方面有相當高的天分和熱情。由於這位男孩的村落裡沒有適合的老師，麥克菲說服男孩的母親，讓他去跟另一個村落裡的老師學習舞蹈基礎。麥克菲把一切都安排好後，就跟薩姆皮一起找那位老師，把薩姆皮留在那裡，並且說五天之後會回來，看看他的進度如何。由於薩姆皮天賦異稟，麥克菲以為他五天後一定會看到薩姆皮在上進階的舞蹈課。可是，他回去探訪的時候，發現薩姆皮悶悶不樂，一副快要生病的樣子，老師則是惱怒不堪。老師說，薩姆皮根本沒辦法教，因為他聽不懂任何的指示。為什麼會

這樣？因為薩姆皮不知道「向山」「向海」「東」「西」各在何方，所以老師叫他「朝山的方向走三步」或「向東彎」的時候，他根本不知道要怎麼做。薩姆皮在自己的村落裡聽到這些指示的話，完全不會有問題，可是由於他從來沒有離開自己的村落，又對老師的村落的地形不熟悉，他就喪失了方向感，變得非常糊塗。就算老師一直指著山在哪個方向，他還是一直忘記。這一切都白費了。[13]

那麼，老師為什麼不用別的方式來指導他呢？老師大概會說，「朝前方走三步」或「向後彎」這一類的說法，簡直是荒謬可笑至極。

絕對方位感

到目前為止，我都只是在陳述事實而已。這些事實可能看起來很奇怪，而且說實在的，我們到最近才發現這些事情，也是一件很奇怪的事；但是這些都是世界各地的諸多研究人員取得的證據，已經沒有任何存疑的空間了。不過，當我們從語言事實推展到大腦可能受到的影響時，就開始踏進比較危險的領域裡了。不同的文化確實會讓語言使用者用不同的方式來**談論**空間，但是這代表這些語言的使用者會用不同的方式來**想像**空間嗎？到了這個地步，我們應該要亮起沃爾夫警報的紅燈才對。我們應該已經清楚了解到，一個語言裡如果沒有字可以代表某一種概念，並不表示這個語言的使用者無法理解這個概念。

事實上，辜古依密舍語的使用者在說英語的時候，完全可以掌握「左」「右」的概念。諷刺的是，有些辜古依密舍人甚至也

有沃爾夫式的想法，認為英語使用者無法理解羅盤方位。哈維蘭曾經說明，他跟一位辜古依密舍語使用者合作，將辜古依密舍神話翻譯成英文，其中一個故事裡，有一個「位在庫克鎮機場西方」的潟湖。絕大多數的英語使用者都能理解這樣的描述，不過，這位辜古依密舍語人士突然說：「但是白人不會理解這樣的說法。用英語的時候，可能還是說『開車到機場時的右手邊』比較好。」[14]

與其白費力氣，說明語言沒有自我中心方位，是否會讓辜古依密舍人的認知受限，我們還不如採用博厄斯－雅克布森原理，找出各個語言的使用者**必須**表明的事情，而不是他們**只能**用語言表明哪些事情。跟這個例子真正有關的問題是，辜古依密舍語的使用者講到空間的時候，必須明白指出地理方位，這是否會影響他們的思考習慣？

當我們用這種方式提出問題時，答案雖然是相當肯定，但也相當震撼。如果你要說辜古依密舍語，只要是你清醒的時候，你就必須隨時都知道東、西、南、北在何方，否則你連最基本的資訊都無法傳達。因此，如果你要說一個像這樣的語言，你的腦內就必須有一個指南針，而且必須日日夜夜運行，不能停下來喝下午茶或周休二日。[15]

事實上，辜古依密舍人還真的有這樣的腦內指南針。他們隨時都會維持住固定的羅盤方位；不論能見度好不好、不論他們在茂密的叢林裡或開闊的草原上、不論在室內或室外、不論靜止或走動，他們的方位感總是正確無誤。雷文森曾經敘述，他把辜古依密舍人帶到許多他們不熟悉的地方（開車或步行都有），再測試他們的方位感。那些地方很難用直線一直走，必須不停繞道避

開沼澤、紅樹林、河流、山地、沙丘和森林;如果是步行的話,還得避開處處是蛇的草叢。就算如此,就算他們走進視野受限的茂密叢林裡,就算他們在山洞裡,他們總是絲毫不遲疑,隨時都能正確指出羅盤方位。他們不會刻意去計算方位:他們不會先看看太陽的位置,稍微停頓一下來計算方位,之後再說「螞蟻在你腳的北邊」。他們似乎有絕對方位感,可以直接感覺到東、西、南、北的方位,就像有絕對音感的人可以直接聽出音高,不需要計算音程。

澤套語的使用者也有類似的情況。雷文森說,有一位澤套語的使用者的眼睛被蒙起來,在一間暗室裡被人旋轉超過二十次;在眼睛仍然被蒙住又頭暈的狀況下,他還是可以指出正「下坡」方向,完全沒有問題。另外,有一個女人到當地市集所在的城鎮就醫;她以前很少到鎮上來,而且完全沒去過她借住的屋子裡。她在房間裡看到一個陌生的東西,是洗手台,於是問了她的先生:「上坡的水龍頭是熱水嗎?」

辜古依密舍人把這種方位感視為理所當然,認為天生就該如此。他們說不出來他們是怎麼知道羅盤方位在哪裡,就像你也說不出來你怎麼知道前方、左邊、右邊在哪裡。不過,有一件事情是可以確定的,他們不會只仰賴最明顯的一個目標物,亦即太陽的方位。有些辜古依密舍人說,他們搭飛機到墨爾本(航程大約三小時)等非常遙遠的地方時,他們會有一種太陽不是從東邊升起的奇特感受;[16] 有一個人甚至堅持,他曾經到過一個太陽不從東邊升起的地方。這表示辜古依密舍人到了完全陌生的地方時,方位感還是有可能失靈;但更重要的是,這也表示他們在自己的生長環境裡,會依賴太陽方位以外的線索,而這些線索有可能比

太陽更重要。雷文森問了幾位辜古依密舍語使用者,有哪些線索可以幫助**他**提升方位感,他們的回答包括某些樹木的樹幹會有一邊比較暗、白蟻丘的方位、特定季節的風向、蝙蝠和候鳥飛的方向,和海邊沙丘的走向。

不過,我們才剛要開始而已,因為如果要說一個像辜古依密舍語的語言,不是只在當下有絕對方位感就夠了。打個比方,在說明過去的事情時,你要怎麼辦?假設我要你描述很久以前在美術館看到的一幅畫;你八成會描述你腦海中浮現的畫面,像是有個少女把牛奶倒到桌上的碗裡,光線從左邊的窗戶打進來,照亮她後方的牆面等等。或是,你在回憶一件很久以前發生的事情,當時你在大堡礁上駕著帆船,結果船沉了,你在船往左邊沉下去之前向右方跳開,但是當你游走的時候,你發現前面出現一隻鯊魚,不過⋯⋯如果你還活命,你在重述這件事情的時候,應該會和我的說法類似,會以你當時面對的方向來敘述每件事:跳到船的「右方」,或是鯊魚在「前方」。你八成不會記得那隻鯊魚是從你北方往南方游,還是從西方往東游;畢竟,如果你正前方有隻鯊魚,你根本不會花時間去搞清楚羅盤方位。同樣地,就算你在美術館的時候弄得清楚那幅畫所在的房間朝向哪個方位,過了那麼多年以後,你八成記不得畫中的窗戶是在少女的北邊或是東邊。你腦裡浮現的畫面只會是當時在你眼前的那幅畫長什麼樣子,不會有其他的資訊。

可是,如果你說的是像辜古依密舍語那樣的語言,光有這樣的記憶還不夠。你不能說「少女左邊的窗戶」,你必須記得那扇窗戶在她的東方、西方、南方或北方。同理,你也不能說「我正

前方有隻鯊魚」。如果你要描述當下的情況，就算過了二十年以後，你還是要清楚說明那隻鯊魚在哪個方位上。所以，你如果在事後要陳述任何事情，腦子裡面的記憶還要同時記下羅盤方位。

這聽起來會不會太誇張？哈維蘭曾經錄下班比這位辜古依密舍語使用者跟老朋友說的故事：班比年輕的時候曾經在鯊魚為患的海域裡沉船，但還是安全游回海岸。班比跟另一個人駕著宣教團的一艘小船，要送衣物和物資到麥克艾渥河的一個分會去。他們在途中遇上暴風雨，船被拉進一個漩渦，沉到水底去。兩個人都跳到水裡，游了將近五公里才上岸，但是回到宣教團後，舒瓦茲先生比較在意他喪失一艘船，反而沒注意他們驚險逃脫的過程。撇開這個故事的內容不論，最讓人訝異的一點，是班比從頭到尾都記得每件事的地理方位：他從船的西側跳進水裡，他的同伴則是從東側跳下，他們看到北方有一隻鯊魚等等。[17]

也許這些方位只是當時隨便說說而已？很湊巧的是，雷文森隔了兩年之後又錄下同一個人說同一個故事，而且兩次的地理方位完全一樣。更驚人的是班比在說故事的時候用的手勢。第一次的錄影拍攝於一九八〇年，班比在說故事的時候面向東方。當他說到船翻覆的時候，他用兩隻手由外向內朝自己的身體比出翻滾的動作。一九八二年的時候，他面向北方說故事；此時當他說到船翻覆的時候，雙手是由右而左比出翻滾的動作。只是，我們用這種方式來描述他的動作根本是錯的。班比的動作方向其實不是由右而左：他兩次比出來的動作，其實都是由東向西！他描述船的動作時，方位是一致的，而且不假思索就直接說出來，而這個事件發生的季節，當地吹的正好是強烈的東南風，所以船由東向

西翻覆是一件相當可能發生的事。

　　雷文森還敘述另一件事：希望谷有一群人有一次開車到離他們最近的大城凱恩斯，跟其他原住民團體討論地權事宜。凱恩斯位於希望谷南方兩百四十多公里處，開會的地方是一個沒有窗戶的房間，那棟大樓又要穿過一條巷子或一個停車場才能進入，所以大樓的方位跟城市整體的方位之間的關係看不太清楚。大約在一個月以後，雷文森在希望谷問了幾個當時在場的人，會場和討論者的方位分別是什麼。他得到的回答完全正確，而且完全一致：大家都能精確說出主席、黑板和房間裡其他物品的地理方位。

把桌子轉個方向

　　到目前為止，我們確定辜古依密舍語的使用者在回想以前看過的任何事物時，畫面裡一定包含羅盤方位的兩條垂直軸線。他們必須記下另外一個層次的空間資訊，而我們對於這個層次幾乎毫無知覺；說實在的，我們只不過一直在重複同樣的話而已。[18]畢竟，如果有人說得出「商店東北方的魚」這種話，當然一定要有辦法記住那些魚的確是在商店的東北方。由於絕大多數的人不會記得魚是不是在商店的東北方（就算我們當下有辦法算出方位，事後也不一定記得住），這表示辜古依密舍語的使用者會記錄下我們不會記下來的空間資訊。

　　一個比較有爭議的問題是，這樣的差別是否表示辜古依密舍語使用者和英語使用者看到同一件事的時候，會用不同的方式記下這件事？換句話說，辜古依密舍語的使用者既然必須時時以羅

盤方位看待世界，他們是否會用跟我們不一樣的方式，來重現和回憶物體在空間裡的排列方式？

我們在看研究人員怎麼測試這些問題之前，先來玩個小小的記憶遊戲。我會給你們看幾張圖，圖中的桌子上面有些玩具。總共有三件玩具，可是你一次最多只會看到兩個。你要做的事情就是記下它們的位置，讓你之後可以把畫面填滿。我們先從圖一開始，你會看到一棟房子和一位小女孩。記下這兩個玩具的位置之後，再翻到下一頁。

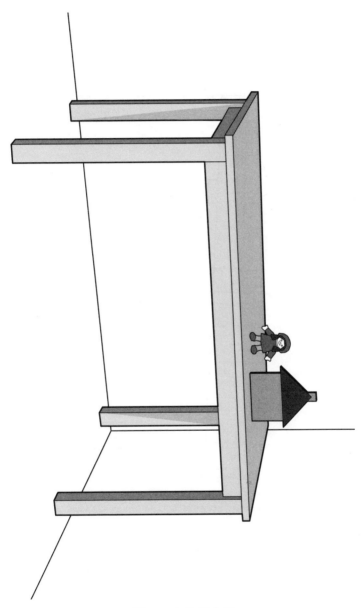

圖一：女孩與房子

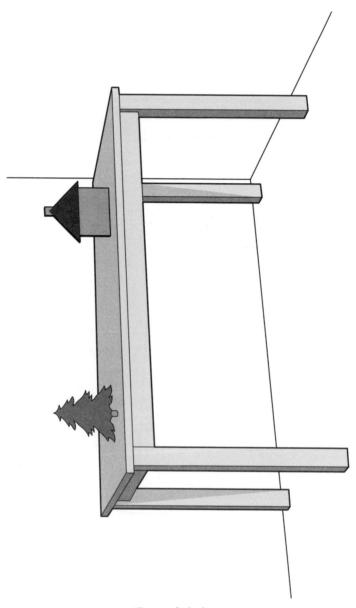

圖二：樹與房子

　　在圖二裡，你看到前一張圖的房子，還有一個新的物體，一棵樹。記下這兩個物體的位置後，再翻到下一頁。

　　最後，圖三裡只有那位女孩在桌上。現在，想像我把那棵玩具樹給你，要你把這棵樹放上去，把畫面補完，而且必須符合你在前面兩張圖看到的樣子。你會把這棵樹放在哪裡呢？在桌面上做個小記號（在腦子裡做記號也行），再翻到下一頁。

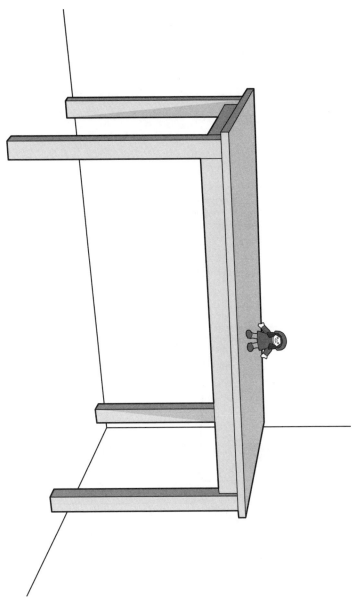

圖三：只有女孩

　　這個小遊戲並不難，而且若要猜出你把樹放在哪裡，也不需要超人般的預言能力。你的排法應該會類似圖四那樣子，因為你一定會依循幾個明顯的線索：在前面幾張圖裡，小女孩站在房子的旁邊，那棵樹則在女孩左手邊比較遠的地方。如果這當中有什麼問題，你也只不過會問：做這麼明顯的事情，有什麼意義嗎？

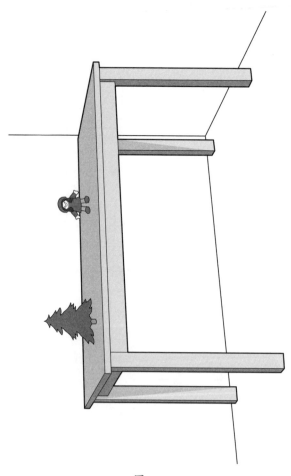

圖四

　　重點就是，對於辜古依密舍語或澤套語的使用者來說，你提供的解答其實一點都不明顯。事實上，當研究人員用這種方式測試他們的時候，他們完成畫面的方式非常不一樣。他們沒有把樹放在女孩的左手邊，而是放到右手邊，像圖五那樣。

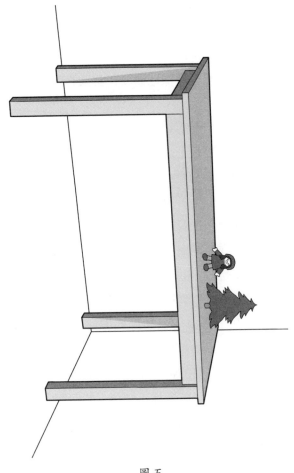

圖五

這麼簡單的事情，他們怎麼可能會搞錯呢？事實上，他們的答案一點都沒有錯；只是我剛剛描述的方式不太對，因為他們做的其實不是我說的那樣，把樹放到「女孩的右手邊」。若要理解我所說的，暫且假定你在讀這本書的時候面向北方。（如果你知道北方在哪裡，你也可以轉個方向面向北方，讓你更清楚狀況。）如果你再回頭看看圖一，你會發現房子位在女孩的南方。在圖二裡，樹在房子的南方。因此，樹一定會在女孩的南方，因為樹比房子更靠近南方，而房子又比女孩更靠近南方。所以，在填滿畫面的時候，像圖五那樣把樹放在女孩的南方，也是完全合理的事情。[19]

這兩種解答之所以會南轅北轍，是因為圖二的桌子跟其他幾張圖比起來，轉了一百八十度。我們用自我中心方位思考的人會自動把桌子旋轉這回事過濾掉，所以這完全不會影響我們記下桌上物體的排列方式。但是，使用地理方位思考的人就不會忽略桌子旋轉的事實，因此他們對於同一件事情的記憶就不同了。

雷文森和同僚在荷蘭尼美根的普朗克心理語言學研究所進行實驗時，使用的不是書上的桌子圖案，而是相臨的兩個房間（如左圖所示）。受試者先看到第一個房間裡的物體怎麼排列，再到對面的房間，看另一張桌子上的排列方式，最後回到第一個房間，完成整個畫面。桌子和物體就跟前面幾張圖裡一樣，轉了個方向，只是變成使用真實的物體和真實的桌子。目前已經有許多這一類型的實驗，測試了許多種不同語言的使用者，實驗結果顯示語言裡偏好使用的方位系統，跟受試者最後選擇的答案高度相關。使用自我中心方位語言的人（如英語人士），絕大多數都選擇了自我中心方位的答案，而辜古依密舍語、澤套語等地理方位

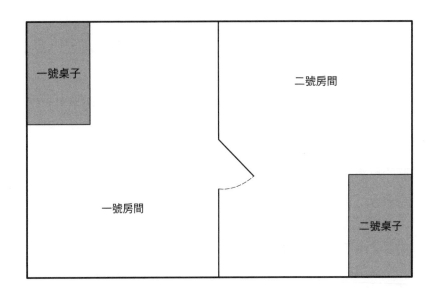

語言的使用者，大都選擇地理方位的答案。

　　就某種程度而言，這些實驗的結果不用多加說明；不過，最近幾年來，倒是有人爭論這些實驗結果該怎麼解讀才對。雷文森宣稱，這些結果證實自我中心方位語言的使用者，和地理方位語言的使用者之間，有非常大的認知差異。但是，有些研究人員針對他的某些宣稱提出質疑。跟大多數的學術爭執一樣，這個爭論追根究柢，其實只是在吵一些沒有清楚定義的詞彙：語言造成的影響，真的強到可以「重塑認知」嗎（姑且不談「重塑認知」到底指的是什麼）？可是在事實層面上，這些實驗遭到最主要的批評，是解決問題的方法很容易受到施測環境的引導。

　　舉例來說，如果兩個房間從自我中心的觀點看起來一樣（比方說，兩間都是桌子在右邊，而且兩間在桌子的左邊都有一個小櫃子），受試者有可能比較容易採用自我中心的方式來解決這道

問題。反過來說，如果施測環境比較偏好地理方位（比方說，如果實驗在戶外進行，受試者視線範圍裡有一個重要地標），受試者也許比較有可能採用地理方位的解法。雖然這樣的批評確實有道理，但對於這項實驗而言，這種批評只不過更加強調辜古依密舍語等地理方位語言的使用者有多麼「奇怪」，因為在雷文森的實驗裡，兩個房間從自我中心的角度來看是一模一樣的。兩個房間的桌子都在右邊（所以，在第一間裡桌子在北邊，第二間則在南邊），房間內其他的家具也都排列得一模一樣。就算在這麼「困難」的環境下，辜古依密舍語和澤套語的使用者絕大多數都選擇使用地理方位來解決這道問題。

這是否表示，我們和辜古依密舍語使用者有時候會用不同的方式記下「同一件事實」呢？答案必然是肯定的；至少我們可以確定，對我們而言看起來一模一樣的兩件事，對他們而言可能會不一樣。我們通常會忽略單純的旋轉，所以如果有兩個物件安排得一模一樣，只差在其中一個轉了方向，我們還是會把它們視為同一件事；但是，他們沒辦法忽略物件旋轉過的事實，所以會把它們視為兩件不同的事。若要理解這個差異，可以想像以下的情境。假設你今天跟一位辜古依密舍好友一起旅行，住在一間大型的連鎖飯店，飯店裡有一排看起來一模一樣的房門。你的房號是一二六四，你的朋友住的是對面的一二六三房。你走進你朋友的房間裡時，看到的房間布置跟你自己的房間完全一模一樣：同一條小走道，進房門的時候左手邊有衛浴，右邊同樣有一個附全身鏡的衣櫥，房間內同樣靠左邊有一張床，後面同樣都是不太起眼的窗簾，右側牆壁同樣是一張長形書桌，桌子的左角同樣放了一台電視，電視右邊又同樣是電話和冰箱。簡單來說，同樣的房間

你看了兩次。可是，當你的辜古依密舍朋友來到你的房間裡，他看到的會是一間很不一樣的房間，因為房間裡所有的東西都反轉過來了。由於兩間房間彼此相對（就像前一頁那張圖裡的兩個房間一樣），而且從自我中心的角度看起來是一模一樣的，對他來說卻是北面轉到南面去了。在他的房間裡，床在北邊，你的房間裡卻是床在南邊；他房間裡的電話在西邊，到了你的房間卻變成在東邊。所以，你看到的是兩間一樣的房間，記得的也是兩間一樣的房間，但辜古依密舍人看到和記得的是兩間完全不一樣的房間。

相互關係或因果關係？

一個很常犯卻又很誘人的邏輯謬誤，是從相互關係直接跳到因果關係，亦即看到兩件事情相關，就直接假定其中一個會造成另外一個。為了減少這種荒謬邏輯發生的情形，我現在提出一個讓人拍案叫絕的新理論：語言會影響髮色。更精確來說，我宣稱說瑞典語會讓你的頭髮變成金色，說義大利語會讓頭髮顏色變深。證據是什麼呢？說瑞典語的人，頭髮通常是金色的；說義大利語的人，頭髮通常是深色的。故得證。看到這麼一個滴水不漏的論點，你也許會提出一些無謂的反駁：沒錯，你提出語言與髮色的相關事實完全正確。可是，瑞典人之所以金髮，義大利人之所以黑髮，難道就沒有語言以外的成因嗎？有沒有可能是基因或氣候等因素造成的？

就語言和空間思考而言，我們目前建立起來的只是兩件事情有相關性：首先，不同語言會使用不同的方位系統；再來，不同

語言的使用者會用不同的方式感知和記住空間。當然，我一直以來都在暗示這當中不只有相關性，母語是空間記憶和方位感的一個重要**成因**。可是，我們又要怎麼確保這個相關性，不像語言和髮色的關係那麼荒謬？畢竟，語言沒辦法**直接**讓人產生方位感。我們也許不知道辜古依密舍人靠哪些線索來找出北方在哪裡，可是我們可以肯定的是，他們能夠那麼確定各個方位在哪裡，只可能是因為他們會仔細觀察周遭的環境。

雖然如此，這裡的論點是說辜古依密舍語一類的語言，**會間接**促成方位感和地理方位的記憶能力；由於語言裡只能用地理方位來溝通，使得語言的使用者時時刻刻都必須注意各個方位的位置，強迫他們永遠持續觀察相關的環境線索，並且發展出精確的記憶方式，永遠記得自己面向哪個方位。哈維蘭估計，正常辜古依密舍語的對話裡，高達十分之一（！）的用字是東、南、西或北，常常還會伴隨著非常精準的手勢。換句話說，辜古依密舍語的日常對話，就是對地理方位最密集的訓練，而且這種訓練從很小的年紀就開始了。如果你要了解周圍的人說的事情（就算是最簡單的事），你就要發展出每分每秒都在計算、記憶羅盤方位的習慣。由於這種思考習慣從幼兒時期就開始培養，沒多久就會成為天性一般，既不自覺又不費力。

從這一點看來，語言與空間思考之間，比起語言與髮色更有可能是因果關係。雖然如此，光有可能性並不代表就一定是如此；事實上，有些心理學家和語言學家，如李佩姬、葛萊特曼和平克，就對空間記憶和方位感主要受語言影響的論點提出質疑。在《思維的要素》一書中，平克認為人類發展出空間思考不是因為語言的關係，語言最多只是**反映**出某個語言的使用者會用哪一

種系統來思考空間。他指出，仰賴地理方位系統的主要是小型的部落社會，所有大型的都市社會都以自我中心方位為主。從這個確切的事實中，他推得語言所使用的方位系統，會直接受外在環境的影響：如果你住在都市裡，你大部分的時間都會在室內，而且就算你出了門，「右轉、左轉、在紅綠燈再右轉」這種說法會讓你最容易找到方向，所以環境會促使你用自我中心方位來思考。你的語言只是單純反映出你是用自我中心方位來思考的事實。反之，如果你是澳洲草原上的游牧民族，沒有道路或紅綠燈後左轉這種東西來指引你，所以自我中心方位就沒有多大的用處，你自然就會轉而使用地理方位來思考。於是，你描述空間的方式就只是反映出你是用這種方式思考。

再者，平克認為環境不只決定語言會用自我中心還是地理方位表達，甚至還會決定語言使用哪一套地理方位系統。澤套語依賴一個明顯的地標，辜古依密舍語使用的是羅盤方位，這一定不是巧合。澤套語使用者的環境裡，最主要看見的是一個分成上下坡的大山坡，對他們來說，使用上坡－下坡當軸線，比起使用羅盤方位更自然。可是，辜古依密舍語使用者的環境沒有這麼明顯的地標，也難怪他們會以羅盤方位當成軸線。簡而言之，平克宣稱環境決定我們用哪種系統來思考空間，是空間的思考方式決定空間的語言，而不是空間的語言決定空間的思考方式。

雖然平克提出的事實證據沒有什麼可以挑剔的，有些原因使得他的環境決定論沒有說服力。當然，每種文化會使用適合自己環境的方位系統，這是很合理的事情；不過，我們也需要意識到各個文化仍有相當的自由空間。舉例來說，辜古依密舍人的環境裡沒有什麼因素，讓他們不能**同時**使用地理方位（在大型的空

間）和自我中心方位（在小型的空間）。傳統狩獵、採集社會裡的獵人沒有什麼理由一定要說「你腳的北方有隻螞蟻」，而不能說「你腳的前方有隻螞蟻」。畢竟，若要表示小型空間裡物體之間的關係，在澳洲草原上說「腳的前方」，跟在倫敦或曼哈頓的辦公室裡說同樣的話一樣有道理。這不只是純理論性的論點：有許多跟辜古依密舍人類似的社會，確實會同時使用自我中心方位和地理方位。澳洲本土就有些原住民語言，像是北領地的加明將語，除了使用地理方位外，還會使用其他方位系統。[20] 所以，辜古依密舍語只採用地理方位這回事，並非直接由他們的生活環境或狩獵、採集的生活模式決定。辜古依密舍語裡的螞蟻絕對不會爬到辜古依密舍人的腳「前」，不是大自然決定的事，而是文化的選擇。

再者，世界上有些兩兩成對的語言，使用環境非常相似，卻採用完全不一樣的方位系統。如前文所述，澤套語幾乎完全使用地理方位，但是同樣也屬於馬雅語系，在墨西哥部落社會裡使用的猶卡特克語，則主要使用自我中心的方位系統。[21] 在納米比亞北方的草原上，海搭姆人表示空間的方式就跟澤套人和辜古依密舍人一樣，但是鄰國波札那的喀拉加底人住在類似的環境裡，語言中卻是以自我中心方位為主。兩位語言學家曾經對海搭姆人和喀拉加底人進行類似前面所說的旋轉實驗，大多數海搭姆人的回答是以地理方位來判斷的（就是違反我們直覺的解答），而喀拉加底人則大部分都用自我中心方位來回答。[22]

所以，各個語言的方位系統不可能完全取決於環境，這表示各個文化一定多少有選擇權。事實上，一切的證據都顯示我們應該回到「有限度的自由」這個教條，來理解文化如何影響方位系

統的使用。大自然（在這個情況下，就是外在的環境）當然會限制語言裡用哪種方位系統才合理；可是，在這樣的限制底下，語言還有相當大的彈性，可以從許多選項裡選擇。

　　平克的環境決定論裡還有另一個重大缺陷，就是他忽略了外在環境不會直接影響嬰幼兒，必須透過教養才會發揮影響力。若要澄清這一點，我們必須嚴格區分兩個問題。第一個是：某個特定社會之所以會採用某種方位系統，是基於什麼樣的歷史因素？第二個問題也是我們真正要關切的問題：假設有位王小明，說的是像辜古依密舍語這種只有地理方位的語言，長大之後會變成什麼樣子？另外，又是什麼因素造成他有絕對方位感？假設我們握有證據，證明王小明到了十幾二十歲的時候，在野外數千個小時，經歷過無數次的狩獵行動之後，才發展出這樣的能力；此時，語言形成這種能力的論點就顯得沒有說服力，因為這種能力更有可能是他直接受到外在環境的刺激發展出來的，是狩獵和野外行走的經驗訓練他養成這種能力等等。不過，正巧我們知道，孩童很早就會學習地理方位系統。針對澤套兒童的研究顯示，他們兩歲的時候就開始使用地理方位的詞彙，四歲就能使用地理方位正確描述物體的排列，到了七歲就能完全精通地理方位系統。[23] 可惜的是，辜古依密舍兒童現在完全學不到這種系統，因為他們的群體語言現在都以英語為主。不過，針對峇里島兒童的研究結果跟澤套兒童類似：峇里島上的兒童三歲半就會使用地理方位，到了八歲就完全精通。

　　兩歲、三歲，甚至是七歲的時候，我們的王小明都不知道他的社會為何在幾百或幾千年前選擇某個特定的方位系統，也不知道這樣的方位系統適不適合他所生長的環境。他只是很單純地學

習部落長者使用的方位系統。使用地理方位系統，必須無時無刻持續注意地理方位，所以王小明一定年紀很小就發展出絕對方位感，早於必須在外在環境中求生存的刺激，或是狩獵所需等成因之前。

上述的一切都說明，你在語言和思考裡使用的方位系統不是由外在環境直接決定的，而是取決於你的教養方式——換句話說，就是透過文化的轉介。當然，我們還是可以提出反駁，說教養不只透過語言這一種方式，所以，我們不能認定，澤套語或辜古依密舍語使用者的教養過程中，只有語言這個單一因素造成他們發展出地理方位的思考方式。我在這裡提出的論點，認為主要的原因只是這些語言的使用者必須不斷計算方位，才能跟別人溝通，以及聽懂別人說的話。可是，至少就理論上來說，我們無法完全排除兒童是因為別的原因（像是自幼就受到密集、清楚的訓練）才發展出地理方位思考方式的可能性。

事實上，我們自己的自我中心系統裡，就有一個例子告訴我們必須小心：就是左、右的方向。對大多數西方成年人來說，左、右方向似乎有如天性一般，但兒童學習這種區別方式會遇到極大的困難，通常到了很晚才真正學會。大多數孩童一直到小學中高年級才有辦法處理左、右方向的差別（就算只是被動的辨別也一樣），而且要到大約十一歲的時候才會主動用母語表示左方與右方。這種區別到了這麼晚的年紀才真正學得起來，而且兒童通常要藉由學校教育的強力灌輸（像是必須識字、學習單字有方向的差別）才有辦法精通這項差異，在在顯示左－右的區別不太可能只是因為溝通的需要才因應而生的。

不過，雖然我們自我中心方位系統裡的左－右區別，足以提

醒我們不能直接妄下因果關係的結論，但是左－右的區別那麼晚才能習得，相較於地理方位在年紀很小的時候就能學到，這當中的差別可以明顯看出語言是最有可能促成地理方位認知的原因。目前沒有證據可以證明孩童在幼兒時期接受正式的地理方位辨認訓練（雖然峇里島有些宗教習俗與方位有關，像是讓幼兒睡覺的時候頭朝一定的方位）；因此，唯一一個有可能在那麼幼小的年紀就達成那麼密集的方位訓練的機制，就只有口語語言一項，因為他們必須知道方位，才能在日常生活裡進行最基本的溝通。

正因如此，語言與空間思考不只有相關關係，更是因果關係的說法，有相當大的說服力；具體來說，就是母語會影響一個人思考空間的方式。更精確來說，像辜古依密舍語這種強迫使用者必須隨時使用地理方位的語言，一定是形成絕對方位感的關鍵因素，也是造成我們認為奇特、不可思議的記憶方式的主要原因。

辜古依密舍語給了全世界「kangaroo」這個字的兩百年後，這個語言最後的使用者讓全世界上了一堂嚴峻的哲學和心理學課。這個語言紮紮實實地證明，一個語言就算沒有長期以來一直被認為普世皆有的空間詞彙和思想概念，也可以生存得好好的。這項認知反過來點亮了我們自己語言的概念，我們從常理判斷這些概念再自然也不過，但這只是因為我們生活在一個使用這些概念的文化裡面，而文化也因而塑造我們對於常理的認知。辜古依密舍語是一個極端搶眼的例子（甚至比顏色還搶眼），證明有些文化造成的習慣會披著自然天性的外衣。

再者，辜古依密舍語啟發的研究，讓我們看到語言影響思考最明顯的例證。這些研究證實了自幼習得的語言習慣，會促成影

響深遠的思考習慣；這些習慣的影響範圍甚至還超出語言之外，會改變辨認方位的能力，甚至是記憶模式。辜古依密舍語及時做到了這一切，但終究還是駕鶴西歸去了。哈維蘭從一九七〇年代開始記錄下這個語言中最年長的使用者所說的「正統」語言；不過，老一輩的人殞沒，這種正統的語言也隨他們而去。雖然希望谷現在還是聽得到辜古依密舍語，這個語言在英語的影響之下，已經大幅簡化了。今日老一輩的使用者還會經常使用羅盤方位，可是大多數五十歲以下的人已經不太能掌握這個方位系統了。

主流的歐洲語言裡還有哪些是我們至今認為很自然、普世的特徵，其實完全只是因為我們還沒發現不使用這些方式運作的語言？我們也許永遠都不會知道。或者換句話說，如果你認為我們未來還要一直修正世界觀是一件很嚇人的事，好消息就是，隨著每分每秒的消逝，我們也就愈來愈不可能找到這些特徵了。除了辜古依密舍語之外，還有好幾百種「熱帶語言」已經踏上窮途末路，被不停進展的文化給遺棄了。一般推測在兩到三個世代後，世界上現有的六千多種語言會消失掉一半，當中有許多偏遠部落的語言，運作方式跟我們自認為自然的習慣天差地遠。時間每經過一年，「世界上所有的語言都像英語或西班牙語」的想法就愈有可能成真。也許再過不久，我們就可以說「歐洲平均標準」是唯一一種自然的人類語言模式，因為沒有任何語言跟這個模式相距太大。但是，這樣的事實其實很沒有意義。

為了避免讓你以為行事風格怪異，會影響到思考方式的盡是一些偏遠的部落語言，我們接下來探討的兩個層面，即使在歐洲語言裡都有非常大的變異，對思想的影響也會讓人覺得更加切身相關。

第八章

性別與語法

　　德國詩人海涅在一首絕美卻謎樣的詩裡，描述一棵覆滿白雪的松樹對東方日晒下的棕櫚樹的思念。詩的原文如下：

Ein Fichtenbaum steht einsam
Im Norden auf kahler Höh'.
Ihn schläfert; mit weißer Decke
Umhüllen ihn Eis und Schnee.

Er träumt von einer Palme
Die, fern im Morgenland,
Einsam und schweigend trauert
Auf brennender Felsenwand.

　　海涅這首詩娓娓道出絕望，一定打動了維多利亞時期一位著名的多愁善感之士，即蘇格蘭詩人湯姆森（一八三四～一八八二，勿與另一位同名同姓的蘇格蘭詩人，《四季》的作者湯姆森（一七〇〇～一七四八）混淆）。湯姆森的翻譯長才備受推崇，他的翻譯仍是這首詩眾多譯本裡經常被引用的譯本之一：

一棵松樹孤立（A pine-tree standeth lonely）
在北方的荒原；（In the North on an upland bare;）
身上覆滿白雪（It standeth whitely shrouded）
在雪地裡安眠。（With snow, and sleepeth there.）

它夢到棕櫚樹（It dreameth of a Palm Tree）
兀立遙遠東方，（Which far in the East alone,）
它悲淒地站立（In mournful silence standeth）
在炙熱的石崗。（On its ridge of burning stone.）

　　湯姆森的譯文有著響亮的韻腳和交錯的頭韻，抓住了可憐的松樹和棕櫚樹的孤獨，和情況無法改變的無助。他的譯文甚至保留住海涅原詩的節奏，同時似乎又緊緊依隨原詩的意義。不過，就算他的譯文這麼精心雕琢，湯姆森的譯文完全無法讓英文讀者看到原詩一個極為重要的層面，而且這可能還是解讀整首詩的關鍵。這個譯文之所以敗在這點上，就是因為它忽略了德語的一個文法特徵；偏偏這首詩的整個寓言就建立在這個文法特徵之上，少了這項認知，海涅的譬喻就被閹割了。如果你還沒猜到這個文法特徵是什麼，下面這個由美國詩人拉莎爾絲（一八四九～一八八七）翻譯的版本會讓你更清楚：

那裡有棵孤獨的松樹（There stands a lonely pine-tree）
站在北方的荒原之上；（In the north, on a barren height;）
他睡著，寒冰和雪花（He sleeps while the ice and snow flakes）

替他覆上白色的衣裳。（Swathe him in folds of white.）

他在夢中見到棕櫚樹（He dreameth of a palm-tree）
在那遙遠日出的地方，（Far in the sunrise-land,）
她孤獨，只能靜靜地（Lonely and silent longing）
在赤灼的沙土中盼望。（On her burning bank of sand.）

　　在海涅的原文裡，松樹（**der** Fichtenbaum）是陽性的，而棕櫚樹（**die** Palme）是陰性的；這種文法上性別的相對，使得整個意象多了性別暗示的層次，這在湯姆森的譯文裡卻完全看不見。[1]不過，許多評論家認為藏在松樹的白衣下，不只有求愛未果這種傳統的浪漫元素，棕櫚樹也可能代表另一種欲望。猶太愛情詩裡，有一種向遙遠又無法觸及的耶路撒冷寫詩的傳統，而耶路撒冷一定都會化身成為女性愛人。這一種文類可以一路追溯回海涅喜愛的一首聖詩：「我們曾在巴比倫的河邊坐下，一追想錫安就哭了……耶路撒冷啊，我若忘記妳（女性）[2]，情願我的右手忘記技巧，情願我的舌頭貼於上顎！」海涅也許在暗示這個傳統：站立在炙熱石崗上的孤獨棕櫚樹，指的可能是荒廢在猶大山地上的耶路撒冷。更具體來說，海涅的詩句可能隱隱呼應所有耶路撒冷頌歌之中最有名的一首，亦即十二世紀西班牙詩人哈萊維的作品。海涅相當崇拜這位詩人。松樹掛念「遙遠東方」的戀人，可能就在呼應哈萊維詩作的第一行：「我的心在東方，而我在最遙遠的西方。」

　　海涅在這首詩裡，到底是不是想讓他在北方日耳曼的家世，回歸猶太性靈遙遠的故土，可能永遠不得而知。但是毫無疑問

地，我們若要解開這首詩的密碼，一定要顧及兩位主角的性別。拉莎爾絲的譯文把這個層次轉譯到英文裡，使用「he」代表松樹，和「she」代表棕櫚樹。但拉莎爾絲這樣忠於原著卻付出一個代價，就是讓她的譯文聽起來有些刻意，或至少有點太想要表現詩意，因為在英語裡，我們不習慣用這種方式來描述樹木。但是，德語卻跟英語不一樣：在英語裡，所有非動物的物體都用「it」來稱呼，但德語卻把成千上萬種的物體分為陰性或陽性，而且還視這種區分方式為理所當然。事實上，在德語裡用「他」或「她」來表示不動的物體是完全跟詩意無關的一件事。就算是在最無趣的對話裡，你說到 *Palme* 這個字，也一定會用「她」來稱呼。你會告訴你的鄰居，你幾年前在園藝商店裡用半價買到「她」，可是又不小心把「她」種得太靠近一棵尤加利樹，「他」的根又怎麼干擾到「她」的生長，而從此之後「她」帶來的麻煩簡直沒完沒了，因為「她」不但長出一堆菇，又得了靈芝根基腐病。你說出這段話的時候，不但完全不帶半點詩意，甚至連一點自覺都沒有。假如你說的是德語──或西班牙語、法語、俄語，或是許多有類似性別系統的語言，你就是得這樣說話。

　　若要在更貼近「我們」的非熱帶語言裡，找到「我們」跟其他語言相異甚大之處，性別恐怕就是其中一個層面。你可能過了九半輩子的時間，都碰不到半個澤套語或辜古依密舍語的使用者，但你恐怕要花費很大的一番功夫，才有辦法迴避西班牙語、法語、義大利語、德語、俄語、波蘭語，或阿拉伯語（這裡只舉出少數幾個例子）的使用者，甚至你可能有些好朋友正好就有這種性別觀念。他們的思考過程會受到語言這個層面的影響嗎？德文 *Palme* 這個字是陰性的，會不會讓德語使用者在詩詞以外的情

形碰到「棕櫚樹」一字，也受到這個觀念的影響？雖然答案可能讓人非常震驚，不久後我們就會看到這個問題的答案確實是肯定的，而且目前也已經有明確的證據，顯示文法裡的性別系統會強烈影響語言使用者的聯想方式。

「性別」（gender）一詞現今隱含諸多意義：雖然跟「性」（sex）這個字比起來，可能還沒那麼傷風敗俗，但是仍然有可能引發嚴重的誤解，所以在此有必要先澄清這個字在語言學上的意義，跟日常生活用語或一些比較風行的學術用法比起來有多麼乏味。「gender」一字原先跟「性」一點關係都沒有：這個字的本意是「種類」或「品種」——事實上，「gender」的字源跟生物學上的「種」（genus）和文學上的「文體」（genre）來自同一個字源。跟大多數嚴肅的人生問題一樣，「gender」現今之所以會有這麼多種意義，可以一路追溯回古希臘去。古希臘哲學家把 *génos*（表示「品種」或「種類」）這個字，用來表示物體「分類」的三分法：陽性的（人類和動物）、陰性的（人類和動物），以及非動物。這個概念從希臘文以後，經由拉丁文傳到其他的歐洲語言裡。

在英文裡，「gender」的兩種意思（表示一般的「種類」，以及更專門的文法含義）並存了好一段時間。就算到了十八世紀，「gender」一字還可以解釋成完全沒有性別的意思。英國小說家貝吉在一七八四年寫下：「先生，我也是一位具有分量的人士，一位具有愛國之性（of the patriotic gender）的公眾人士」[3]，當中的「gender」就只是「種類」的意思。不過，這個一般的意思後來從日常生活的英語裡消失了，「中性」的性別也不復

見，這個字最後僅留下陰性與陽性的意義。到了二十世紀，「gender」成為「sex」的文雅說法，所以如果你現在在某個表格上看到「gender」這個欄位，你不太可能寫下「愛國」這樣的形容詞。

在某些學術領域裡（特別是「性別研究」），「gender」發展出更精確的性別意涵，專指男女之間的社會差異（有別於生理差異）。因此，「性別研究」主要聚焦在兩種性別分別扮演的社會角色，而不是生理構造上的差別。

反之，語言學家則是回到「種類」的原意上，現在會用「gender」來指稱任何依據某些特性來分類名詞的方法。這**有可能**是根據性別來畫分的，但又不一定非照性別不可。舉例來說，有些語言的「性別」區隔只看名詞有沒有「動物性」，也就是只區分會動的物體（雌性和雄性人類和動物）和不會動的物體。另外，有些語言會用不同的方式來區分，把界線畫在人類和非人類（包括動物和非動物）之間。更有些語言把名詞分成更細微的類別：非洲馬利的蘇皮耶語有五種性別，分別是人類、大的物體、小的物體、集合名詞和液體[4]；史瓦希利語等班圖語系語言會有多達十種性別；而澳洲的努干吉特梅利語據說有十五種性別，當中包括雄性人類、雌性人類、犬類、非犬類動物、蔬菜、飲料，還有兩種性別專指不同大小和材料的矛。[5]

簡而言之，語言學家談到「性別研究」時，除了指男女之間的差別外，也一樣有可能指「動物、礦物和蔬菜」之間的差異。雖然如此，由於目前為止文法性別對大腦的相關研究全都針對歐洲語言，而歐洲語言的性別系統又以陰性和陽性為主，我們接下來探討的也會集中在陰性和陽性的性別，其他比較奇特的性別只

會偶爾提到一下。

　　到目前為止的討論，似乎會讓人覺得文法性別有道理。把具有類似特性的物體歸類在一起，看起來相當合理，所以我們也自然會認為，不論一個語言用什麼規則來區分性別，一定都會一直遵照這些規則。因此，我們會認為陰性的性別會包括所有的雌性人類和動物，而且只包括雌性人類和動物；非動物的性別會包括所有非動物，而且只包括非動物；而蔬菜的性別就只包括……嗯，蔬菜。

　　事實上，還真的有些語言像這樣。塔米爾語裡有三種性別，分別是陽性、陰性和中性，而且你能根據明顯的特性來判別任何一個名詞該歸類到哪一個性別裡。指稱男人（和男性神祇）的名詞是陽性的；指稱女人（和女性神祇）的名詞是陰性的；其他一切的東西，包括物品、動物（和嬰兒）都是中性的。另一個簡單明瞭的例子是蘇美語，也就是五千年前在幼發拉底河畔發明書寫文字、啟動書寫歷史的人所說的語言。蘇美語的性別系統不是依照生理性別區分的，而是看名詞是不是人類來畫分性別。唯一讓人不知如何判別的名詞是「奴隸」：這個名詞有時會被分在人類的性別，有時會分到非人類的性別裡。英語也可以說是少數完全符合邏輯來區分性別的語言。英語只會在代名詞（「he」「she」「it」）上區分性別，而這些代名詞使用起來通常也相當明白：「she」專指女人（偶爾會指雌性動物），「he」專指男人和少數雄性動物，而「it」包括一切其他的物體。雖然英語有些例外（像是用「she」來指稱船隻），這些例外相當稀少。

　　另外，有些語言（像是巴布亞紐幾內亞的曼那布語）的性別

可能不完全一致，但我們還是可以發現性別系統有些基本的邏輯。在曼那布語裡，不只男人和女人會分成陽性和陰性，連非動物的物體也會有這種分別；不過，區分的方式似乎有些明白的規則可循。[6]舉例來說，小而圓的東西是陰性的，大而長的東西是陽性的。因此，肚子是陰性的，但孕婦的肚子只要變得夠大，就會用陽性的性別來指稱。強烈的東西是陽性的，比較不強烈的東西是陰性的。天空還沒有全暗的時候是陰性的，但天色完全漆黑時就變成陽性的。你也許不一定會認同這種邏輯，但至少這讓你有跡可循。

最後，有些語言（像是土耳其語、芬蘭語、愛沙尼亞語、匈牙利語和越南語）的性別也完全一致，因為它們完全沒有文法性別。在這些語言裡，就算是指稱人類的代名詞也沒有性別，所以沒有單獨的代名詞分別表示「他」和「她」。我有一位匈牙利籍的朋友，太疲倦的時候有時會不小心說出像「她是愛瑪的丈夫」（She is Emma's husband）這種話。這並不表示匈牙利語的使用者不知道男人和女人的差別，只是表示他們不習慣每次提到一個人的時候，一定都要表示這個人的性別。

如果所有語言的性別都像英語和塔米爾語那樣簡單明瞭，我們也不必追問性別系統是否會影響人類對物體的認知。假如任何物體的性別，只不過忠實反映出物體在現實生活裡的特性（男的、女的、不會動的、是蔬菜的，諸如此類），那麼性別就不會讓人有任何非客觀察覺的聯想。但是，性別系統從頭到尾既一致又一眼就讓人明白的語言，其實少之又少，絕大多數的語言都有非常不聽話的性別系統。大部分歐洲語言就屬於這一類：法語、義大利語、西班牙語、葡萄牙語、羅馬尼亞語、德語、荷蘭語、

瑞典語、挪威語、丹麥語、俄語、波蘭語、捷克語、希臘語。

　　就算是最沒有規則的性別系統，通常會有一些核心的名詞有固定一致的性別分類。更詳細來說，男性人類幾乎一定都是陽性的；反之，女性人類常常不能享有成為陰性的權利，反倒被歸類成為中性。德語裡就有一大票女性的字眼都是用「它」來稱呼：*das Mädchen*（女孩，是「年輕女子」的小稱）、*das Fräulein*（未婚女士，是「女士」Frau 的小稱）、*das Weib*（女人，與英語 wife 一字同源），和 *das Frauenzimmer*（女人，字面意思是「女性房間」：這個字本來指的是仕女的閨房，但後來轉而指稱貴婦的婢女群，再變成婢女群的特定幾個人，最後變成不是貴婦的女人）。[7]

　　希臘人對女人稍微好一點：希臘語裡「女孩」這個字（*korítsi*）就跟你想的一樣，是中性的；但如果你說的是一位豐滿的漂亮女子，你就要加上 *-aros* 這個字尾，最後得到 *korítsaros*「豐滿女孩」一字，而且這個字是⋯⋯陽性的。（天曉得沃爾夫，甚至是佛洛依德，知道這件事的話會怎麼想。）如果這已經夠讓人抓狂了，我們還得想想另一件事：在英語還有完整性別系統的遠古年代，英語不是把「女人」歸類為陰性，甚至連中性都不是，反而跟希臘人一樣，將之視為陽性名詞。「Woman」一字來自古英語的 *wif-man*，字面上的意思是「女性的人類」。由於古英語裡像 *wif-man* 這種複合名詞的性別取決於最後一個部分，而這裡的 man 是陽性的，因此在指稱女人的時候，正確的人稱代名詞要用「he」。

　　歐洲語言習慣把人類（而且還是某個特定性別的人類）放錯文法性別，這也許是性別系統裡最讓人憤怒的一件事。不過，

如果光就牽涉到的名詞數量來說，這樣的怪異行為還只是小事一樁。故事真正精采的地方，是在非動物名詞上面。在法語、德語、俄語，和其他大多數的歐洲語言裡，陰性和陽性的性別之分還延伸到成千上萬種事物上，這些東西不管你再怎麼有想像力，都很難想像它們會是公的或母的。舉例來說，法國男人的鬍子（*la barbe*）哪裡看起來像女生？為什麼俄國的水是個「她」，可是你放入一個茶包之後就會變成「他」？為什麼德國是陰性的太陽（*die Sonne*）照耀著陽性的白天（*der Tag*），而陽性的月亮（*der Mond*）反而出現在陰性的夜晚（*die Nacht*）裡？畢竟，在法語裡是陽性的太陽（*le soleil*）來照耀陽性的白天（*le jour*），而陰性的月亮（*la lune*）則眷顧著陰性的夜晚（*la nuit*）。另一個著名的例子是德國的餐具：刀子（*das Messer*）也許可以用「它」來代替，可是在盤子另一端的是充滿陽剛氣息的湯匙（*der Löffel*），而「他」的旁邊則是窈窕嫵媚的叉子（*die Gabel*）。但在西班牙語裡，聲音低沉又有胸毛的反而是叉子（*el tenedor*），倒是湯匙（*la cuchara*）的身材玲瓏有致。

　　對英語母語人士來說，其他語言要不是把非動物的物體冠上莫名其妙的性別，就是把人類給「去性別化」，這不僅造成極大的困擾，有時也會成為嘲笑的對象。馬克吐溫在〈可怕的德語〉一文中，就拿沒有規則的性別系統來大作文章：

> 在德語裡，年輕女士沒有性別，但大頭菜有。想想看，這樣對待大頭菜是抱持多麼誇張過火的敬意，對少女又是多麼天大的不敬。看看這個寫下來會是什麼樣子——以下這段是我從一本非常好的德國主日學課本裡翻譯過

來的：

葛麗卿：大頭菜在哪裡？
威廉：她到廚房去了。
葛麗卿：那位傑出又美麗的英國女孩在哪裡？
威廉：它去歌劇院了。

　　在德文文法的啟發之下，馬克吐溫寫下了著名的〈漁婦和它的悲慘命運〉；他假裝這個故事是直接從德文翻譯過來的。故事是這樣子的：

　　那是個荒涼的日子。聽聽那個雨啊，聽他怎麼傾然而下，還有那個冰雹啊，聽他怎麼轟然作響；還有那個雪啊，看他怎麼飄來飄去，還有那個泥巴啊，看他有多深！唉，那可憐的漁婦啊，它陷在泥濘裡了；它掉了一整籃的魚；接住落下來的魚時，它的手不小心被鱗片劃傷；而且還有一個鱗片跑進它的眼睛裡，但它沒辦法把她取出來。它打開它的嘴巴，想要高呼救命；可是如果有任何聲音從他裡面出來，唉呀！他被暴風雨的聲音掩蓋過去了。現在有隻公貓抓到一條魚，而且她一定會帶著他逃走。不，她咬掉了一根鰭，她把她咬在她的嘴裡──她會吃掉她嗎？沒有，漁婦那隻英勇的母狗拋下他的小狗，把那根鰭救了回來──然後他把那根鰭當成他的報酬自己吃掉了。天啊，閃電打到魚籃了；他讓他著了火；看那個火焰啊，看她怎麼用她那又紅又憤怒的火

舌吞噬那個悲慘的載具；現在她又攻擊那可憐的漁婦的腳——她把他整個燒灼了，只差大拇趾而已，而且就連**她**都有一部分遭到火噬；但她還是繼續擴撒，繼續揮舞著她的火舌；她攻擊了漁婦的腿，摧毀了**它**；她攻擊了它的手，也摧毀了**她**；她攻擊了它的身體，也吞噬了**他**；她把她自己纏繞在它的心臟上方，也把**它**吞噬掉了；再來是它的胸部，轉眼間**她**成了灰燼；現在她又伸到它的頸子——他毀掉了；現在是它的下巴——它毀掉了；現在是它的鼻子——她也毀掉了。除非有人來救，否則再下一刻這位漁婦就要死去了……

問題是，對德國人來說，這一切一點都不好笑。事實上，這種使用代名詞的方式對他們來說太自然了，讓馬克吐溫的德文譯者不知道要怎麼處理這一大段的笑點。有一位譯者的解決方式是把這個故事替換成另一個故事，他稱之為「Sehen Sie den Tisch, es ist grün」——字面上的意思，就是「看這張桌子，它是綠色的」。如果你自己看不出這個的笑點在哪裡，請記得這句話的正確德文說法應該是「看這張桌子，**他**是綠色的」。

馬克吐溫深信德語的性別系統一定問題重重，而且在世界上所有的語言裡，一定是最詭異、最沒道理的性別系統。不過，他是因為知識不足才會相信這件事：其實真正怪異的是英語，因為英語**沒有**不規則的性別系統。在此，我必須聲明這可能有利益衝突的問題，因為我自己的母語，希伯來語，也會區分性別，而且區分的方式就跟德語或法語、西班牙語、俄語一樣沒有邏輯。當我踏進（陽性的）房子裡，陰性的門打開來就是陽性的房間、

陽性的地毯（就算「他」是粉紅色的）、陽性的桌子，以及裝滿陽性書籍的陰性書櫃。陽性的窗子外面，我可以看見陽性的樹，還有成群的鳥，但這些鳥不管生理性別是公的還是母的，一律都是陰性的。如果我對（陰性的）鳥類學的認知夠多，我看到每隻鳥就會知道「她」的性別是什麼。我可以指著「她」，向鳥類知識不夠豐富的人說：「你可以判別她是公的，因為她的胸前有個紅點，而且她比母鳥來得大。」而且我完全不會覺得這有什麼奇怪。

　　不規則的性別不是歐洲和地中海地區的語言才有的專利；事實上，更遙遠的語言往往有更多的性別分類，因此有更多放錯性別的空間，而且幾乎所有的語言都會抓住機會來亂分類性別。在澳洲的迪爾巴語裡，「水」被歸為陰性，可是在另一個原住民語言馬雅利語中，水被分到蔬菜的分類裡。鄰近的古爾勾尼語裡，「飛機」（*erriplen*）這個字的性別也是蔬菜。在非洲的蘇皮耶語裡，屬於「大的東西」這種性別的動物，就跟大家所想的一樣，包括所有大型動物：馬、長頸鹿、河馬等等。但真的包括所有的大型動物嗎？其實，有一種動物顯然不夠大，反而被歸到「人類」這種性別裡：這個動物是……大象。這種性別錯亂的例子不難找，難的是我們要怎麼停下來。

　　為什麼這麼多語言會發展出不規則的性別？我們不太清楚性別系統最初是怎麼發展出來的，因為在大多數的語言裡，性別標記的起源完全不明。*不過，我們掌握到的少量線索，讓成熟性別系統的不規則特看起來非常怪異，因為一切的線索都顯示性別系統最初都完全符合邏輯想像。[8] 有些語言（特別是非洲的語

言）的陰性性別標記看起來像是「女人」這個字的縮寫，中性性別標記看起來也像是「東西」這個字。同理，有些澳洲語言的蔬菜性別標記看起來有點像……「蔬菜」這個字。由此我們可以推論，性別標記一開始是「女人」「男人」「東西」或「蔬菜」等普通名詞；如果是這樣，我們也可以合理推測它們原本只會用在女人、男人、東西和蔬菜的身上。

但是，時間久了之後，性別標記可能就會延伸到超出原本範圍的名詞上面，在一連串的延伸之後，性別系統很快就會混亂。在古爾勾尼語裡，蔬菜性別之所以會包括「飛機」，全是透過一連串完全合理的小延伸：原本的「蔬菜」性別後來延伸為泛稱所有的植物，也因此包括所有木製物品。由於獨木舟是用木頭做的，把獨木舟歸類成為蔬菜也是一件很合理的事。由於獨木舟是古爾勾尼語使用者最主要的交通工具，蔬菜的性別後來又延伸到泛指所有交通工具。也因此，當 *erriplen* 這個假借過來的字進到

---

* 「性別標記」是指出名詞性別的元素。這些標記有時候可能會在名詞本身上面，像是義大利語 *ragazz-o*「男孩」，和 *ragazz-a*「女孩」。性別標記也有可能出現在修飾名詞的形容詞，或是在定冠詞或不定冠詞上面。舉例來說，丹麥語的 *dag*「日子」和 *hus*「房子」本身看不出這兩個字分屬不同的性別，因為性別標記在不定冠詞和形容詞上：*en kold dag*「冰冷的日子」，但 *et koldt hus*「冰冷的房子」。性別也有可能標記在動詞上面：在斯拉夫語系的語言裡（如俄語或波蘭語），如果主詞是陰性的名詞，有些動詞會標上 *-a* 的字尾。另外，在馬爾他語等閃米語系語言裡，*t-* 的字首表示動詞的主詞是陰性的（*tikteb*「她寫」），而 *j-* 的字首表示主詞是陽性的（*jikteb*「他寫」）。

古爾勾尼語時，它很自然就被歸到蔬菜性別裡面去。這一串下來，每一個單獨步驟都很自然，在各自的情境下也都很合理，但是最後的結果看起來卻完全沒道理。

印歐語系的語言原本可能也有完全清楚的性別系統。不過，假設月亮之所以是陽性的，是因為他被擬人成為一位男性的神；後來，「月份」這個字又從「月亮」發展出來，所以如果月亮是個「他」，「月份」自然也應該是陽性的。但是，如果是這樣，那麼其他的時間單位（像是「日子」）也會被歸類為陽性。雖然每一個步驟都相當自然、合理，過了兩、三個步驟以後，原本的道理就變得含糊不明，所以陰性和陽性的性別就會標記到各種非動物的名詞，而且看起來一點道理都沒有。

這個過程變得渾沌不明，最大的缺點就是這會變得一發不可收拾：系統愈是不一致，就愈有可能讓它變得更加混亂。只要隨意強加上性別的名詞夠多，牙牙學語的兒童有可能不會再期待從這些物體現實的特性中推得出性別，於是會開始尋找其他的線索。舉例來說，他們可能會從名詞**聽起來**是什麼樣子來猜它的性別是什麼（如果甲名詞聽起來像乙名詞，乙名詞又是陰性的，那麼也許甲名詞也是陰性的）。如果兒童用這種猜法猜錯了，一開始也許會被視為錯誤，可是時間久了之後，大家有可能會將錯就錯，於是過了沒多久，原本的道理就會完全消失不見。

最後，更諷刺的是，如果一個語言從三種性別裡（陰性、陽性、中性）失去其中一個性別，最後的結果不一定會讓性別變得合理，反而有可能增加性別的紊亂程度。舉例來說，西班牙語、法語和義大利語就把共同源頭拉丁語的中性合併到陽性裡，使得中性性別消失，最後的結果卻只讓**所有的**非動物物體都分別隸屬

陰性或陽性，而且沒什麼道理。

雖然如此，這種「性別錯亂」的症狀不一定是絕症。從英語的例子就可以得知，當一個語言喪失了兩種性別，最後的結果可能會是一個劇烈的改變，讓語言完全拋棄這個混亂的系統。英語一直到十一世紀為止都跟德語一樣，有完整三個性別的系統。十一世紀的英語使用者會看不懂馬克吐溫在〈漁婦和它的悲慘命運〉裡諷刺的是什麼，因為對他們來說「婦人」（*wif*）是個「它」，「魚」（*fisc*）是個「他」，而「命運」（*wyrd*）又是個「她」。可是這一切都在十二世紀的時候改變了。[9]

古英語混亂性別系統之所以會崩潰，並不是因為那時性別教育突然提升，而是因為性別系統的存在，完全仰賴當時已走到窮途末路的格式字尾系統。英語原本跟拉丁語很像，有個複雜的格位系統，名詞和形容詞都會根據它們在句子中的地位加上不同的字尾。每個性別的名詞會有自己的一套格式字尾，所以英語使用者可以根據字尾來判別名詞屬於哪一個性別。不過，當諾曼人在一〇六六年攻下英國之後，這一套字尾系統就迅速瓦解，而字尾一旦消失，下一個世代的英語使用者就沒有什麼線索來告訴他們每個名詞該屬於哪個性別。這些新的英語使用者所使用的語言，無法再告訴他們像「紅蘿蔔」這樣的名詞該稱為「他」還是「她」，於是轉而採用一個非常激進的新點子，使用「它」來稱呼物體。於是，在短短幾個世代的期間內，原本不規則、任意訂定的性別系統，換成一個規則相當明白的新系統，使得（幾乎）所有的非動物物體都用「它」來稱呼。

不過，還是有些特別狡滑的名詞（特別是陰性名詞），從這個大量的滅「性」行動裡逃過一劫。德國大頭菜有女性特質，讓

馬克吐溫徹底憤怒；不過，如果他知道不過三個世紀前，英國也有同樣的習慣，他一定非常訝異。一本於一五六一年在倫敦出版，名為《最完整和完美的家庭醫療，或身體所有病痛的在家治療書》，就提出這個方式來治療喉嚨沙啞：「最近喉嚨變沙啞的人，可以在灰燼或炭火上烤一棵大頭菜，直到她全黑，再將她剝光並趁熱吃掉。」[10]

　　在英語方言裡，有些有性別的名詞還存活得更久，但在標準英語裡，大量的中性名詞湧入非動物的世界裡，只留下少數幾個名詞還殘留著些許的陰性特質。[11]英語這種漸進的「它」化過程，可以說在二〇〇二年三月二十日到達終點。對海運行業來說，這個星期三沒什麼特別的。海運工業的報紙《勞埃德日報》出版了每日例行的單頁報導，記錄海上的事故、傷亡和海盜行為；其中包括從愛沙尼亞首都塔林航行到芬蘭首都赫爾辛基的渡輪「波羅的快艇」，在「當地時間上午八點十四分，她的左側引擎失火」；另外還有油輪「漢米頓能量」號，從加拿大威勒港出發，在此之前「她與海上船隻相撞，進港維修。此一事故扭斷了她的舵柱，讓她的螺槳軸穿破齒輪箱，把她引擎的外殼掀開。」在加拿大別處，有一艘捕蝦船困在冰裡，不過船長說「她有可能可以自行發動和行進」。簡單來說，這一天沒什麼不尋常的。

　　真正撼動全世界海洋的消息放在另一個版面，隱藏在社論裡面。那天的編輯突然來了靈感，在標題裡玩了個小小的文字遊戲〈今天她還在，明天就不見〉；這篇文章宣布：「我們下了一個簡單卻重大的決定，自下個月開始改變我們的寫作風格，不再用陰性代名詞指稱船隻，改用中性代名詞。這使得這份報紙跟業界其他重要報紙的習慣一致。」讀者相當不以為然，大量的讀者回

覆湧入編輯室裡。有一位憤怒的希臘讀者寫道：「先生，只有一票老不死、跟不上腳步又自恃甚高的人，才會幻想要改變我們幾千年以來稱船隻為『她』的習慣。你們這票自大的混帳，滾出去整理你們的花園和獵你們的狐狸。科米亞諾斯敬上。」但是，就連這樣舌粲蓮花的請求都沒辦法說服《勞埃德日報》改變決定，二〇〇二年四月時「她」就被拋在岸邊再不復見了。[12]

性別與思想

語言如果把非動物的物體稱為「他」或「她」，就會強迫其使用者用處理男人和女人的文法結構，來處理這些物體。這種用「他」或「她」來指稱物體的習慣，表示語言使用者每當聽到這個物體的名詞時，就會把這個名詞跟性別產生聯想；同理，每當他們用嘴巴說出這個名詞時，也會有同樣的聯想。任何一位母語會區分名詞性別的人都會告訴你，一旦養成把名詞跟性別聯想在一起的習慣，就很難不做這樣的聯想。我用英語談論一張床的時候，可能會**說**「它」太軟了，可是我其實會覺得是「她」太軟。從我的肺到我的聲帶裡，她一直都是陰性的，到了舌尖才會變成沒有性別。

不過，如果真的要認真追究，不能光拿我對床的感受來當作有力的證據。這倒不是因為這項證據只是口耳相傳的小軼事，而是因為我沒提出任何的證據，證明我對「她」的感受不只是口頭上的文法習慣而已。非動物物體和具有性別的代名詞之間會自動產生關聯，但這種關聯本身並不表示文法性別會對語言使用者更深層的思想造成影響。更具體來說，這無法說明希伯來語或西班

牙語的使用者是不是真的認為床帶有女性特質（「床」在這兩種語言裡都是陰性的）。

　　過去一個世紀以來，有許多實驗的目的就是要測試這個問題：非動物物體的文法性別是否會影響語言使用者的聯想方式？莫斯科心理研究院在俄國革命前進行的實驗，可能是最早針對這個問題進行的實驗。[13] 一九一五年時，他們找來五十個人，要他們把一周七天每個日子假想是個人，再描述這七個人分別具有什麼樣的特質；結果所有的受試者都把星期一、二和四想像是男人，但星期三、五和六都是女人。為什麼會這樣子呢？研究人員這樣問的時候，大部分的人回答不出所以然來，不過研究人員提出來一個結論，認為俄語裡星期一、二和四是陽性的，星期三、五和六是陰性的，一定跟實驗結果有關係。

　　到了一九九〇年代，心理學家小西利幸進行一項實驗，比較德語和西班牙語使用者的性別聯想。這兩種語言裡，有不少非動物名詞的性別剛好相反：德國的空氣（*die Luft*）是女的，但在西班牙語裡是男的（*el aire*）；橋（*die Brücke*）在德語裡是陰性的，但在西班牙語裡是陽性的（*el puente*）；時鐘、公寓、叉子、報紙、口袋、肩膀、郵票、車票、小提琴、太陽、世界和愛也都是如此。相反地，蘋果（*der Apfel*）在德語裡是陽性的，但在西班牙語裡是陰性的（*la manzana*）；椅子、掃把、**蝴蝶**、鑰匙、山、星星、桌子、戰爭、雨和垃圾也是這樣。小西利幸拿一個清單給德語和西班牙語使用者讀，清單上都是這種性別相反的名詞；受試者讀過之後，要對這些名詞的特性下評斷，認定它們是強或是弱、是大或是小等等。平均來說，德語裡陽性但西班牙語裡陰性的名詞（像是椅子和鑰匙），德語的使用者認為比較

強，而時鐘、橋等在西班牙語是陽性，但在德語裡陰性的名詞，西班牙語使用者整體來說認為比較強。[14]

如果直接從這個實驗下一個結論，很可能會是「橋」對西班牙語人士來說，帶有的男性意象比對德語人士來得多。不過，這個結論也可以加以反駁：也許帶有這一類意象的並不是「橋」本身，而是因為他們聽到這個名詞時，同時聽到陽性冠詞 el 或 un 才會造成的。在這樣的詮釋之下，西班牙語或德語使用者光是看到一座橋，並不會產生什麼樣的聯想，而是在說話或聽到性別標記的當下，才會在大腦裡產生稍縱即逝的男性或女性意象。

如果是這樣，有辦法避開這個問題，確認就算語言性別標記不存在，男性或女性聯想仍然存在嗎？心理學家博洛迪斯基和施密特就試圖做到這一點。他們做了類似的實驗，一樣找西班牙語和德語人士，只是這次跟受試者溝通的時候不再用受試者的母語，改成用英語。雖然實驗進行的時候，所使用的語言一律把所有非動物物體稱作沒有性別的「它」，西班牙語和德語使用者對物體所下的特質，還是有相當顯著的差異。德語使用者比較常把橋形容為美麗、優雅、脆弱、平靜、美好和纖細；西班牙語使用者比較常用龐大、危險、長、強、穩固、宏偉來形容橋。[15]

心理學家瑟拉和她的同事則是用一種更直搗問題核心的方式，來測試法語和西班牙語使用者的反應：他們使用的不是名詞單字，而是物體的圖片。由於法語和西班牙語屬於同一個語言家族，這兩種語言的名詞大多性別一致，但還是有不少名詞的性別不同：舉例來說，「叉子」在法語裡是陰性的（la fourchette），但在西班牙語裡是陽性的（el tenedor）；類似的名詞還有車子（la voiture、el carro）和香蕉（la banane、el plátano）。反

之，法國的床是公的（*le lit*），但西班牙的是母的（*la cama*）；類似的還有雲（*le nuage*、*la nube*）和蝴蝶（*le papillon*、*la mariposa*）。研究人員要這個實驗的受試者幫忙製作一部影片；在影片裡，日常生活的物品會活動起來，受試者要做的就是替每個物品選擇聲音。他們看到一系列各種物品的圖片，每看到一個就要替圖片裡的物品選擇男性或女性的聲音。雖然實驗從頭到尾都沒有提到物品的名稱，絕大多數的法語使用者看到叉子的圖片時，都想要叉子用女性的聲音說話，而西班牙語使用者大多選擇男性的聲音；碰到床的圖片時，情況正好相反。

　　上述的實驗結果確實很耐人尋味，似乎顯示非動物物體的文法性別會影響語言使用者對該物體產生的聯想。或者說，這些實驗最起碼證實了語言使用者被要求運用想像力、產生聯想的時候，文法上的性別會影響他們的答案。不過，最後這一點卻是一個致命的缺陷。上述所有的實驗都有一個共同的根本問題：它們都**強迫**受試者運用想像力。懷疑論者可以辯稱這些實驗只能證明受試者在不自然的情況下，被迫想像非動物物體具備什麼樣的特質時，文法性別會影響他們的聯想能力。在最糟的情況下，我們可以用這種方式來描述受試者在想什麼：「他們問我各種荒謬到了極點的問題。他們竟然要我想像一座橋會有什麼特質──我的媽呀，真不知道他們接下來又會問什麼問題？我還是得硬掰出一個答案，不然的話我永遠沒辦法回家。那我就說某某某好了。」在這樣的情況下，一位西班牙語人士第一瞬間想到的答案本來就比較可能是男性的特質，而不是女性的特質。換句話說，如果你要求西班牙語使用者突然之間變成詩人，要他們想像一座橋具備

什麼樣的人格特質，性別系統確實會影響他們所選的特質。但是我們又怎麼知道，除了在這種要求受試者突然詩興大發的場合以外，陽性性別是否會影響語言使用者在當下的聯想能力？

一九六〇年代，語言學家厄文設計了一個針對義大利語人士的實驗，試圖降低創意的成分。義大利語有相當多的方言，就算是母語人士聽到別人用不熟悉的方言說出陌生的字句，也不會覺得奇怪。厄文藉由這一點，設計出一套無意義的字，聽起來像是各種不同物體在方言裡的名稱。[16] 這些字有些以 -o（陽性）結尾，有些的字尾則是 -a（陰性）。她想在實驗裡觀察這些字會讓義大利語使用者產生什麼樣的聯想，可是又不讓受試者自覺他們正在發揮想像力。她告訴受試者，他們看到的字是從陌生的方言裡出來的，並假裝實驗的目的是看他們能不能從這些字的聲音，判別物體有什麼特性。碰到以 -o 結尾的單字時，受試者多半認為物體具備他們認為男性會有的特徵（強壯、大、醜），而 -a 字尾的單字則大多具有女性特徵（嬌弱、小、美）。厄文的實驗證實，就算受試者以為試題有正確答案，而不知道他們正在發揮想像力時，也會受到文法性別的影響。不過，這個實驗雖然解決了一部分主觀判斷的問題，卻還是沒讓這個問題完全消失：雖然受試者並不知道他們要在實驗當下產生出聯想，事實上他們所做的正是這件事。

其實，我們很難想像有什麼樣的實驗可以完全避免主觀判斷的問題，因為這根本就是想要魚與熊掌兼得：一個實驗要怎麼樣才能有效測量文法性別是否會影響受試者的聯想能力，同時又不讓受試者產生出聯想？幾年前，博洛迪斯基和施密特就找到方式，真的做到這一點。[17] 她們要一群西班牙語人士和一群德語人

士參與一個記憶遊戲（實驗全程都以英語進行，以避免明白提到性別的事）。受試者拿到一張清單，上面有二十四種非動物物體的名稱，每個物體都另外有一個人名。舉例來說，「蘋果」的名字叫作「派崔克」（男生名），「橋」的名字叫作「克勞蒂亞」（女生名）。每一位受試者有一段時間來記下這些物體的名字，之後由施測者評量他們記得熟不熟。實驗結果經過統計分析之後，顯示當物體的文法性別與名字的性別相符時，受試者比較容易記住名字；反之，如果文法性別與人名相反，受試者就覺得名字不容易記住。舉例來說，對西班牙語人士而言，「蘋果」（*la manzana*）如果取名叫「派翠西亞」（女生名），就比起「派崔克」容易記住；而「橋」（*el puente*）的名字叫作「克勞帝歐」（男生名）時，也比「克勞蒂亞」容易記住。

　　由於從客觀事實來看，西班牙語使用者比較難把橋跟女人聯想在一起，反而比較容易與男人聯想在一起；這表示當非動物物體具有陰性或陽性的性別時，西班牙語使用者就會自動產生女人或男人的聯想；就算不特別要求他們產生聯想，就算他們沒被問到橋比較強壯還是比較纖細，就算他們說的是英語，也一樣會產生聯想。

　　當然，抱持反對意見的人還是可以批評這個記憶遊戲相當不自然，跟一般生活會遇到的情形不符，因為在平常生活裡，不會有人要你去記蘋果或橋叫作什麼名字。不過，心理實驗常常就需要用這種範圍很狹窄的實驗過程，才能在統計上得到顯著的差異。實驗結果的重要性，不在於怎麼闡釋實驗的過程，而在於結果顯示文法性別會造成更廣泛的效果，亦即對西班牙語或德語人士而言，他們對非動物物體產生出男性或女性的聯想，強到足以

影響他們的記憶能力。

　　心理學實驗永遠有修正和進步的空間，上述的實驗當然也不例外。不過，目前既有的證據顯示，性別系統的特性對語言使用者的思想有相當顯著的影響。如果一個語言對待非動物物體的方式，跟對待男人與女人的方式一樣，文法的習慣會滲透到文法以外的地方，成為思想上的習慣。物體與性別之間的連結自幼便強加在人的身上，一輩子下來又會加強成千上萬遍。這樣子反覆加強的效果，會影響語言使用者對非動物物體的聯想，讓他們把男性或女性特徵賦予到各種物體上。證據顯示，性別相關的聯想不僅會在被特別要求時立刻產生，甚至在沒有特別要求的時候也一樣存在。

　　因此，性別是第二個母語影響思想的實例。跟我們先前所說的一樣，有性別系統的語言與沒有性別系統的語言之間的差異，不在於它們能**允許**使用者表達什麼，而是它們的使用習慣會**強迫**使用者說出什麼。沒有證據顯示文法性別會影響一個人的邏輯思考能力：母語具有性別系統的人，可以完全理解生理性別和文法性別之間的差異，也不會真的以為非動物的物體具有生理性別。德國女生不會把她們的丈夫跟帽子搞混（雖然說帽子是陽性的），西班牙男生不會混淆一張床跟躺在床上的人，而義大利或俄國境內相信萬物皆有靈的人，也不見得比英國相信的人多。反之，我們也不需要認為匈牙利語、土耳其語、印尼語等不區分性別（就算是代名詞也不區分）的語言使用者，會沒辦法理解鳥或蜜蜂有雌雄之分。

　　雖然如此，就算沒有人的理性思考會被文法性別限制住，對

於母語會區分性別的人來說，這並不代表性別造成的影響不大。性別系統還是有可能變成一個監獄，亦即一個聯想被限制住的監獄。語言的性別有如一道枷鎖，一旦困住一個人就幾乎不可能甩掉。

可是，如果你們這些母語裡沒有性別區分的人覺得我們很可憐，時時都被一個沒有道理的性別系統困住，你們就錯了。我絕對不會想跟你換過來。我的頭腦也許必須負擔一套任性又沒有邏輯的聯想，但我的世界裡有太多事情你們體會不到，因為跟你們這個處處是「它」的語言荒漠相比，我的語言可豐饒多了。

不用我多說，你也可以想像得到：性別是語言給詩人最大的禮物。海涅筆下的陽性松樹渴望著陰性的棕櫚樹；俄國作家巴斯特納克的詩集《生命，我的姊妹》之所以有意義，全是因為「生命」在俄語裡是陰性的；用英語翻譯法國詩人波特萊爾〈人與大海〉，就算譯者多麼有靈感，都無法捕捉波特萊爾筆下他（人）與她（大海）之間既嚮往又充滿敵意的糾葛感情；英語也沒辦法好好處理聶魯達〈海的頌歌〉，因為（陽性的）大海在裡面打到（陰性的）石頭之後，「他撫摸她、親吻她、浸溼她，他捶著自己的胸膛，一再重複自己的名字」── 這句寫成「它撫摸它、親吻它、浸溼它、捶著它的胸膛」，效果就是差了一大截。

當然，性別也讓我們一般人的生命更多采多姿。對學習外語的人來說，性別也許是一大惡夢，可是這個系統似乎不太會困擾母語人士；再說，性別也讓世界更為活潑。如果蜜蜂不再是「她」、蝴蝶不再是「他」，如果我們不再從陰性的人行道踏上陽性的馬路，如果十二個陽性的月份不再擠進一個陰性的年裡，如果不能再用一樣的方式向小黃瓜先生和花椰菜小姐問好，這個

第九章

俄羅斯藍調

　　眼尖的人如果去日本旅遊，可能會發現有些紅綠燈的顏色怪怪的。倒不是說它們的顏色意義和別人不同：它們跟世界所有其他地方一樣，紅燈表示「停下」，綠燈表示「前進」，兩者中間夾了一個黃燈。不過，如果仔細看看綠燈的話，會發現它的綠色色調跟其他國家的色調不太一樣，明顯帶著一抹藍色在裡頭。這並不是因為東方人覺得藍綠色有奇特的保護效果，或是日本某間塑膠工廠的染缸不小心摻進藍色染料，而是因為一段相當怪異的語言和政治歷史。[1]

　　日語裡面的**青**字本來兼指綠色和藍色，但在現代日語裡，**青**大多只用來稱呼藍色，綠色一般來說都用**綠**這個字來表示（雖然如此，**青**仍舊可以表示果實未成熟的綠色，像**青蘋果**）。最早的紅綠燈在一九三〇年代從美國引進日本時，綠燈就跟其他地方的綠色一樣；不過，一般人仍然稱「前進」的燈號為**青信號**，可能是因為日本畫家傳統上認定三原色分別是**赤**、**黃**和**青**。把綠燈的顏色稱作**青**，一開始還不太奇怪，因為當時這個字仍具有「綠色」的意義；不過，時間久了以後，**青**字主要代表的顏色跟綠色之間的差異漸趨明顯。自信心不足的國家很可能會用比較沒骨氣的做法，直接把「前進」燈號的顏色改稱作**綠**，但日本人可沒這麼做。日本政府並未配合現狀，把燈號名稱改掉，而是在一九七

三年宣布現狀必須改變，好符合名稱：從那時開始，「前進」燈號的顏色必須更換，以配合「青」字代表的主要顏色。由於日本簽署過一項國際協定，協定當中規範全世界的道路標誌必須有某個程度的一致性，因此不能直接把「前進」燈號的顏色改成藍色，所以解決之道便是讓**青信號**的顏色在綠色的範圍裡盡可能偏向藍色（見彩圖七）。

日本把交通信號改成藍綠色一事，是一個比較極端的例子，讓我們看到語言可以改變現實，影響我們看到的世界。不過，我們前幾章所談的影響，當然不是指這個。我們的問題是：不同語言的使用者，是否會單純因為母語不同之故，對**同一件事實**有不同的觀感？語言中的顏色概念是不是一道透視鏡，讓我們從中感受世界上的顏色？

最後這一章將回到顏色的主題上，試圖解決一個存在已久的難題，做法是將十九世紀對語言和感知能力的討論顛倒過來。回想一下：格萊斯頓、蓋格和馬格努斯都認為顏色語彙的差異，是因為當時的人既有的顏色感知能力，跟現代人有差距。可是，也許因果關係其實應該反過來？語言的差異，是否有可能**造成**感知能力的差別？我們每天在自己的語言裡區分出來的顏色，是否有可能影響我們對特定顏色的敏感度？我們看到夏卡爾的畫作，或沙特大教堂的花窗玻璃時，語言裡有沒有「藍色」的字眼是否會影響我們的感受？

生命精采之處，很少可以跟年輕時沉思整夜相比。這種青春的形而上學運作，常常會得到一個重大又震撼的啟示：我們永遠無法知道別人**到底**看到的是什麼樣的顏色。我跟你也許都會認為

這顆蘋果是「綠」的、那顆是「紅」的；可是當你說出「紅色」的時候，你眼睛裡感受的顏色也許是我認為的綠色，或是反之亦然。我們就算互相比較說法，一直比較到世界末日都沒辦法得出所以然，因為如果我的視覺跟你的正好是紅綠顛倒，我們溝通的時候仍然會認為所有的顏色描述都正確一致。我們還是會把成熟的番茄稱作紅色、不成熟的稱作綠色；甚至我們也會一致認為紅色是個暖色、綠色是個冷色，因為在我的世界裡，火焰看起來是綠色的（只是我把這個顏色稱作「紅色」），所以我就會把這個顏色跟溫熱聯想在一起。

當然，我們現在談論的是嚴肅的科學，不是青春歲月的沉思。問題是，就我們目前對色覺本身的理解來說，現代科學帶來的進展其實未必比青春時期的形而上沉思好到哪裡去。我們對於視網膜，以及敏感度分別在光譜不同位置的三種視錐細胞，了解得相當透澈；不過，一如在本書附錄裡所說的，色覺並不是在視網膜上形成的，而是在大腦裡，而且大腦所做的事絕對不只是把三種視錐細胞的信號加起來這麼簡單。事實上，在視錐細胞和真正的色覺之間，還有許多細微又複雜得出奇的計算：標準化、補償、穩定、秩序化，甚至單純的想像（如果大腦根據過往的經驗，認為某個顏色應該要出現，有可能會讓我們看到一個實際上不存在的顏色）。大腦做這一切的計算和解讀，讓我們看到一個相對穩定的世界，不會在各種不同的光線下看起來差別太大。如果大腦不用這種方式讓我們的視覺標準化，我們看到的世界會像是一系列用廉價照相機拍下來的照片，只要光線不佳，物體的顏色就會不斷變化。

科學家都知道，大腦解讀視網膜信號的方式出奇地複雜又細

微；但除此之外，他們其實不太清楚色覺究竟是怎麼在人的大腦裡產生，更不用說去分析不同人的色覺是否有可能不同。既然我們無法直接看到色覺形成的過程，我們又怎麼可能知道不同語言的使用者是否會因為語言的關係，而產生出不同的色覺？

以前的研究人員試圖運用各種不同的技巧，讓人用語言描述他們的經驗，來克服這一個難題。一九八四年，凱伊（即伯林和凱伊的凱伊）和坎普頓試圖檢查英語等區分藍色和綠色的語言，是否讓其使用者對於藍綠邊緣的色調產生不同的認知。他們使用許多不同綠色和藍色色調的色片，大部分色片的顏色都非常接近藍色與綠色的界線，所以綠色看起來是藍綠色，藍色看起來是綠藍色。這表示從客觀的距離來看，兩個綠色色調的色片之間的距離，可能還比一個綠色色調的色片跟一個藍色色調的色片之間的距離來得大。實驗受試者要做的是一連串「挑錯」工作：他們一次會看到三個色片，必須挑出一個顏色跟其他兩個看起來差異最大的色片。他們測試一群美國人時，如果色片的色調剛好跨過藍色和綠色的界線，這些受試者比較容易誇大這個距離；反之，如果色調沒跨越界線，他們比較容易低估色調之間的距離。舉例來說，如果有兩個色片是綠色的，第三個色片是（偏綠的）藍色，就算從客觀距離來說，其中一個綠色色片的色調其實距離另外兩個比較遠，受試者通常還是會把藍色的色片挑出來。他們後來到墨西哥重複這個實驗，這回的受試者是塔拉胡馬拉語的使用者；塔拉胡馬拉語是一種印第安語言，會把綠色和藍色視為同一種顏色。塔拉胡馬拉語的使用者並不會誇大藍綠界線兩邊的色調的距離。凱伊和坎普頓於是下了結論，認為英語使用者和塔拉胡馬拉語使用者回答的差異，顯示出語言對色覺造成影響。[2]

　　不過，這一類的實驗會有一個問題：這些實驗要求受試者對一件模糊不清的事情做出主觀的評斷。凱伊和坎普頓自己也承認，英語使用者有可能會這樣想：「實在很難決定哪個看起來最不像，因為三個的色調都很像。還有其他線索可以用嗎？啊！甲和乙都**叫作『綠色』**，可是丙**叫作『藍色』**。這樣我的問題就解決了；我就認為丙是差最多的。」所以，英語使用者有可能只是抱持著「存疑時，用名字來決定」的原則罷了。如果真是如此，實驗只能證明當英語使用者需要解決一項沒有清楚答案的問題時，會把語言當成一個備用的解決方式。塔拉胡馬拉語使用者就不能用這種策略，因為他們的語言不會區分綠色和藍色。可是，這並不能證明英語使用者**看到**的顏色，會跟塔拉胡馬拉語使用者看到的不一樣。

　　為了迎頭解決這個問題，凱伊和坎普頓重複同一個實驗，找來另一群英語人士，只是這次他們明白告訴受試者在判別色片差異時，不能用顏色的名稱當作依據。可是，就算是這樣，受試者的回答還是誇大了藍綠界線兩邊的距離。事實上，當他們要受試者解釋這些選擇時，受試者還堅持這些色片**看起來**真的有比較大的差別。凱伊和坎普頓這回下的結論是，如果顏色名稱真的會影響受試者的選擇，這種影響無法控制或關閉；這也表示語言會在更深層的潛意識層面上干擾大腦處理視覺的方式。我們稍後就會看到，他們這項假設過了一段時間後，會演變成更具體的說法；不過，由於一九八四年他們擁有的證據，只有這種針對模糊的問題提出來的主觀答案，也難怪當時這項實驗沒辦法說服其他人。

　　此後很長一段時間裡，所有試圖用更客觀的方式檢驗語言是否會影響色覺的實驗，似乎都會走進同一條死胡同，因為實在沒

有方法可以客觀測量不同的人看到不同的色調，是否會覺得差別一樣大。一方面，我們沒辦法直接掃描大腦來檢查色覺的異同；另一方面，如果我們要透過問答的方式，誘導出些微的知覺差異，設計出來的實驗就非得要受試者從非常相似的選項裡做出選擇。這樣的實驗就有可能太過模糊，也沒有正確答案，所以就算可以證實母語會影響答案，也沒辦法證明究竟是語言影響視覺，還是語言讓受試者在回答一個模糊不清的問題時，有一個可以參考的依據。

研究人員一直到最近，才有辦法走出這條死巷。他們想出來的方法仍然非常迂迴，事實上根本就是完全繞道而行；可是，這種方式總算讓研究人員可以客觀地測量**某些**跟知覺有關的事項。他們測量的是受試者辨認特定顏色的差異所需的平均反應時間。這個新方式背後的道理很簡單：研究人員不再問「哪兩個顏色看起來比較接近？」這種不清楚的問題，而是給受試者一項清楚又簡單的工作，而且只有一個正確答案。這種實驗測量的，不是受試者會不會找到正確的答案（答案通常都是正確的），而是他們的反應時間，讓研究人員從中再推敲大腦的思考過程。

一項於二〇〇八年發表的實驗結果，就是採用這樣的方法。實驗團隊的研究人員來自史丹佛大學、麻省理工學院和加州大學洛杉磯分校，分別是溫納威、伍霍夫特、法蘭克、吳麗莎、威德和博洛迪斯基。在第三章裡，我們看到英語稱為「藍色」的顏色區塊，俄語會區分成為兩種顏色：一個是 *siniy*（深藍色），另一個是 *goluboy*（淺藍色）。[3] 這項實驗的目的，就是檢查這兩種不同的「藍色」是否會影響俄語人士對藍色色調的知覺。受試者坐在電腦螢幕前，每次會看到三個藍色的色塊：上面一個，下面

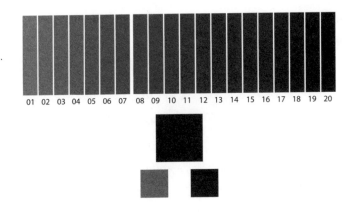

兩個，如上圖和彩圖八所示。

　　下面的兩個色塊裡，其中一個的色調一定跟上面的色塊完全一樣，另一個色塊則是另一種藍色色調。受試者的工作，就是指出下面哪一個色塊跟上面的色調一樣。他們不用說話，只要在畫面出現之後，盡快按下左、右的其中一個按鈕。（以這張圖來說，正確的答案就是按下右邊的按鈕。）這個工作夠簡單，答案也很簡單，受試者的答案也幾乎都是正確的；不過，實驗真正要測量的，是他們按下按鈕所需的時間。

　　每組色塊的顏色都選自二十種不同的藍色色調。所有受試者的反應時間，取決於相異的那個色塊跟其他兩個色塊之間的差異有多大；這一點跟一般預期的一樣。如果上面的色塊是很深的藍色（像是第十八個），而相異的色塊是很淺的藍色（像是第三個），受試者通常很快就會按下正確的按鈕。相異的色塊愈接近其他兩塊的色調，反應時間通常也就愈長。這一點並不足以為奇：光用想像的就知道，我們看到兩個差異很大的色調時，一定很快就能察覺兩者的差異；如果色調非常相似，大腦一定要花費

更大的力氣來處理,也因此需要更長的時間才能確知兩個色調並不相同。

比較有意思的結果是,俄語使用者的反應時間不只跟兩種色調之間的客觀距離有關,還跟 *siniy* 和 *goluboy* 之間的界線有關![4] 假設上面色塊的顏色是 *siniy*(深藍色),可是就在與 *goluboy*(淺藍色)的界線旁,如果相異的色塊是往淺色方向移動兩格(也就是跨過界線,屬於 *goluboy* 的範圍),俄語人士所花的反應時間,比起往深色的方向移動兩格的相異色塊(也就是仍然屬於 *siniy* 的範圍)所花的反應時間快上許多。當研究人員用一模一樣的方式測試英語使用者時,受試者的反應時間就沒有這樣的差異:「淺藍色」與「深藍色」之間的差別沒有任何影響,唯一影響反應時間的因素,就只有色調之間的客觀距離。

雖然這個實驗並未直接測量實際的色覺,測得的反應時間結果其實也相當有用,因為反應時間與視覺感知呈高度正相關。更重要的是,這項實驗不需要受試者對模糊的問題做出主觀的判斷,因為受試者不需要評斷兩個色調之間的差異有多大,或是說出哪幾種色調看起來比較接近;反之,他們只需要回答一個簡單的視覺問題,而且問題也只有一個正確答案。他們只需要在螢幕上出現新畫面的時候,儘快按下按鈕而已。不過,如果色調之間有不同的名稱,俄語使用者花費的時間就比較短。因此,實驗結果證實了俄語人士和英語人士的視覺系統,對藍色色調的反應有客觀事實可以證明的差別。

雖然我們可以清楚說明的內容只有這麼多,我們還是可以再往前推進一步,提出以下的推論:兩種顏色差異愈大時,我們辨認顏色的速度就會快上許多,而俄語人士如果碰到跨越 *siniy* 和

goluboy 的兩種色調，反應會比我們從色調之間的客觀距離推論出來的反應快上許多；我們可以合理推測，俄語人士看到這個界線附近的色調時，**看起來**真的會比客觀距離還要遠。

　　當然，就算我們已經證實俄語人士和英語人士之間的行為有差異，直接從相互關係跳到因果關係仍然是一件很危險的事。我們又能怎麼確定，俄語人士之所以會在深藍色和淺藍色的界線附近有比較快的反應時間，完全是因為語言造成的，而不是因為其他因素？也許他們之所以反應更快，是因為他們長時間看著俄國遼闊的天空？或是因為長年研究藍色伏特加造成的？

　　為了測試腦內的語言迴路是否直接參與處理顏色訊號的過程，研究人員在實驗裡另外加了一個變因。他們加入了一件所謂的「干擾工作」，讓語言迴路難以執行正常的工作。他們要求受試者記下隨機產生的一串數字，並且在看電腦螢幕和按下按鍵的**同時**，不斷大聲複誦這些數字。這個背後的道理是，如果受試者同時在做一件跟語言相關的事（朗讀一串無謂的數字），大腦裡面的語言相關區域會自顧不暇，因此無法輕易跑去支援色覺處理的流程。

　　當研究人員用這種語言干擾的方式重複這項實驗，俄語使用者碰到跨越 *siniy* 和 *goluboy* 界線的色調時，反應就沒有變快，反應時間完全只跟兩種色調之間的客觀距離有關。加入干擾工作之後，實驗結果明明白白指出原本反應時間的差異，完全是因為語言所致。凱伊和坎普頓原本猜測語言會在潛意識深層干預色覺處理，這個臆測在二十來年後獲得相當有力的支持。畢竟，在這個「俄羅斯藍調」的實驗裡，受試者進行的工作是很單純的視覺和運動工作，並沒有明確地讓語言參與其中。不過，在光子接觸

視網膜到手指做出動作的連串過程之間，母語裡的分類仍然跑來湊熱鬧，在色調有不同的名稱時，加速了大腦辨認色彩差異的反應。在凱伊和坎普頓的實驗裡，受試者認為有不同名稱的色調**看起來**相距比較遠；俄羅斯藍調的實驗讓這個主觀的說法有更大的說服力。

四位來自加州大學柏克萊分校和芝加哥大學的研究人員，吉伯特、雷吉爾、凱伊（同一位凱伊）和艾維，設計了另一個更讓人驚嘆的實驗，來檢查語言如何干預色覺訊號。這項實驗的結果於二〇〇六年發表；設計最詭異的地方，是實驗使用到的語言數目。俄羅斯藍調的實驗總共測試了兩種語言的使用者，並且針對語言裡顏色相異之處，比較了他們的反應時間；柏克萊大學和芝加哥大學的實驗卻不一樣，因為他們比較的語言……只有一種。

乍看之下，一項實驗如果只測試一種語言的使用者，似乎不太可能測試出母語是否會造成色覺的差異。究竟是要拿什麼跟什麼比呢？不過事實上，這個相當天才的實驗設計得非常靈巧，或者應該說左右開弓，因為研究人員比較的就是大腦的左半和右半。[5]

他們運用的點子其實很簡單，可是跟大多數聰明的點子一樣，得要有人先想到，才會看起來很簡單。他們運用兩件大家早已知道的大腦常識。第一件常識是腦內的語言區域：一百五十年來，科學家知道腦內處理語言的部分並不是平均分配在大腦的兩半。一八六一年，法國醫師布洛卡在巴黎人類學協會展示了一位前一天在他病房內過世的病人的大腦；這位病人多年來受到嚴重大腦病症所苦，許多年前喪失了說話的能力，但許多其他方面的

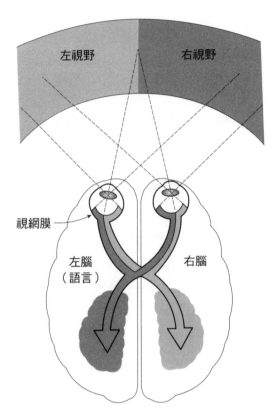

左視野　　　　　右視野

視網膜

左腦
（語言）

右腦

大腦處理左、右視野的方式

智力都正常。布洛卡驗屍時，發現這位病人的大腦有一塊完全毀
掉：左腦額葉有一部分的組織腐蝕掉了，只留下一大片的液體。
布洛卡於是認為左腦這一塊區域，一定是大腦負責讓說話流暢的
地方。接下來數年期間，他和他的同事檢查了更多失去語言能力
的人的屍體，受損的都是大腦同一個區域。這證明了左腦這個後
來稱為「布洛卡區」的地方，是大腦主要處理語言的部位。[6]

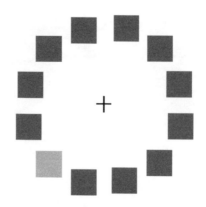

　　另外一個眾所周知的常識，是大腦兩半分別處理另外一邊的視覺訊號。如上頁圖所示，視野的左、右邊跟左腦、右腦之間的傳導路線會交叉成 X 型：左邊的視覺訊號會送到右腦去處理，而負責處理右視野的則是左腦。

　　如果我們把這兩件事情合在一起（左腦負責處理語言，以及視覺訊號交叉處理），就會發現負責處理右邊視覺訊號的，正好也是負責處理語言的左腦，負責處理左視野的右腦則沒有重要的語言單元。

　　研究人員利用這種左右不對稱的特性，檢查一個乍看之下無法相信的假設（就算多看幾次，可能都還是很難相信這個假設）：語言干預視覺的程度，有可能在左腦比在右腦強嗎？我們如果在左邊看到某個顏色，感受是否有可能跟在右邊看到時不一樣？打個比方來說，英語人士如果在右邊看到接近綠色和藍色邊緣的色調，是否就會比在左邊看到時來得更敏感？

　　為了檢查這個異想天開的假設是否為真，研究人員設計了一個簡單的挑錯測驗。受試者看電腦螢幕的時候，必須盯住中間的

一個小十字，以確保畫面左邊的東西會落在左視野、右邊的會落在右視野。畫面上接著會出現一個由許多小方塊組成的圓圈，如前頁圖和彩圖九所示。

這些方塊都是同一個顏色，只有一個例外。受試者必須根據顏色不同的方塊落在左邊或右邊，按下兩個按鈕的其中一個。以前頁圖來說，顏色不同的方塊大約在八點鐘方向，所以正確的回答是按下左邊的按鈕。受試者必須回答一系列這樣的問題；在每個問題裡，相異的方塊會改變顏色和位置。有時候相異的方塊是藍色，而其他的都是綠色；有時候所有的方塊都是綠色，只是其中一個的色調不一樣；有時候相異的方塊是綠色，而其他方塊都是藍色。由於這個問題很簡單，受試者通常不會按錯按鈕，但這個實驗真正測試的是他們的反應時間。

跟預期一樣的是，受試者認出顏色相異的方塊的速度，最主要取決於色調之間的客觀距離。不論相異的方塊出現在左邊或右邊，相異的色調跟其他方塊的顏色差別愈大，受試者的反應也愈快。可是，最讓人驚訝的結果，是左、右視野竟然有不同的反應模式。如果相異的方塊出現在畫面的右邊（也就是負責處理語言的左腦所負責的那一邊），綠色與藍色的界線就有明顯的區別作用：如果相異的方塊跨過綠色和藍色的界線，反應時間就會明顯縮短。可是，如果顏色相異的方塊出現在螢幕左邊，綠色與藍色的界線就沒有明顯的效果；換句話說，不論相異的方塊是否跨過綠色與藍色的界線，抑或只是同一個顏色的不同色調，反應速度都沒有太大的變化。

所以，當色調靠近藍色和綠色的界線時，英語人士的左腦所出現的反應，就跟俄語人士在 *siniy* 和 *goluboy* 附近的反應一樣，

在右腦裡這樣的效果就很微弱。這個實驗的結果（以及接下來許多印證這個實驗基本結論的後續實驗）讓我們相當確定，母語裡的顏色概念會直接影響大腦處理顏色的方式。這個左、右腦的實驗只差沒直接掃描大腦，卻是目前為止語言影響視覺感受最直接的證據。

只差沒直接掃描大腦嗎？香港大學有個研究團隊還真的做到這一點。二〇〇八年，他們發表了一個類似的實驗結果，只是加了一點小變化。跟之前的實驗一樣，他們的實驗要受試者盯著電腦螢幕、辨認顏色，以及按下兩個按鈕的其中一個；不過，差別就在這些勇敢的受試者在做這些工作時，必須躺在核磁共振掃描機裡。核磁共振的技術會測量大腦不同區域的血液流量，產生即時的影像。由於血液流量增加代表神經活動量增加，核磁共振掃描機可以（用間接的方式）測量腦內任何一個地方的神經活動。[7]

在這個實驗裡，受試者的母語是標準漢語。實驗總共採用六種顏色：其中三種（紅色、綠色和藍色）在標準漢語裡有簡單、常用的名稱，另外三種則沒有（見彩圖十）。實驗內容非常簡單：受試者會在螢幕上看到兩個方塊閃一下，然後用按按鈕的方式，指出兩個方塊的顏色是否相同。

這項工作完全未使用語言，同樣是個單純的視力和運動工作。不過，研究人員想檢查腦內負責處理語言的部位是否會啟動。他們假設，如果受試者看到的顏色有簡單、常用的名稱，腦內的語言迴路比較有可能參與辨識的過程，如果顏色沒有具體的名稱就不會。實驗結果還真的是這樣：如果顏色容易叫出名稱，左腦皮質兩個特定的小區域就會啟動，但是顏色不容易叫出名稱

時，這兩個區域就沒有動靜。

　　研究人員為了更了解這兩個區域負責的工作，要求受試者進行第二項工作。這項工作就明顯跟語言有關：受試者在螢幕上看到顏色，必須大聲說出每種顏色叫什麼名稱，在此同時掃描機會掃描他們的腦內活動。前述只有在看到容易叫出名稱的顏色時才會啟動的兩個區域，此時就有非常明顯的活動。研究人員據此下了結論，認為這兩個區域一定包括負責找出顏色名稱的迴路。

　　如果我們拿這兩個區域的功能，去對照第一個（純視覺）的工作，就會發現當大腦必須決定兩個顏色是否相同時，負責處理視覺感受的迴路會詢問語言迴路的意見，就算不必叫出名稱時也一樣。所以，我們首次有了直接的神經生理證據，證實腦內負責尋找名稱的區域，會參與處理單純視覺訊號的過程。

　　從本章提到的實驗結果看來，如果我們把語言當成一面透視鏡來看待，顏色也許是最接近這種譬喻的一個層面。當然，語言不是一面實體的透視鏡，並不會真的接觸到進入眼球裡的光子。不過，顏色的感知反應並不是在眼睛裡進行，而是在大腦內；視網膜傳出來的訊號，大腦也不會照單全收，因為它會不斷進行非常複雜的標準化過程，讓不同光線下的顏色看起來仍然穩定一致。大腦藉由搬動、延伸視網膜的訊號，以及誇大某些差異、忽略其他的差異，來達到這種「立即修正」的效果。沒有人知道大腦究竟怎麼做到這一切，可是我們清楚知道，它會仰賴過往的記憶和既有的印象。舉例來說，有人證實我們看到完全灰色的香蕉圖片時，會覺得帶有一點點黃色，因為大腦記得香蕉是黃色的，於是把看到的訊號標準化，變成它期待會看到的顏色。（更詳細

的資訊，請參見附錄。）

　　語言很有可能就是在這種標準化與補償的過程中，在顏色感知的流程裡參與一角，讓大腦借助過去的記憶和既有的差異來決定顏色有多相似。雖然沒有人知道語言和視覺迴路之間到底發生什麼事，目前所有的證據足以構成相當具說服力的論點，說明語言確實會影響視覺感受。凱伊和坎普頓在一九八四年進行由上而下的實驗時，英語使用者堅持跨越綠色和藍色界線的色調**看起來**距離比較遠。近年來由下而上的實驗，則發現語言裡顏色的概念會直接參與視覺處理的過程，當我們看到不同名稱的顏色時，會認為這些顏色比它們實際的客觀距離來得遠。這些結果如果合併起來看，就會得出一個幾年前沒什麼人會真的相信的結論：不同語言的使用者看到顏色時，也許真的會有不同的感受。

　　因此，從某個方面來看，格萊斯頓在一八五八年開始的顏色探險，經過一百五十年的飄移之後，竟然回到源頭附近：到頭來，也許希臘人對於顏色的感受，還真的跟我們有些出入。不過，就算我們繞了一大圈，最後又回到格萊斯頓面前，我們的看法還是跟他不完全一致，因為我們把他的故事完全反了過來，讓語言和感知能力的因果關係顛倒了。格萊斯頓認為荷馬的顏色語彙跟我們的不同，是既有顏色感知能力不同所造成的**結果**。不過，現在看起來，不同語言的顏色詞彙可能才是造成顏色感知差異的**成因**。格萊斯頓以為，荷馬的顏色語彙之所以不精細，是因為當時的眼睛尚未進化完全。我們知道，過去幾千年來人類的眼睛沒有變化，但是我們的顏色語彙發展得更精細，造成思想習慣的改變，仍然使得我們對於某些顏色的感受更加敏感。

　　更廣義來說，過去兩百年來，我們在解釋不同人種之間的認

知差異時，已經從生理因素轉變為文化因素。十九世紀時，一般都認為不同種族所遺傳到的思考能力，有非常大的差別，而這些生理上的不平等，是造成不同種族的成就有高有低的主要原因。二十世紀帶來的一項重要成就，就是我們了解到人類在認知能力這一方面皆是均等的，因此現今我們不會再用基因來解釋不同種族間的思想差異。不過，到了二十一世紀，我們開始體認到文化習慣帶來的思想差異，特別是由於我們使用不同的語言所造成的變異。

後記
原諒我們的無知

　　語言有兩個生命。在公眾的場合裡，它是一系列由語言群體約定俗成的習慣，為的是讓群體可以有效溝通。不過，語言還有另一個私密的生命，是每一位使用者自行內化到腦裡的知識系統。如果語言要成為有效溝通的媒介，每位使用者個人的知識系統必須緊緊與公眾的語言習慣結合在一起。正因如此，公眾的語言習慣可以反映出全宇宙最讓人著迷，又摸不透的物體，也就是我們的頭腦。

　　這本書藉由語言提供的證據，試圖說明社會的文化習俗會影響我們思想最根本的層面，而且程度比現今大部分人願意承認的來得高出許多。在本書第一部分裡，我們清楚看到語言將世界區分成為各種概念的方式，並沒有完全交由大自然制定下來，而我們覺得「自然」的事，大半也是由我們自身生長的文化習慣所造成的。當然，這並不是說每個語言可以任憑己意來切割世界；但是在容易學習與適合溝通的範圍之內，就算是最基本的概念都有可能有許多種區分方法，而且變異的程度，遠比一般常理認為的還要大得多。其實，到了最後，常理覺得自然的事，只是它所熟悉的事而已。

　　在第二部分裡，我們看到社會的語言成規，可以影響語言以外的思想層面。目前語言已證實對思想造成的影響，跟以往所宣

稱的影響有很大的差別。更精確來說，目前我們沒有任何證據，說明母語會對我們的思想設限，讓我們無法理解其他語言裡的概念或區別。母語真正的影響，其實是我們**經常使用**特定的表達方式之後，所發展出來的思想習慣。我們在不斷訓練之下認為需要區別的概念、母語不斷強迫我們清楚表達的資訊、母語要求我們必須注意的細節，以及母語反覆加諸我們的聯想——這些語言習慣會讓思想方式成為習慣，而且影響所及不僅局限在語言方面。我們看到了三個語言層面的實例：空間表示方法，以及這些方法造成的記憶模式和方位概念；文法性別，以及性別對聯想方式的影響；和顏色的概念如何增強我們對特定顏色的敏感度。

當今大多數語言學家和認知科學家認為，唯有語言能對真正的理性思考層面產生影響時（像是如果可以證實某個語言會妨礙其使用者解開特定的邏輯問題，但其他語言的使用者卻能輕易解開），語言對思想的影響才堪稱顯著。[1] 由於目前沒有任何證據顯示語言會用這種方式限制邏輯思考能力，這就表示語言若有任何影響，影響一定微不足道，因此我們基本上都用相同的方式來思考——至少這種論點是這麼說的。

不過，我們很容易就會誇大邏輯思考能力在日常生活中的重要性。對於一直以來習慣分析式哲學思考的人來說，會這樣誇大邏輯思考的功用也是一件自然的事，因為他們幾乎把思想與邏輯思考畫上等號，並認為任何其他的思考過程都微不足道。但是，這樣的看法跟邏輯思考在日常生活裡扮演的角色不符；畢竟，我們在日常生活裡，有多少事情是用抽象的演繹法來理性推斷出來，又有多少事情是憑靠直覺、情緒、衝動，或現實生活中的技能來做的？你一天會花多少時間來解開邏輯難題，又會花多少時

間來想你把襪子丟到哪裡去了？或是把車子停在哪個樓層裡？有多少廣告會用邏輯思辨來說服我們買東西，又有多少廣告運用的是各種顏色、聯想和暗示？數學家在集合論上的爭執，又在什麼時候引發過戰爭了？

現今的實證已經證明母語會在記憶、感受和聯想等思想層面，以及定位方式等實用技能上發揮影響。在日常生活裡，這些領域就跟抽象推理能力一樣重要，甚至還可能更加重要。

本書探討的議題相當古老，但是相關的學術研究才剛剛開始。舉例來說，我們一直到近年才了解到，世界偏遠角落的語言在被英語、西班牙語等少數主流語言取代以前，將它們記錄和分析下來是一件非常急迫的事情。就算到了最近，還常常有語言學家宣稱找到「人類語言的共通性」，發現有一個現象在他們的樣本語言裡皆存在，但他們的樣本可能只有英語、義大利語和匈牙利語三種語言。當今絕大多數的語言學家都了解，真正可以讓我們發現有哪些自然、共通層面的，是那些小型部落所說的各種語言，而這些語言使用者的行事方式可能又跟我們的習慣大相逕庭。我們現在正在跟時間賽跑，在這些語言永遠從世界消失之前，盡可能將它們記錄下來。

社會結構與文法結構之間可能潛藏的關係，目前的相關研究仍然只是略具雛型而已。由於這類研究長時間觸犯了「所有的語言都一樣複雜」的禁忌，現今我們仍然只停留在發現文法層面的複雜度「如何」與社會複雜度相關，幾乎還沒開始探討「為何」會相關。

不過，比這些更重要的是，「語言如何影響思想」的相關研

究，才正要開始成為一門嚴肅的學問。（當然，異想天開的人自古以來都有這方面的幻想。）我在本書列舉了空間、性別和顏色三個例子；對我來說，這是目前語言的影響有最清楚證據的三個層面。近年來也有人研究過其他的層面，但是目前尚未有充足的證據可以證實這些層面受到的影響。其中一個是複數的標記：在英語裡，只要提到名詞的時候就一定要表示單數或複數，可是有些語言並未強迫做這種區別。有人曾提出假設，認為標示複數的必要性（與否）會影響語言使用者的注意和記憶模式；雖然這種論點理論上並非不可能，但是目前還沒有明確的證據。

實驗工具更加鋒利之後，我們一定還會探索更多語言的層面。舉例來說，複雜的實據性系統會有什麼影響？回想一下，馬策斯語的使用者每次描述一個事件，就必須詳細描述他們的資訊來源。這種語言所造成的習慣，是否會讓它的使用者養成語言之外的思想習慣？未來的年頭裡，這類的問題一定會變成實證研究的議題。

如果我們聽到戰爭裡有人異常勇猛，這通常表示戰況不太樂觀。如果戰爭完全依照計畫進展，自己的那一方又占上風，通常不太需要有人做出特別英勇的事蹟。勇將多為戰敗一方所需。

前文描述的實驗，有些異常巧妙又精密，具有高度啟發性；在科學攻占大腦堡壘的戰爭裡，我們很容易就把這些實驗當成重大的捷報。不過，這些實驗推得出來的巧妙結論其實並不代表我們強大，反而只顯現出我們多麼薄弱。我們之所以要運用各種巧妙、天才的方式，完全是因為我們對大腦的實際運作所知甚少。如果我們不是這麼無知，我們就不用藉由各種迂迴的方式來取得

資訊（像是設計各種不自然的工作，測量其反應時間等等）。如果我們知道的沒這麼少，我們就可以直接觀察大腦的活動，並且精確看出自然與文化會怎麼塑造語言的概念，或是文法有哪些與生俱來的特性，或是語言會怎麼影響任何一種思想層面。

當然，你也可以認為我們不該用這麼負面的方式來形容我們所知的現況，特別是在看到我所描述的最後一項實驗，採用的是讓人嘆為觀止的複雜科技。畢竟，這個實驗直接掃描了大腦當下的活動狀態，讓我們看到大腦在執行特定工作時，有哪些地方會活躍。這怎麼可能叫無知呢？不過，讓我們換個方式想想。假設你想要了解一個大企業怎麼運作，但你只能站在企業總部的外面，從遠處看總部的窗戶。你唯一能取得的證據，就只有每天不同時間哪些房間的燈會亮。當然，經過長時間的縝密觀察，你還是可以取得不少資訊。舉例來說，你會發現董事會每周的會議都在二十五樓左邊數來第二個房間裡舉行；企業有危機的時候，十三樓會有大量活動，所以那裡八成有個危機處理中心等等。可是，如果你只能靠觀察窗戶來進行臆測，沒辦法聽到總部裡面的人說了什麼話，這些資訊是多麼微不足道啊！

如果你覺得這種類比方式太悲觀了，請記得當今最複雜的核磁共振掃描機所做的事，也只不過是讓我們看到大腦哪些地方亮起來而已。它們只能讓我們看到任何時刻哪裡的血液流量較大，我們再從這點推知那些地方的神經活動比較活躍。可是，我們距離了解大腦裡面在「說」些什麼，根本還天差地遠。我們完全不知道任何一個概念、標籤、文法規則、顏色印象、方位策略或性別聯想到底怎麼寫在大腦裡面。

我在為這本書做研究的時候，曾經在爬梳一些百年前關於生

理遺傳的討論之後，就接著閱讀現今關於大腦運作的論點。這些百年前後的論述放在一起時，很難不從中看到相似之處。二十一世紀初的認知科學家，與二十世紀初的分子生物學家相同之處，就是他們對於所探討的東西有多麼無知。一九〇〇年左右，就算是最偉大的科學家都摸不透遺傳學。他們最多只能比較「進去」（父母的特性）與「出來」（後代的特性）兩端各有哪些東西，間接猜測中間的過程。對他們而言，實際運作的機制既神祕，又深不可測。如今我們已經完全掌握生命的成因，現在回過頭來看這些當時的巨人所討論的事情，回想當年他們必須進行的可笑實驗（像是把好幾個世代的老鼠尾巴切掉，來看傷勢會不會遺傳），我們會覺得多羞愧啊！

一個世紀以後，我們已經把遺傳的機制看得相當透澈，但對於大腦內部的運作，我們的視野還是一樣狹窄。我們知道有什麼東西從一端進去（像是光子進入眼睛裡），也知道什麼東西會從另一端出來（像是用手去按按鍵），可是中間的決策過程依舊緊閉著門進行。未來當神經網絡跟 DNA 一樣透明，科學家可以直接聽見神經細胞在說什麼的時候，我們的核磁共振掃描技術就會看起來跟切掉老鼠尾巴一樣原始。

未來的科學家不必再進行原始的實驗，像是叫人盯著電腦螢幕按按鍵這種事。他們會直接找到相關的大腦迴路，直接看到概念怎麼形成，以及母語會怎麼影響認知、記憶、聯想和其他的思想層面。假如未來的科學歷史學家真的花費心思來讀這本書，他們會覺得多尷尬啊！他們明明可以一眼看見這些東西，又怎能理解我們為何需要用模糊不清的方式來間接推測，為何我們要用這麼晦暗模糊的透視鏡來看？

　　但是，你們這些未來的讀者啊，請原諒我們的無知，就跟我們原諒前人的無知一樣。我們已經有一道光可以看清遺傳的奧祕，但我們之所以能有這一道光，完全是因為前人在黑暗中探索，努力不懈。所以，未來的讀者啊，如果你們從不費吹灰之力的高處睥睨著我們，請謹記：你們之所以能攀上高處，都是因為我們的努力所致。在黑暗中摸索是一件吃力不討好的工作；若能休息到智慧之光照亮一切，當然是非常誘人的事。可是如果我們就此被誘惑住，你們的國度將永遠不會來臨。

附錄

觀看者眼中的顏色

　　人類視覺只能看見波長介於大約〇‧四到〇‧七毫米（千分之一公釐）的波；說得更詳細一點，波長必須介於三百八十到七百五十奈米（百萬分之一公釐）之間。這些波長的光線會由視網膜（也就是眼球內部一層薄薄的神經細胞）的細胞吸收。視網膜的後方有一層感光細胞會吸收光線並傳送神經訊號；這些訊號最終會在大腦裡轉譯成為色覺。

　　我們看到彩虹或從三稜鏡中散發出來的光線時，色覺會隨著波長改變而不斷改變（見彩圖二和十一）。我們的眼睛看不到波長比三百八十奈米短的紫外光，可是波長變長的時候，我們就會開始看到紫色；大約在四百五十奈米處，我們會開始看到藍色；大約五百奈米時是綠色；五百七十奈米是黃色；五百九十奈米是橘色；波長增加到六百二十奈米以上，我們就會看見紅色；一直到將近七百五十奈米的地方，我們的視覺就會停止，這也是紅外光開始之處。

　　由波長完全一致的光線所組成的光（而非來自多個光源、由許多波長組合而成的光），稱為「單色光」。我們很自然會假設一個光源若看起來是黃色，是因為它發出的光線只有五百八十奈米左右的波長，就跟彩虹裡的黃色單色光線一樣。另外，我們也會以為如果一個物體看起來是黃色的，這表示它只會反射波長五

百八十奈米左右的光線，並且吸收掉所有其他波長的光線。但是，這兩個假設都徹徹底底錯了。事實上，色覺是神經系統和大腦拿我們視力來玩的一種錯覺。[1]若要有黃色的感受，我們不用任何波長五百八十奈米的光線；波長六百二十奈米的純紅光，和波長五百四十奈米的純綠光以相同比例組合起來，也會有完全一樣的「黃色」感受。換句話說，黃色的單色光，跟紅色與綠色的單色光綜合起來的光線，在我們眼睛看起來是一模一樣的。事實上，電視螢幕就只用三種單色光（紅色、綠色和藍色）的不同組合來欺騙我們，讓我們以為我們看到光譜上的各種顏色。最後，我們看起來是黃色的物體很少只會反射波長五百八十奈米左右的光線，反而在黃光之外，通常還會反射綠色、紅色和橘色的光線。這一切要怎麼解釋呢？

　　一直到十九世紀以前，科學家試圖透過光本身的物理特性，來理解這種「等色」現象。但是一八〇一年時，英國物理學家楊格在一場著名的演講裡提出另一種解釋，認為這並不是光的物理特性使然，而是人類眼睛的構造所致。楊格發展出視覺的「三色論」：他認為眼睛裡只有三種感受器，分別對光譜特定區域的光線特別敏感。我們主觀感受到連續的色彩，是大腦比較這三種感受器的回應之後產生的。楊格的理論分別於一八五〇年代由馬克士威，和一八六〇年代由赫姆霍茲繼續加以修正，至今仍是我們理解視網膜運作的基本依據。

　　色覺的來源是視網膜裡三種吸收光線的色素細胞，稱為「視錐」，分別為長波、中波和短波視錐。視錐細胞吸收光子，並傳送出訊號，說明這些細胞在每個時間單位裡收到多少光子。短波視錐對波長大約四百二十五奈米的光線最敏感，也就是對介於紫

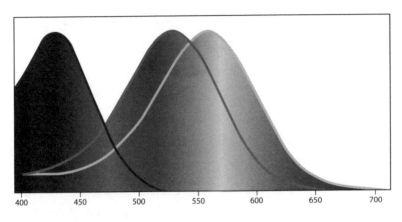

（標準化後的）短波、中波和長波視錐的敏感度，為波長的函數。

色和藍色的光線最敏感。這不代表它們只會吸收波長四百二十五奈米的光子。如上圖所示（以及彩圖十二），短波視錐會吸收各種不同波長的光子，從紫色到藍色都有，甚至還有一部分綠色；只是波長離四百二十五奈米愈遠，它們對光線的敏感度也就愈低。所以，當波長五百二十奈米的綠色單色光到達短波視錐時，被吸收的光子就會比波長四百二十五奈米的光線少得多。

　　第二種感受器（即中波視錐）對黃綠色最為敏感，也就是大約在光線波長五百三十奈米處。同樣地，它們的感應範圍從藍色到橘色，由中心向外逐漸遞減。最後，長波視錐則是對綠黃色最敏感，也就是光線波長五百六十五奈米處，與中波視錐相當接近。

　　這些視錐本身並不「知道」它們吸收什麼波長的光線。若單獨而論，視錐本身是有色盲的；它們只會記錄下各自吸收到整體的光線有多強而已。換句話說，短波視錐不知道它吸收的是強度

低的紫色光（波長四百四十奈米）或是強度高的綠色光（波長五百奈米）；中波視錐也辨別不出波長五百五十奈米的光線，和同樣強度、波長五百一十奈米的光線有什麼差別。

大腦在比較三種視錐吸收光子的速度之後，會算出它看到的是什麼顏色。不過，光譜上有無限多種分布都有可能製造出相同的比例，我們無法辨認出這些分布之間的差別。舉例來說，如先前所述，視錐吸收波長五百八十奈米黃色單色光的比例，跟吸收綜合波長六百二十奈米紅色光與波長五百四十奈米綠色光的比例一樣。光譜上有無限多種不同的分布，都有可能讓視錐用相同的速率來吸收，使得人眼認為是相同的顏色；這樣的顏色稱為「同素異構色」。

因此，我們必須了解一件很重要的事實：我們能夠感受到的色彩，並非取決於光譜上有多少種單色光，反而跟三種視錐之間各種可能的比例有關。我們的「顏色空間」因此有三個維度，而且包括彩虹裡沒有的色彩。舉例來說，我們感受到粉紅色時，視錐的吸收率跟任何一種單色光都無關，而是合併吸收紅色光與藍色光。

夜晚光線昏暗時，另一種視覺系統會開始運作。視錐不夠敏感，無法在光線極弱時感受到光，但有另外一種稱為「視柱」的感受器非常敏感，就連只有一個光子都感受得到！視柱對波長五百奈米左右的藍綠色光最敏感。不過，這種低光線條件下運作的視力沒辦法分辨顏色。這並不是因為光線到了晚上的時候就突然「忘掉」它自己的波長這回事，單純只是因為我們只有一種視柱細胞。大腦收到單一種視柱細胞傳遞的訊息之後，無法進行比較，因此不會產生顏色的感覺。

對不同波長的敏感程度

視網膜上總共有大約六百萬個視錐細胞，可是三種視錐的數量並不相同：短波（紫色）視錐的數量相對稀少，中波（綠色）視錐的數量比短波的多超過十倍，長波視錐則還有更多。中波和長波視錐的數量遠比短波視錐多，因此眼睛吸收光譜上長波部分（黃色和紅色）的效率遠比短波部分高，所以跟藍色或紫色光比起來，黃色光不需要那麼強就能被眼睛偵測到。事實上，我們白天時的視力對波長五百五十五奈米左右（大約在黃色與綠色中間）的光線最敏感。我們之所以會覺得黃色光比藍色光或紫色光亮眼，就是因為這種生理上的特性，而不是因為光本身的特性使然，藍色光本身的能量並不比黃色光來得弱。（事實上，波長與能量的關係正好相反：波長長的紅色光能量最低，黃色光的能量比紅色光高，而綠色光和藍色光的能量又比黃色光高。肉眼看不到的紫外光又有更高的能量，甚至高到會傷害皮膚。）

我們對顏色的感受還有另一個不均等之處：我們對於波長細微變化的感受能力，在整個光譜裡並不一致。我們對黃色與綠色附近的波長變化特別敏感，這同樣跟我們生理結構有關。由於中波（綠色）和長波（黃綠色）視錐最敏感的地方相當接近，黃色和綠色一帶只要有細微的波長變化，都會讓兩種相鄰視錐的吸收比例出現巨大的變化。在理想的情況之下，就算黃色色調的波長只差一奈米，正常人都能分辨出來。不過，在光譜的藍色和紫色一帶，我們辨別波長差異的能力就只有黃色和綠色一帶的三分之一不到，而我們辨認光譜邊緣紅色地帶的能力又比藍色附近還差。

　　這兩種辨認顏色的不均等之處（即亮度感受不均等，以及辨別細微波長差異的能力不均等），讓我們的顏色空間變得不對稱。一如第四章第一一一頁的註腳所述，這種不對稱的特性使得某些區隔顏色空間的方式比其他方式更加適當，能夠讓每個概念內的相似性增加，並讓概念之間的相似性減低。

色盲

　　如果三種視錐的其中一種無法運作，辨認顏色的能力就會從三個維度降為兩個維度，這種情形稱為雙色色盲。最常見的雙色色盲是紅綠色盲，大約有百分之八的男性與百分之〇‧四五的女性有這種症狀；在這種情形下，他們缺乏兩種相鄰視錐（長波或中波）的其中一種。我們對色盲人士所感受到的色覺所知甚少，因為我們無法直接把雙色色盲患者的感受直接「翻譯」給色覺正常的人知道。極少數的人其中一隻眼睛有紅綠色盲，另一隻眼睛的色覺正常。他們以色覺正常的眼睛當基準，回報的結果說色盲的那隻眼睛感受得到黃色和藍色；但是在這種情況下，正常的那隻眼睛不一定會有正常的神經迴路，所以這種報告都不一定能直接這樣解讀。

　　其他種類的色盲則更為罕見。另一種雙色色盲稱為第三色盲，一般稱作黃藍色盲；患有這種色盲的人缺乏短波（藍色）視錐。只有百分之〇‧〇〇二的人（亦即十萬人裡只有兩位）有這種情形。更嚴重的情形是缺乏兩種視錐；這種情形稱為單色盲，因為有這種症狀的人只有一種視錐可以運作。更極端的情形是視柱單色盲；有這種症狀的人三種視錐都缺乏，只能用一般人夜晚

視力使用的視柱來產生視覺。

色覺的演進

　　人類色覺的發展，獨立於昆蟲、鳥類、爬蟲類和魚類的視覺發展之外。我們的三色視覺跟猿類和舊世界的猴子一樣，但其他哺乳類動物就沒有這樣的色覺，因此這表示色覺的演進可以往前推到大約三千萬至四千萬年前。大多數哺乳類動物只有雙色視覺：牠們只有兩種視錐，其中一種在藍色和紫色附近最敏感，另一種在綠色最敏感（也就是中波視錐）。目前的假設認為靈長類的三色視覺是從雙色視覺演化而來的：有一個基因因為突變而多複製了一次，把原本中波（綠色）的感受器分成兩種相鄰的視錐，新的視錐則稍微靠近黃色一些。兩種新感受器的位置，正好可以讓動物在綠葉的背景下容易看到帶有黃色色澤的水果。人類的色覺似乎跟著顏色鮮豔的水果一同演化。根據一位科學家的說法：「我們可以說，我們的三色視覺是某些會結果的樹木所發展出來的機制，好讓它們可以延續後代，這樣的看法不算太誇張。」[2] 更明確來說，我們的三色視覺似乎是跟著某個種類的熱帶樹木一同演化而來的；這一類的樹木所結的果實太大，鳥類無法帶走，而且果實成熟時的顏色是黃色或橘色。樹木發出來的顏色訊息，讓猴子可以在叢林的綠色背景下看到，而猴子則在一段距離以外把未破壞的種子吐出來，或是經由排便與肥料一同排泄出來。簡而言之，猴子之於有顏色的水果，就像是蜜蜂之於花朵。

　　我們不清楚從雙色視覺到三色視覺的過程是漸進或突然產生

的，主要是因為我們不知道第三種視錐出現以後，人類是否需要發展出新的神經機制，來運用這個視錐產生的訊號。不過，我們很清楚人類的色覺不像馬格努斯所說的那樣，從光譜上紅色的一端演進到紫色的那一端。事實上，如果從幾億年來的演變來看，發展的方向正好相反。最早的視錐可以追溯回哺乳類前的時代；這種視錐的敏感地帶在光譜的藍色與紫色地帶，而且完全無法感應黃色和紅色光。第二種發展出來的視錐是對綠色最敏感的視錐，這個發展大大增加了眼睛的敏銳程度，朝光譜的紅色一端大幅推近。最晚發展出的視錐大約在三千萬至四千萬年前出現，最敏感的地方在黃色和綠色之間，又向紅色推進了一些，因此讓眼睛對光譜上長波的一端更加敏銳。

大腦的 Photoshop

以上關於視網膜裡視錐的資料，據我所知應該都是正確的。可是，如果你因此認為這一切就能解釋我們的色覺，那你就錯了！事實上，視錐只是一個非常複雜的過程的第一步而已，其中還有很多標準化、補償和穩定化的過程尚屬未知——這一切有如影像處理軟體的「立即修復」功能。

你有沒有想過，便宜的相機為什麼顏色一直都不正確？舉例來說，你用便宜的相機在室內的人造光下拍照時，顏色就突然全部不對了？為什麼東西看起來都有很不自然的黃色色澤，藍色的物體也失去光澤，變成灰色？其實，說謊的不是相機，而是你的大腦。在白熾燈泡偏黃色的燈光底下，物體確實會偏黃色，藍色也確實會偏灰——至少任何一種客觀測量的工具都會這樣顯示。

物體的顏色跟它反射出來的光線波長有關，但是反射出來的波長當然也跟光源本身的波長有關。當光源本身某個波長的光線比例特別高時（像是黃色光比較多），物體也一定會反射出更多的黃色光。因此，如果大腦直接照單全收視錐送來的訊號，我們看到的世界就會有如便宜相機拍下的一連串照片，物體的顏色會跟著光源的色澤不斷改變。

從演化的觀點來看，很容易就能理解這樣為什麼弊多於利。如果樹上同一顆果實在中午看來是一種顏色，晚上看來又是另一種顏色，顏色就不能成為辨認果實的利器，反而會是一大阻礙。當視網膜的訊號跟預期的不同時，大腦會用「立即修復」的功能來進行標準化；這個過程稱為「顏色一致性」。不過，這個標準化的過程遠比數位相機的「白平衡」功能來得複雜，因為它依靠的是大腦對於整個世界的經驗，特別是既有的記憶和習慣。

舉例來說，目前已經有人證實長期記憶和辨認物體的能力，會在感受顏色的過程扮演重要的角色。[3]如果大腦的記憶裡認為某個物體應該是某個顏色，它會用盡全力來確保你真的看到這個顏色。二〇〇六年時，德國吉森大學的一個團隊就進行一個相當有意思的實驗，證實這種影響。研究人員先讓受試者在電腦螢幕上看到隨機出現的點，這些點都是某個特定的顏色（像是黃色）。受試者可以按四個按鍵來調整圖像的顏色，直到這些點看起來完全是灰色，完全不帶有任何黃色或其他光譜顏色。受試者最後弄出來的顏色確實是中性的灰色，這點並不讓人意外。

研究人員再重複進行一次同樣的實驗，只是這次不再用螢幕上隨機出現的點，而是一個可以辨認的物體，像是香蕉。他們再次請受試者按按鍵來調整色澤，直到香蕉看起來是灰色。不過，

這次他們最後調出來的顏色不是純灰色，反而帶有一些藍色的色調。換句話說，受試者越過了中性的灰色，調整過了頭之後，香蕉看起來才像是灰色。這個結果表示，當香蕉的顏色從客觀來看已經是灰色的時候，受試者看起來還覺得偏黃！大腦憑藉著記憶裡儲存的香蕉顏色，盡可能地把色彩的感受推向這個記憶中的顏色。

　　語言可能就是在這種標準化和補償之中，參與處理視覺顏色資訊的過程。雖然我們不清楚這個過程實際上是怎麼運作的，我們也可以合理猜測，當大腦產生顏色的感覺時，語言裡的顏色概念和我們區別顏色的習慣，也會影響腦內既有的顏色記憶。

致謝

　　我非常感謝那些願意花時間讀整本書初稿的朋友，在他們的好眼光和建議下，讓我不僅更正許多錯誤，也啟發我做出不少更好的修正：巴伯、米卡‧多徹、多謝爾、伊丹、佛萊、古文伯格、馬修斯、孟丹、墨普果、奈茲、羅姆、許密特、麥可‧史汀，和巴拉斯‧山卓伊。

　　以下諸位協助審閱初稿，幫助甚大：我的經紀人道內，以及我的編輯摩爾、貝克，和柏謝特；其中後者清晰的增刪更是協助我走出許多錯徑死路。我非常感謝他們，以及負責審稿的許洛絲、大都會公司的托比斯，以及海內曼公司的鍾蘿莉。

　　我也感謝所有提供資訊或修正的人，特別是艾肯維德、寇希爾、狄克森、佛雷克、吉洛、漢謝克、馬特拉斯、密金斯、莫倫、歐森、許諾普、舒茲柏特、克麗斯塔‧山卓伊、維洛克，和贊普倫。

　　最重要的，我非常感激珍妮‧史汀；她的協助大到無法衡量，而且沒有她的話，這本書也不會成型。

多徹，二〇一〇年三月

資料來源

前言：語言、文化與思想

1 Jerusalem Talmud, tractate Soṭah, p. 30a (ואילו. נאין להשתמש בהן העולם
(הן לעז לזמר רומי לקרב סורסי לאיליי עברי לדיבור ארבעה לשונות) ۔

2 Bacon 1861, 415 (*De dignitate et augmentis scientiarum*, 1623, book 6: 'Atque una etiam hoc pacto capientur signa haud levia [sed observatu digna quod fortasse quispiam non putaret] de ingeniis et moribus populorum et nationum, ex linguis ipsorum').

3 Condillac 1822, 285.

4 Herder 1812, 354–55.

5 Emerson 1844a, 251.

6 Russell 1983, 34.

7 *De oratore* 2, 4.18.

8 Dante, *De vulgari eloquentia* 1.11.

9 Brunetière 1895, 318.

10 *Dictionnaire philosophique* (Besterman 1987, 102): 'Le génie de cette langue est la clarté et l'ordre: car chaque langue a son génie, et ce génie consiste dans la facilité que donne le langage de s'exprimer plus ou moins heureusement, d'employer ou de rejeter les tours familiers aux autres langues.'

11 Vaugelas, *Remarques sur la langue françoise, nouvelles remarques*, 1647 (Vaugelas 1738, 470): 'la clarté du langage, que la Langue Françoise affecte sur toutes les Langues du monde.' François Charpentier 1683, 462: 'Mais ne conte-t-on pour rien cete admirable qualité de la langue

Françoise, qui possedant par excellence, la Clarté & la Netteté, qui sont les perfections du discours, ne peut entreprendre une traduction sans faire l'office de commentaire?'

12　Le Laboureur 1669, 174.

13　Rivarol 1784, 49.

14　Jespersen 1955, 17.

15　Whorf 1956 (1940), 215.

16　Steiner 1975, 167, 161.

17　Harvey 1996.

18　Piattelli-Palmarini 1983, 77.

19　Tylor 1871, 1.

20　Aristotle, *De interpretatione* 1.16a.

21　Locke 1849, 315.

22　Foley 1997, 109.

23　見 Haspelmath et al. 2005, 'Hand and Finger'。在早期的希伯來語裡，「手」(יד) 和「手臂」(זרוע) 有所區隔，後者在現代希伯來語一些成語式的用法裡也會看到。但在口語裡，「手」一字通常用來稱呼手與手臂。同理，英文裡的「nape」專指後頸部，但這個字並不常見。

第一章：替彩虹命名

1　Gladstone 1877, 388.

2　Gladstone 1858, 1:13.

3　Wemyss Reid 1899, 143.

4　Myers 1958, 96.

5　'Mr Gladstone's Homeric Studies'，刊登於一八五八年八月十二日。

6　John Stuart Blackie，刊登於《泰晤士報》一八五八年十一月八日。

7　John Stuart Blackie, *Horae Hellenicae* (1874)。E. A. W. Buchholz 的著作 *Die Homerischen Realien* (1871) 題獻給「殷切照料並傳遞荷馬

研究的人士」（'dem eifrigen Pfleger und Förderer der Homerischen Forschung'）。

8　Letter to the Duke of Argyll, 28 May 1863 (Tennyson 1897, 493).

9　John Stuart Blackie，刊登於《泰晤士報》，一八五八年十一月八日。關於格萊斯頓荷馬研究的評價，見 Bebbington 2004。

10　Marx, letter to Engels, 13 August 1858.

11　Morley 1903, 544.

12　Latacz 2004; Finkelberg 2005.

13　Gladstone 1858, 2:178；另見 2:153。

14　早自一五七七年的史卡利哲開始，學者就提到古代作家鮮有關於色彩的描述（見 Skard 1946, 166）；但在格萊斯頓以前，大家認為我們與古人的差別，只是偶爾在品味和流行潮流有別而已。舉例來說，多林在十八世紀的時候（1788, 88）寫道：「清楚的是，古代的希臘人和羅馬人不需要許多顏色的名稱；但自從奢華的工具無際無邊地發展起來以後，後世就無法再戒除對顏色的需求。這些未開化的人士生活嚴苛儉樸，憎恨繁多的色彩，但這些色彩被後世喜愛享樂與裝飾性的人類熱切地用在各種衣服和建築上面。」（'Hoc autem primum satis constat antiquissimis temporibus cum graecos tum romanos multis colourum nominibus carere potuisse, quibus posterior aetas, luxuriae instumentis in infinitum auctis, nullo modo supersedere potuit. A multiplici enim et magna illa colourum in vestibus aedificiis et aliis operibus varietate, quam posthac summo studio sectati sunt molliores et delicatiores homines, abhorrebat austera rudium illorum hominum simplicitas.'）在他的《色彩論》（1810, 54）裡，歌德解釋古人的色覺如下：'Ihre Farbenbenennungen sind nicht fix und genau bestimmt, sondern beweglich und schwankend, indem sie nach beiden Seiten auch von angrenzenden Farben gebraucht werden. Ihr Gelbes neigt sich einerseits ins Rote, andrerseits ins Blaue, das Blaue teils ins Grüne, teils ins Rote, das Rote bald ins Gelbe, bald ins Blaue; der Purpur schwebt auf der Grenze zwischen Rot und Blau und neigt sich bald zum Scharlach, bald zum Violetten. Indem die Alten auf diese Weise die Farbe als ein nicht nur an sich Bewegliches und Flüchtiges ansehen, sondern auch ein Vorgefühl der Steigerung und des Rück- ganges haben: so bedienen sie sich, wenn sie von den Farben reden, auch solcher Ausdrücke, welche diese Anschauung andeuten. Sie las- sen das Gelbe röteln, weil es in seiner Steigerung zum Roten führt, oder das Rote gelbeln, indem es sich oft zu diesem seinen Ursprunge zurück neigt.'

15　Maxwell-Stuart 1981, 10.

16　Christol 2002, 36.

17　Blackie 1866, 417.

18　'Mr Gladstone's Homeric studies,' *The Times*, 12 August 1858。

19　紫羅蘭色的鐵：*Iliad* 23.850；紫羅蘭色的綿羊：*Odyssey* 9.426；紫羅蘭色的海：*Odyssey* 5.56。

20　Goethe, *Beiträge zur Chromatik*.

21　Gladstone 1858, 3:483.

22　*Iliad* 2.455-80.

23　*Iliad* 8.306.

24　*Iliad* 7.64.

25　Gladstone 1858, 3:459.

26　Gladstone 1858, 3:493.

27　Gladstone 1877, 366.

28　Gladstone 1858, 3:488.

29　Gladstone 1858, 3:496.

30　Gladstone 1858, 3:488.

31　Gladstone 1877,388.

32　關於格萊斯頓分析的現代性，另見 Lyons 1999。

第二章：誤導人的長波

1 'Über den Farbensinn der Urzeit und seine Entwickelung' (Geiger 1878).

2 這些理論，像是對聲音和意義各自獨立發生改變的討論（這預示了未來索緒爾符號武斷性的理論），或是語意從確切到抽象的系統化論述，見 Geiger 1868，和死後發表的 Geiger 1872。關於蓋格對印歐語系重音的見解，見 Morpurgo Davies 1998, 176。關於蓋格生平和作品的評論，見 Peschier 1871, Keller 1883, Rosenthal 1884。

3 不過，蓋格似乎誤讀了格萊斯頓分析的一個觀點，因為他似乎認為（1878, 50）格萊斯頓相信荷馬盲眼的傳說；但如我們所見，格萊斯頓明確據理反對這個傳說。

4 Geiger 1878, 47.

5 包括蓋格在內（1872, 318），Delitzsch（1878, 260; 1898, 756）以降的諸多學者指出，在舊約聖經〈出埃及記〉第二十四章第十一節隱晦的描述中（在〈以希結書〉第一章第二十六節裡亦有呼應），似乎（間接）將天空譬喻為青金石。在〈出埃及記〉第二十四章裡，摩西、亞倫和以色列七十位長老爬到西奈山頂見神：「他們看見以色列的神，他腳下彷彿有平鋪的藍寶石，如同天色明淨。」這裡對於神腳下「平鋪」的平面有兩種描述：首先，這個平面先被稱作有如藍寶石（或青金石）；另外，它也被描述為「如同天色明淨」。天空並沒有**直接**譬喻成為青金石，但我們很難不認為這兩種描述是因為天空跟這種藍色寶石的緊密關聯所致。關於這一段的詮釋，見 Durham 2002, 344。

6 Geiger 1878, 49, 57, 58.

7 蓋格也許認為，黑色和白色若要被認為是顏色，它們的名稱必須與「黑暗」和「光亮」有別。這也許可說明他對白色和紅色含混不清（而且似乎矛盾）的論點。在演講裡（1878, 57），他說：「白色（在前述的〈梨俱吠陀經〉裡）跟紅色幾乎沒有分別」（'Weiß ist in [den ächten Rigvedalieder] von roth noch kaum gesondert.'）。但在

蓋格死後才出版的未完成遺作《人類語言和理性的起源和發展》第二冊（1872, 245）的目錄裡，他的順序則是顛倒過來：「在〈梨俱吠陀經〉裡，紅色尚未從白色裡區別出來」（'Roth im Rigveda noch nicht bestimmt von weiß geschieden.'）。可惜的是這本著作最後並未完成，文字還沒寫到這一節就中斷了，所以無法確知蓋格究竟對白色有什麼看法。

8　在《關於語言的起源》一書裡，他寫道：'Daß es sich auf niedrigen Entwicke- lungsstufen noch bei heutigen Völkern ähnlich verhält, würde es leicht sein zu zeigen.'。在死後出版的筆記裡，他更直接地思索語言比知覺發展慢的可能性：'[Es] setzt sich eine ursprünglich aus völligem Nichtbemerken hervorgegangene Gleichgültigkeit gegen die Farbe des Himmels... fort. Der Himmel in diesen [Texten wird] nicht etwa schwarz im Sinne von blau genant, sonder seine Bläue [wird] gänzlich verschwiegen, und ohne Zweifel geschieht dies weil dieselbe [die Bläue] nicht unmittelbar mit dem Dunkel verwechselt werden konnte... Reizend ist es sodann, das Ringen eines unklaren, der Sprache und Vernunft überall um einige wenige Schritte vorauseilenden Gefühles zu beobachten, wie es... hie und da bloß zufällig einen mehr oder weniger nahe kommenden Ausdruck leiht.'

9　Olsén 2004, 127ff., Holmgren 1878, 19–22；但對此事的批判性看法，見 Frey 1975。事實上，在事故發生的二十年前，愛丁堡大學的科技教授就曾指出色盲人員對鐵路運輸可能造成危險（見 George Wilson, 1855），但他的書似乎沒什麼影響力。

10　如 *New York Times*, 'Colour-blindness and its dangers' (8 July 1878); 'Color-blindness: How it endangers railroad travelers – some interesting experiments before a Massachusetts legislative committee' (26 January 1879); 'Color-blindness of railroad men' (23 May 1879); 'Color-blind railroad men: A large per centage of defective vision in the employees of a Massachusetts road' (17 August 1879); 'Color-blindness' (17

August 1879)。另見 Turner 1994, 177。

11　事實上，馬格努斯在這一年裡出版了兩本幾乎一模一樣的專論（1877a, 1877b）；其中一本是學術專論，另一本比較針對一般讀者。

12　描述見 Delitzsch 1878, 256。

13　1877b, 50.

14　Magnus 1877a, 19。另見 Magnus 1877b, 47。

15　Magnus 1877a, 9.

16　根據 Turner 1994 的看法，馬格努斯的爭議引發的爆炸性潮流，讓一八七五到一八七九年之間關於視覺的著作，有百分之六都與這項爭議有關。

17　Nietzsche 1881, 261。Orsucci 1996, 244ff 說明尼采讀過 Kosmos 期刊第一期裡對馬格努斯的書的爭論。

18　Gladstone1877.

19　Wallace 1877, 471n1。華萊士卻在第二年改變他的看法（1878, 246）。

20　一八七八年三月二十五日發表的演講（Haeckel 1878, 114）。

21　Lamarck 1809: 256–57.

22　Wallace 1858, 61.

23　Darwin 1881, 257。達爾文還稱許「布朗斯夸的著名實驗」；這個實驗以天竺鼠為樣本，當時被人當成證據，認為母親的神經受了某些傷害以後，這些傷害會遺傳到下一代。

24　Mayr 1991, 119。關於魏斯曼的評述，見 Mayr 1991, 111。

25　Shaw, introduction to Back to Methuselah (1921, xlix)。事實上，蕭伯納對（新）達爾文主義相當排斥，對拉馬克式演化抱持堅定的信念。

26　1892, 523, n1, 514, 526–27.

27　舉例來說，在一九〇七年時，柏林醫學和生物學會的會長赫特維格仍然認為拉馬克式的演化機制最終會被證明正確無誤。另見

Mayr 1991, 119ff。

28　Gladstone 1858, 426，以及後來幾年（1869, 539）類似的說法：「一個世代後天得到的知識，經歷一段時間後會成為另一個世代的天生特性。」

29　Magnus 1877b, 44, 50.

30　最早也最大聲批判馬格努斯的人是克勞斯；克勞斯是達爾文早期的信徒之一，也在德國致力散布他的理論。達爾文自己也認為馬格努斯的看法有問題。一八七七年六月三十日時，達爾文寫信給克勞斯：「對於人類最近才擁有色覺這件事，你提出相當有力的反駁看法，我對此有高度的興趣。」另一位大聲反對馬格努斯的科學作家亞倫，認為「有各種原因讓我們相信，色覺是人類和所有高等動物共有的能力。若非如此，我們無法解釋花朵、水果、昆蟲、鳥類和哺乳類的各種色澤，因為這些顏色似乎都是為了吸引眼睛注意到食物或異性動物才發展出來的。」但是，動物鮮豔顏色一事雖然看起來很重要，實際上這卻是整個辯證中最弱的一環，因為相較於鳥類和昆蟲來說，哺乳類動物的顏色非常黯淡，大多是黑色、白色和不同色澤的棕色和灰色。當時還沒有充分證據顯示哪些動物可以看見顏色：蜜蜂等昆蟲經證實會對顏色有反應，但是高等動物（特別是色覺經證實比人類低的哺乳類動物，見 Graber 1884）的相關證據卻是少之又少。另見 Donders 1884, 89–90；關於這個爭議的詳細始末，見 Hochegger 1884, 132。

31　Delitzsch 1878, 267.

32　Allen 1879, 204.

33　Magnus 1877c, 427。另見 Magnus 1880, 10；Magnus 1883, 21。

第三章：住在異地的無禮之人

1　從一九二五年起，街道的這一段改稱作布達佩斯街。

2　Rothfels 2002, 84.

3　Virchow 1878 (Sitzung am 19.10.1878)，以及 Virchow 1879。

4　Gatschet 1879, 475.

5　Bastian 1869, 89–90.

6　舉例來說，達爾文曾經致函格萊斯頓（de Beer 1958, 89）說明，他們應該確定「低下的野人」有沒有名稱來稱呼顏色：「我猜測他們沒有，但智利和火地群島的印第安人為每個小小的海角和山丘命名，這是一件相當奇特的事——簡直到了令人震驚的地步。」

7　Gatschet 1879, 475, 477, 481.

8　Almquist 1883, 46–47。如果繼續追問下去，楚科奇人也會說出其他的字，但這些字似乎不固定。菲爾赫夫在柏林研究努比亞人，對於他們某些人的回應也有類似的論斷。

9　Magnus 1880, 8.

10　Virchow 1878, 351n1.

11　Magnus 1880, 9.

12　Magnus 1880, 34ff.; Magnus 1881, 195ff.

13　Slobodín 1978.

14　Whittle 1997.

15　Lévi-Strauss 1968,162.

16　Haddon 1910, 86.

17　Rivers 1901a, 53.

18　Rivers 1901b, 51；另見 Rivers 1901b, 46–47。

19　Rivers 1901a, 94。瑞弗斯也用了一種稱為「洛維邦色輝計」的儀器，試圖用實驗方式證明當地原住民辨認色澤非常淺的藍色玻璃的能力，比起歐洲人來得低。他的實驗有重大的問題，見 Woodworth 1910b，Titchener 1916，Bancroft 1924。近年來，兩位英國科學家（Lindsey and Brown 2002）提出一個跟瑞弗斯相去不遠的想法，他們認為，愈接近赤道的人會受到愈強的紫外線傷害，使得他們對綠色和藍色的敏感度降低。這項宣稱被指出有嚴重的問題，見 Regier and Kay 2004。

20　Rivers 1901a, 94.

21　Corbett and Morgan 1988.

22　C. Darwin to E. Krause, 30 June 1877.

23　Pitchford and Mullen 2002, 1362; Roberson et al. 2006.

24　Kuschel and Monberg 1974.

25　Woodworth 1910b, Titchener 1916, Bancroft 1924.

第四章：那些在我們之前就說過我們說的話的人

1　刻寫這句諺語的泥板出現的時間比較晚，來自亞述國王亞述巴尼拔的圖書收藏（西元前七世紀）。不過，雖然這句諺語還未在比這年代更早的泥板上被發現過，蘇美諺語一般來說至少都可以回溯到舊巴比倫時期（西元前二千至一千六百年）。

2　Parkinson 1996, 649.

3　多納圖斯的學生聖耶柔米，曾經在他自己對聖經〈傳道書〉的評論裡提到多納圖斯這番話：'Comicus ait: Nihil est dictum, quod non sit dictum prius, unde et præceptor meum Donatus, cum ipsum versiculum exponeret, Pereant, inquit, qui ante nos nostra dixerunt.'

4　Francis 1913, 524.

5　Woodworth 1910a, 179.

6　Woodworth 1910b.

7　Bloomfield 1933, 140.

8　Hjelmslev 1943, 48.

9　Ray 1953；另見 Ray 1952, 258。

10　Kuschel and Monberg 1974.

11　見 Berlin and Kay 1969, 159–60n1。

12　Sahlins 1976, 1.

13　Newcomer and Faris 1971, 270.

14　Berlin and Kay 1969, 32。更詳細的資訊（來自伯林未出版的手稿），見 Maclaury 1997, 32, 258–59, 97–104。

15　伯林與凱伊宣稱顏色焦點具有普世特性後不久，加州大學柏克

萊分校的心理學家海德（1972）就加以支持。她認為這些焦點在人類的記憶裡有特別的地位，因為就算語言裡沒有區分出各個名稱，這些語言的使用者還是很容易就記下這些焦點。不過，海德解讀的方式受到質疑，近年的研究也未能複製她的結果（Roberson et al. 2005）。

16　Roberson et al. 2000, 2005; Levinson 2000, 27.

17　Kay and Maffi 1999.

18　Roberson et al. 2000, 2005；Levinson 2000；Regier et al. 2005；Kay and Regier 2006a, 2006b。類似的爭論尚有嬰兒對顏色的分類方式：Özgen 2004；Franklin et al. 2005；Roberson et al. 2006。

19　Regier et al. 2007；另見 Komarovaa et al. 2007。根據萊格、凱塔帕和凱伊提出的模式，顏色空間裡某些地方（特別是藍／紫色附近），最適當的分法跟世界上大多數語言裡實際的顏色系統有顯著的差異。這有可能是因為他們的模式有瑕疵，或是因為文化因素使然。

20　Wilson 1966, Jacobs and Hustmyer 1974, Valdez and Mehrabian 1994.

21　Gladstone 1858, 3:491.

22　Gladstone 1877, 386.

23　Conklin 1955；康克林在此並未提到格萊斯頓。關於古希臘語與哈奴努語的相同之處，另見 Lyons 1999。

24　MacLaury 1997；另見 Casson 1997。

25　Gladstone 1858, 3:426.

26　Gladstone 1858, 3:495.

27　見 Waxman and Senghas 1992。

28　Lizot 1971.

29　自然論最通達的陳述，當屬平克的《語言本能》（1994）。Geoffrey Sampson 的 *The 'Language Instinct' Debate*（2005）有系統地反駁各種贊成自然文法的論點，同時也參照了關於這個主題的眾多著作。

第五章：柏拉圖與馬其頓的養豬人

1　若要更完整的論述，見 Deutscher 2009。

2　Dixon 1989, 63.

3　Sapir 1921, 219.

4　Fromkin et al. 2003, 15。（完整的陳述：「沒有原始的語言。所有語言皆同樣複雜，皆能表達宇宙任一相法。」「一樣複雜」的說法在第二十七頁再次重複。）

5　Dixon 1997, 118.

6　Forston 2004, 4.

7　Hockett 1958, 180. 關於此段的討論，見 Sampson 2009。

8　每當有語言學家試圖找出不同階層上的補償跡象，他們總是找不到。見 Nichols 2009, 119。

9　Goulden et al. 1990 估算一般英語母語大學生的字彙量為大約一萬七千個字組（「字組」指的是一個基本單字加上衍生的形式，如 happy、unhappy、happiness），或大約四萬種不同的單字種類。Crystal 1995, 123 估算大學講師的被動字彙大約為七萬三千字。

10　Corbett 2000 ,20.

11　Perkins 1992, 75.

12　舉例來說，見 Sinnemäki 2009；Nichols 2009, 120；Lupyan and Dale 2010。

13　Schleicher 1860, 34.

14　Givón 2002.

15　Maddieson 1984, 2005.

16　Hay and Bauer 2007。更早的討論見 Haudricourt 1961；Maddieson 1984；和 Trudgill 1992。

17　最近的討論，見 Nevins et al. 2009 和 Everett 2009。

18　Foster 1990 讀的是 *šu li-pi5-iš-ZU-ma*，並將之譯為「他可以去耕作這塊地」；但見 Hilgert 2002, 484，以及 Whiting 1987 no. 12:17 另一個幾乎相同的句構，這些證明了這裡列舉的翻譯是正確的。

19　見 Dixon 2006, 263 和 Dench 1991, 196–201。關於馬策斯語，見 Fleck 2006。另見 Deutscher 2000, ch. 10。

20　Deutscher 2000, ch. 11.

21　最近的文獻，見 Sampson et al. 2009 搜集的文章。

第六章：高喊「沃爾夫」的人

1　Sapir 1924, 149.

2　Sapir 1924, 155.

3　Whorf 1956, 212.

4　一七一〇年時，萊布尼茲提出編寫「普遍字典」的請求。一七一三年，他寫信給俄國沙皇彼得大帝，央求他從帝國裡各種未記錄下來的語言中收集單字列表出來。兩個世代以後，這個點子在凱薩琳大帝的宮廷裡認真付諸實行，由她親自從她所能找到的語言裡收集單字。她後來委託他人繼續這項工作，最後的結果就是一七八七年所謂的皇室字典（*Linguarum Totius Orbis Vocabularia Comparativa*），當中收錄了歐洲和亞洲超過兩百種語言的單字。第二版在一七九〇至九一年間出版，又增加了七十九種語言。一八〇〇年，西班牙前耶穌會教士厄瓦斯出版了他的《已知語言和國家目錄》，當中收錄了超過三百種語言。十九世紀初期，德國字典編纂家阿德隆開始編輯他的《米特里達梯》，這本書最後收錄了四百五十種不同語言的單字和主禱文文本。關於這些總集，見 Müller 1861, 132ff.；Morpurgo Davies 1998, 37ff.；以及 Breva-Claramonte 2001。

5　有一個值得一提的例外，就是厄瓦斯的《已知語言和國家目錄》，當中有收錄簡單的文法說明。洪堡德在羅馬結識了厄瓦斯，並從他那裡取得美洲印第安人語言的資料。雖然如此，洪堡德並不認為厄瓦斯的文法分析能力有多好。在一封寫給德國文字學家沃夫的信裡（一八〇三年三月十九日），他寫道：「老厄瓦斯是個糊塗又不仔細的人，但他知識非常淵博，因此總是非常有

幫助。」如 Morpurgo Davies (1998, 13–20, 37) 指出，一個人在衡量自己的成就時，很自然會低估前人的成就；洪堡德對厄瓦斯的評論可能正是如此。雖然如此，我們還是可以非常肯定，洪堡德把比較文法學帶到全新的層次上。

6　Jooken 2000.

7　Humboldt 1821a, 237。另見 Humboldt 1827, 172。

8　Humboldt 1820, 27。洪堡德並不是憑空想到這句話，可是前人如果說過類似的話，大都是跟主流歐洲語言的**字彙**有關。舉例來說，法國哲學家康迪雅克就指出法語和拉丁語在農業相關的字裡，影射的含義有哪些差別。如果有人提到文法差異，都只不過是些低下的空泛言論，像是赫爾德說「勤奮的國家，動詞有許多情緒」（1812, 355）。

9　Humboldt 1820, 27。關於前人類似的想法（特別是米開利斯在一七六○年獲得普魯士科學院獎章的論文），見 Koerner 2000。洪堡德自己曾在一七九八年用模糊的詞彙表達這個看法，此時他尚未接觸到非印歐語系的語言（Koerner 2000, 9）。

10　Humboldt 1827, 191.

11　Humboldt 1820, 21.

12　'Sieht man bloß auf dasjenige, was sich in einer Sprache ausdrücken lässt, so wäre es nicht zu verwundern, wenn man dahin geriethe, alle Sprachen im Wesentlichen ungefähr gleich an Vorzügen und Mängeln zu erklären... Dennoch ist dies gerade der Punkt, auf den es ankommt. Nicht, was in einer Sprache ausgedrückt zu werden vermag, sondern das, wozu sie aus eigner, innerer Kraft anfeuert und begeistert, entscheidet über ihre Vorzüge oder Mängel.' 其實，洪堡德說了這段著名的話時，本來的用意是錯的。他本來試圖解釋，就算沒有任何一種語言會限制其使用者的思想，有些語言（希臘語）還是會比其他的語言好，因為它們會主動刺激其使用者形成更高尚的想法。

13 Müller 1873, 151.

14 Whitney 1875, 22.

15 Clifford 1879, 110.

16 經常有人提出看法，認為沙皮爾的相對論可能也受到博厄斯的啟發。這個看法在 Boas 1910, 377 裡可見端倪；十年後（1920, 320），博厄斯更明白講出這個論點，認為「語言的分類會讓我們用特定固定的概念群組來看這個世界，由於我們對語言機制所知不足，只能知道這些群組會被視為客觀的概念，因此把形式加諸在我們的思想上面。」

17 Swadesh 1939。另見 Darnell 1990, 9。

18 Russell 1924, 331。沙皮爾在閱讀奧格登和理查斯的《意義的意義：語言對思想的影響之研究》時，接觸到類似的想法。

19 Sapir 1931, 578.

20 Sapir 1924, 155。沃爾夫（1956 [1940], 214）後來再補充了相對論的原則：「我們因此引介了一種新的相對論，此論點認為觀察者不會因為同樣的物理證據看見同樣的宇宙圖像，除非他們的語言背景相仿。」

21 Whorf 1956 (1940), 212.

22 Whorf 1956 (1940), 215.

23 Whorf 1956 (1941).

24 Whorf 1956 (1940), 216.

25 Whorf 1956 (1940), 216.

26 Whorf 1956 (1941), 151.

27 Whorf 1956, 57.

28 Chase 1958, 14.

29 Eggan 1966.

30 這裡接下來的引文，出自 Steiner 1975, 137, 161, 165, 166。

31 Colli et al. 2001, 765.

32 Wittgenstein 1922, §5.6.

33　Boas 1938, 132–33。博厄斯繼續說明，就算文法並未強制要求語言使用者表達某些資訊，這不代表語言會交待不清楚，因為只要有需要，還是可以藉由追加說明性字眼的方式，讓想法清楚表達。

34　Jakobson 1959a, 236；另見 Jakobson 1959b 和 Jakobson 1972, 110。雅克布森特別反對語言會影響「純認知活動」的看法。他認為，語言的影響只限於「日常的神話裡，這些神話的表現在於錯亂、雙關語、笑話、談笑、閒聊、失言、作夢、夢幻、迷信，以及最後但是最重要的，詩作。」

35　Fleck 2007.

36　Pinker 2007, 135.

第七章：太陽不從東邊升起的地方

1　*Captain Cook's Journal during the First Voyage round the World* (Wharton 1893, 392).

2　Hawkesworth 1785, 132 (14 July 1770).

3　Crawfurd 1850, 188。一八九八年，另一位字典編纂家（Phillips 1898）又讓情況更加混亂，因為他收錄了其他用來稱呼這種動物的字：「kadar」「ngargelin」和「wadar」。Dixon et al.（1990, 68）指出，民族學家羅斯在一八九八年的時候寫信給《澳大利亞報》，說明 gangooroo 是辜古依密舍語某一種袋鼠的名稱，但沒有字典編輯發現此事。

4　Kant 1768, 378: 'Da wir alles, was außer uns ist, durch die Sinnen nur in so fern kennen, als es in Beziehung auf uns selbst steht, so ist kein Wunder, daß wir von dem Verhältniß dieser Durchschnittsflächen zu unserem Körper den ersten Grund hernehmen, den Begriff der Gegenden im Raume zu erzeugen'. 另見 Miller and Johnson-Laird 1976, 380–81。

5　G.E.Dal- rymple, *Narrative and Reports of the Queensland North East Coast Expedition*, 1873, quoted in Haviland and Haviland 1980, 120。

關於辜古依密舍語的歷史，見 Haviland 1979b、Haviland and Haviland 1980、Haviland 1985 以及 Loos 1978。

6　'The black police', editorial, *Cooktown Herald and Palmer River Advertiser*, 24 June 1874, p. 5.

7　Haviland（1998）認為，辜古依密舍語在某些有限的情況下，可以用 *thagaal*「前方」這個名詞來表示空間關係，如 *George nyulu thagaal-bi*，「喬治在前方」。不過，這似乎並不是用來表示空間上的位置，而是表示喬治處於領導角色。

8　Levinson 2003.

9　Levinson 2003, 119.

10　**澳洲語言的地理方位：澳洲西部金伯利附近的加如語**：Tsunoda 1981, 246；**來自約克角半島和安亨地之間班提克島的卡雅第德語**：Evans 1995, 218；**阿倫特語（西部沙漠）**：Wilkins 2006, 52ff.；**瓦爾皮利語（西部沙漠）**：Laughren 1978, as quoted in Wilkins 2006, 53；**揚庫尼塔塔拉語（西部沙漠）**：Goddard 1985, 128。**其他地方的地理方位：馬達加斯加**：Keenan and Ochs 1979, 151；**尼泊爾**：Niraula et al. 2004；**峇里島**：Wassmann and Dasen 1998；**海搭姆語**：Widlok 1997。另見 Majid et al. 2004, 111。

11　Cablitz 2002.

12　Wassmann and Dasen 1998, 692–93.

13　麥克菲所住的地方在峇里島南邊，山大約位在北方，所以麥克菲依照一般的習慣，把「向海」和「向山」的方向翻譯為「南方」和「北方」。在此必須強調的是，峇里島上舞蹈的方位具有宗教意義。

14　Haviland 1998, 26.

15　Levinson 2003, chs. 4, 6。關於澳洲其他原住民的地理方位感，見 Lewis 1976。關於澤套人的方位感，見 Brown and Levinson 1993。

16　Levinson 2003, 128.

17　Haviland 1993,14.

18　Levinson 2003, 131.

19　見 Li and Gleitman 2002；Levinson et al. 2002；Levinson 2003；
　　Majid et al. 2004；Haun et al. 2006；Pinker 2007, 141ff.；Li et al.
　　(forthcoming)。這種旋轉桌子的實驗有用許多種方式進行，在大
　　部分的實驗裡，受試者並不是像書裡這樣「完成一幅畫」，而是
　　記下物品的順序，再到另一張桌子上「擺成一樣」。這個「擺成
　　一樣」的指示遭來最多的批評。Li et al. 認為「擺成一樣」最終
　　是個模稜兩可的指示，「在回答答案不清楚的旋轉工作時，當受
　　試者被指示複製跟先前『一樣』的空間排列或路徑，他或她必須
　　猜測測試者的意圖是什麼，認為什麼才是『一樣』。為了得出這
　　項推論，他們很可能會不自覺地想到他們的語言社群一般會怎麼
　　談論或回應方向和路徑的問題。」我認為，這樣的批評大致上合
　　理。不過，我在前文提出「完成這幅畫」的實驗，就我所見並沒
　　有這樣的問題，因為它靠的不是『一樣』這個可能不清楚又有多
　　種解釋方式的概念。Li et al. 另外提出一個批評，我也認為相當合
　　理，是反駁 Levinson（2003, 153）宣稱辜古依密舍語和澤套語使
　　用者的感知裡有系統性的降級。Li et al. 在測試澤套語使用者的時
　　候，並未發現任何降級的證據。再者，這種降級的宣稱讓人想到
　　「語言裡缺乏某個概念，就表示這個語言的使用者沒辦法理解這
　　個概念」這種沃爾夫式的謬誤。本章所有的宣稱都不需要降級；
　　事實上，它們指稱的是辜古依密舍語和澤套語使用者必須持續進
　　行**多一層**的地理計算和記憶，以及這些記算和記憶造成的思想習
　　慣。

20　Schultze-Berndt 2006, 103–4.

21　Majid et al. 2004, 111.

22　見 Neumann and Widlok 1996，以及 Widlok 1997。

23　De León 1994；Wassmann and Dasen 1998；　以　及　Brown and
　　Levinson 2000。當然，有些文化習性也會有影響。舉例來說，在
　　峇里島上，房屋在建造時一定都朝向同一個方位，一家之長一

定都睡在家裡的同一邊，小孩子睡覺時頭一定也都朝向同一邊（Wassmann and Dasen 1998, 694）。

第八章：性與語法

1　Vygotsky 1987, 253；Veit 1976；以及 Walser 1983, 195–96。

2　海涅在一封寫給友人墨瑟的信裡（一八二四年一月九日）引述這幾行詩篇：'Verwelke meine Rechte, wenn ich Deiner vergesse, Jeruscholayim, sind ungefähr die Worte des Psalmisten, und es sind auch noch immer die meinigen' (Heine 1865, 142)。

3　Bage 1784, 274.

4　Carlson 1994.

5　Reid 1997, 173.

6　Aikhenvald 1996.

7　Köpcke and Zubin 1984.

8　Claudi 1985；Aikhenvald 2000；以及 Greenberg 1978。

9　Curzon 2003.

10　Brunschwig 1561, 14b–15a.

11　Beattie 1788, 139; Peacock 1877.

12　奇怪的是，「ship」算是性別汪洋上的新客，因為在古英語裡，「scip」其實不是陰性，而是中性的。所以，在這裡使用有性別的代名詞，似乎不僅是古時留下來的習慣，更是將之擬人化。

13　Jakobson 1959a, 237; Jakobson 1972, 108.

14　Konishi 1993.

15　Sera et al. 2002.

16　Ervin 1962, 257.

17　Boroditsky et al. 2003，但實驗詳細結果來自 Boroditsky and Schmidt (unpublished)。

第九章：俄羅斯藍調

1　Conlan 2005。圖七裡的日本官方綠燈標準出自 Janoff 1994，以
　　及 Rensselaer Polytechnic Institute's Lighting Research Center 的 網
　　頁（http://www.lrc.rpi.edu/programmes/transportation/LED/LED
　　TrafficSignalComparison.asp）。美國官方的標準出自 Institute of
　　Transportation Engineers 2005, 24。

2　Kay and Kempton 1984。類似的實驗後來還有 Roberson et al. 2000,
　　2005。

3　Winawer et al. 2007.

4　這個界線（對英語人士來說，是淺藍和深藍的界線）在實驗之後
　　分別針對每一位受試者來確認。研究人員讓每一位受試者看二十
　　種不同的藍色色調，要他們說明每一種分別是 siniy 或 goluboy；
　　英語人士則說明每種分別是「淺藍色」或「深藍色」。

5　Gilbert et al. 2006。這個實驗的結果啟發了許多國家多個團隊仿
　　效。見 Drivonikou et al. 2007；Gilbert et al. 2008 以及 Roberson et
　　al. 2008。後續的實驗皆證實原先根本的結論。

6　Broca 1861。發現的歷史，見 Young 1970, 134–49。

7　Tan et al. 2008.

後記：原諒我們的無知

1　舉例來說，見 Pinker 2007, 135。

附錄：觀看者眼中的顏色

1　關於有色視力的生理成因，詳見 Kaiser and Boynton 1996 以及
　　Valberg 2005。

2　Mollon 1995, 134。關於有色視力的演進，另見 Mollon 1999 以及
　　Regan et al. 2001。

3　Hansen et al. 2006.

參考書目

Adelung, J. C. *Mithridates: Oder allgemeine Sprachenkunde.* 1806–17. Intro. and ed. Johann Severin Vater. Berlin: Vossische Buchhandlung.

Aikhenvald, A. Y. 1996. Physical properties in a gender system: A study of Manambu. *Language and Linguistics in Melanesia* 27:175–87.

____. 2000. *Classifiers.* Oxford: Oxford University Press.

Allen, G. 1878. Development of the sense of colour. Mind 3 (9):129–32.

____. 1879. *The colour sense: Its origin and development.* London: Trubner.

Almquist, E. 1883. Studien über den Farbensinn der Tschuktschen. In *Die wissenscha.lichen Ergebnisse der Vega-Expedition,* ed. A. E. von Nordenskiöld, 1:42–49. Leipzig: Brockhaus.

Andree, R. 1878. Ueber den Farbensinn der Naturvölker. *Zeitschrift. für Ethnologie* 10:324–34.

Bacon, F. 1861. *The works of Francis Bacon, baron of Verulam, viscount St Alban, and lord high chancellor of England.* Vol. 2. Ed. J. Spedding, R. L. Ellis, and D. D. Heath. Boston: Brown and Taggard.

Bage, R. 1784. *Barham Downs.* Rpt. New York: Garland, 1979.

Bancroft, W. D. 1924.The recognition of blue. *Journal of Physical Chemistry* 28:131–44.

Bastian, A. 1869. Miscellen. *Zeitschrift für Ethnologie und ihre Hülfswissenschaf*ten als Lehre vom Menschen in seinen Beziehungen zur Natur *und zur Geschichte* 1:89–90.

Beattie, J. 1788. *The theory of language.* Edinburgh: A. Strahan.

Bebbington, D. W. 2004. *The mind of Gladstone: Religion, Homer, and politics.* Oxford: Oxford University Press.

Berlin, B., and P. Kay. 1969. *Basic colour terms: Their universality and evolution*. Berkeley: University of California Press.

Besterman, T., ed. 1987. *The complete works of Voltaire*. Vol. 33. Geneva: Institut et Musée Voltaire.

Blackie, J. S. 1866. *Homer and the 'Iliad'*. Vol. 4. Edinburgh: Edmonston and Douglas.

Bloomfield, L. 1933. *Language*. London: George Allen and Unwin.

Boas, F. 1910. Psychological problems in anthropology. Lecture delivered at the celebration of the twentieth anniversary of the opening of Clark University, September 1909. *American Journal of Psychology* 21 (3):371–84.

———. 1920. The methods of ethnology. *American Anthropologist*, new series 22 (4):311–21.

———. 1938. Language. In *General Anthropology*, ed. F. Boas, 124–45. Boston: D. C. Heath.

Boman, T. 1960. *Hebrew thought compared with Greek*. London: SCM Press.

Boroditsky, L., L. Schmidt, and W. Phillips. 2003. Sex, syntax, and semantics. In *Language in mind: Advances in the study of language and thought*, ed. D. Gentner and S. Goldin-Meadow, 61–78. London: MIT Press.

Boroditsky, L., and L. Schmidt. Sex, syntax, and semantics. Unpublished ms.

Breva-Claramonte, M. 2001. Data collection and data analysis in Lorenzo Hervás: Laying the ground for modern linguistic typology. In *Historia de la lingüística en España*, ed. E. F. K. Koerner and Hans-Josef Niederehe, 265–80. Amsterdam: John Benjamins.

Broca, P. P. 1861. Perte de la parole, ramollissement chronique et destruction partielle du lobe antérieur gauche du cerveau. *Bulletins de la Société d'Anthropologie de Paris* (Séance du 18 avril 1861) 2:235–38.

Brown, C. H. 2005. Finger and hand. In Haspelmath et al. 2005.

Brown, P., and S. C. Levinson. 1993. 'Uphill' and 'downhill' in Tzeltal. *Journal of Linguistic Anthropology* 3:46–74.

____. 2000. Frames of spatial reference and their acquisition in Tenejapan Tzeltal. In *Culture thought and development*, ed. L. Nucci, G. Saxe, and E. Turiel, 167–97. London: Laurence Erlbaum Associates.

Brunetière, F. 1895. Discours de réception a l'Académie française, 15.2.1894. In *Nouveaux essais sur la littérature contemporaine*. Paris: C. Lévy.

Brunschwig, H. 1561. *The most excellent and perfecte homish apothecarye or homely physick booke for all the grefes and diseases of the bodye. Translated out the Almaine Speche into English by John Hollybush*. Collen: Arnold Birckman.

Cablitz, G. H. 2002. The acquisition of an absolute system: Learning to talk about space in Marquesan (Oceanic, French Polynesia). In *Proceedings of the 31st Stanford Child Language Research Forum: Space in language, location, motion, path, and manner*, 40–49. Stanford: Center for the Study of Language and Information.

Carlson, R. 1994. *A grammar of Supyire*. Berlin: Mouton de Gruyter.

Casson, R. W. 1997. Color shift: Evolution of English colour terms from brightness to hue. In *Color categories in thought and language*, ed. C. L. Hardin and L. Maffi, 224–40. Cambridge: Cambridge University Press.

Charpentier, F. 1683. De l'excellence de la langue françoise. Paris: Veuve Bilaine.

Chase, S. 1958. *Some things worth knowing: A generalist's guide to useful knowledge*. New York: Harper.

Christol, A. 2002. Les couleurs de la mer. In *Couleurs et vision dans l'antiquité classique*, ed. L. Villard, 29–44. Mont-Saint-Aignan: Publications de l'Université de Rouen.

Claudi, U. 1985. *Zur Entstehung von Genussystemen*. Hamburg: Helmut Buske.

Cli.ord, W. K. 1879. *Seeing and thinking*. London: Macmillan.

Colli, G., M. Montinari, M. L. Haase, and W. Müller-Lauter. 2001. *Nietzsche, Werke: Kritische Gesamtausgabe*. Vol. 9.3. Berlin: de Gruyter.

Condillac, E. B. de. 1822 [1746]. *Essai sur l'origine des connoissances humaine: Ouvrage où l'on réduit à un seul principe tout ce qui concerne l'entendement humain*. New ed. Paris: Imprimerie d'Auguste Delalain.

Conklin. H. C. 1955. Hanunóo colour categories. *Southwestern Journal of Anthropology* 11:339–44.

Conlan, F. 2005. Searching for the semantic boundaries of the Japanese colour term 'AO.' PhD dissertation, Faculty of Community Services, Education, and Social Sciences, Edith Cowan University, Western Australia.

Corbett, G. 2000. *Number*. Cambridge: Cambridge University Press.

———. 2005. Number of genders. In Haspelmath et al. 2005.

Corbett, G., and G. Morgan. 1988. Colour terms in Russian: Reflections of typological constraints in a single language. *Journal of Linguistics* 24:31–64.

Crawfurd, J. 1850. On the words introduced into the English from the Malay, Polynesian, and Chinese languages. *Journal of the Indian Archipelago and Eastern Asia* 4:182–90.

Crystal, D. 1995. *The Cambridge encyclopedia of the English language*. Cambridge: Cambridge University Press.

Curzon, A. 2003. *Gender shifts in the history of English*. Cambridge: Cambridge University Press.

Darnell, Regna. 1990. *Edward Sapir: Linguist, anthropologist, humanist*. Berkeley: University of California Press.

Darwin, C. R. 1881. Inheritance. *Nature: A Weekly Illustrated Journal of Science* 24 (21 July).

Darwin, C. R., and A. R. Wallace. 1858. On the tendency of species to form varieties; and on the perpetuation of varieties and species by natural means of selection. *Journal of the Proceedings of the Linnean Society of London*,

Zoology 3:61.

De Beer, G. 1958. Further unpublished letters of Charles Darwin. *Annals of Science* 14 (2):88–89.

De León, L. 1994. Exploration in the acquisition of geocentric location by Tzotzil children. *Linguistics* 32 (4–5):857–84.

Delitzsch, Franz. 1878. Der Talmud und die Farben. *Nord und Süd* 5:254–67.

———. 1898. Farben in der Bibel. In *Realencyklopädie für protestantische Theologie und Kirche*, ed. Albert Hauck. 3rd ed. Vol. 5. Leipzig: J. C. Hinrichs.

Dench, A. 1991. Panyjima. In *Handbook of Australian. Languages*, vol. 4, ed. R. M. W. Dixon and B. J. Blake, 125–243. Oxford: Oxford University Press.

Deutscher, G. 2000. *Syntactic change in Akkadian: The evolution of sentential complementation*. Oxford: Oxford University Press.

———. 2005. *The Unfolding of Language*. New York: Metropolitan.

———. 2009. Overall complexity – A wild goose chase? In Sampson et al. 2009, 243–51.

Dixon, R. M. W. 1989. *Searching for aboriginal languages: Memoirs of a field worker*. Chicago: University of Chicago Press.

———. 1997. *The rise and fall of languages*. Cambridge: Cambridge University Press.

———. 2006. Complementation strategies in Dyirbal. In Dixon and Aikhenvald 2006, 263–80.

Dixon, R. M. W., and A. Y. Aikhenvald, eds. 2006. *Complementation: A cross-linguistic typology*. Oxford: Oxford University Press.

Dixon, R. M. W., W. S. Ramson, and M..omas. 1990. *Australian Aboriginal words in English: Their origin and meaning*. Oxford: Oxford University Press.

Doering, F.W. 1788. *De colouribus veterum*. Gotha: Reyher.

Donders, F. C. 1884. Noch einmal die Farbensysteme. *Albrecht von Graefes*

Archiv für Ophthalmologie 30:15–90.

Drivonikou, G. V., P. Kay, T. Regier, R. B. Ivry, A. L. Gilbert, A. Franklin, and I. R. L. Davies. 2007. Further evidence that Whorfian effects are stronger in the right visual field than the left. *Proceedings of the National Academy of Sciences* 104:1097–102.

Durham, J. I. 2002. *Word biblical commentary: Exodus.* Dallas: Word, Inc.

Eggan, D. 1966. Hopi dreams in cultural perspective. In *Culture and personality: Contemporary readings*, ed. A. Levine, 276. Chicago: Aldine: 1974.

Emerson, R. W. 1844. *Essays.* 2nd series. Boston: James Munroe and Company.

Ervin, S. 1962. The connotations of gender. *Word* 18(3):249–61.

Evans, N. 1995. *A grammar of Kayardild.* Vol. 15 of *Mouton grammar library.* Berlin: Walter de Gruyter.

Everett, D. 2009. Pirahã culture and grammar: A response to some criticisms. *Language* 85:405–42.

Finkelberg, M. 2005. *Greeks and pre-Greeks: Aegean prehistory and Greek heroic tradition.* Cambridge: Cambridge University Press.

Fleck, D. 2006. Complement clause type and complementation strategies in Matses. In Dixon and Aikhenvald 2006, 224–44.

_____. 2007. Evidentiality and double tense in Matses. *Language* 83:589–614.

Foley. W. A. 1997. *Anthropological linguistics: An introduction.* Oxford: Blackwell.

Forston, B. W. 2004. *Indo-European language and culture.* Oxford: Blackwell.

Foster, B. R. 1990. Two late old Akkadian documents. *Acta Sumerologica* 12:51–56.

Francis, D. R. 1913. *The Universal Exposition of 1904.* St Louis: Louisiana Purchase Exposition Company.

Franklin, A., M. Pilling, and I. Davies. 2005. .e nature of infant colour categorisation: Evidence from eye movements on a target detection task. *Journal of Experimental Child Psychology* 91: 227–48.

Frey, R. G. 1975. Ein Eisenbahnunglück vor 100 Jahren als Anlaß für systematische Untersuchung des Farbensehens. *Klinische Monatsblätter für Augenheilkunde* 167:125–27.

Fromkin, V., R. Rodman, and N. Hyams. 2003. *An introduction to language.* 7th ed. Boston: Thomson/Heinle.

Gatschet, A. S. 1879. Adjectives of colour in Indian languages. *American Naturalist* 13 (8):475–81.

Geiger, Lazarus. 1868. *Ursprung und Entwickelung der menschlichen Sprache und Vernunft.* Vol. 1. Stuttgart: Verlag der Cotta'schen Buchhandlung.

_____. 1869. *Der Ursprung der Sprache.* Stuttgart: Verlag der Cotta'schen Buchhandlung.

_____. 1872. *Ursprung und Entwickelung der menschlichen Sprache und Vernunft.* Vol. 2. Stuttgart: Verlag der Cotta'schen Buchhandlung.

_____. 1878. Ueber den Farbensinn der Urzeit und seine Entwickelung. Gesprochen auf der Versammlung deutscher Naturforscher in Frankfurt a. M., den 24.9.1867. In *Zur Entwickelungsgeschichte der Menschheit,* 2nd ed., 45–60. Stuttgart: Verlag der Cotta'schen Buchhandlung.

Gilbert, A., T. Regier, P. Kay, and R. Ivry. 2006. Whorf hypothesis is supported in the right visual field but not the left. *Proceedings of the National Academy of Sciences* 103 (2):489–94.

_____. 2008. Support for lateralization of the Whorf effect beyond the realm of colour discrimination. *Brain and Language* 105:91–98.

Givón, T. 2002. The society of intimates. *Biolinguistics: The Santa Barbara Lectures.* Amsterdam: John Benjamins.

Gladstone, W. E. 1858. *Studies on Homer and the Homeric age.* 3 vols. Oxford: Oxford University Press.

_____. 1869. *Juventus mundi: The gods and men of the heroic age.* Rpt.,

Whitefish, MT: Kessinger Publishing, 2005.

＿＿＿. 1877. The colour-sense. *Nineteenth Century* (Oct.): 366–88.

Goddard, C. 1985. *A grammar of Yankunytjatjara.* Alice Springs: Institute for Aboriginal Development.

Goethe, J. W. 1810. *Zur Farbenlehere.* Vol. 2. *Materialien zur Geschichte der Farbenlehre.* Tübingen: Cotta'schen Buchhandlung.

Goulden R., P. Nation, and J. Read. 1990. How large can a receptive vocabulary be? *Applied Linguistics* 11(4):341– 63.

Graber, V. 1884. *Grundlinien zur Erforschung des Helligkeits- und Farbensinnes der Tiere.* Prague: F. Tempsky und G. Freytag.

Greenberg, J. H. 1978. How does a language acquire gender markers? In *Universals of Human Language,* ed. J. H. Greenberg, C. Ferguson, and E. Moravcsik, 47–82. Stanford: Stanford University Press.

Haddon, A. C. 1910. *History of anthropology.* London: Watts.

Haeckel, Ernst. 1878. Ursprung und Entwickelung der Sinneswerkzeuge. *Kosmos* 2 (4):20–114.

Hansen, T., M. Olkkonen, S. Walter, and K. R. Gegenfurtner. 2006. Memory modulates colour appearance. *Nature Neuroscience* 9:1367–68.

Harvey, W. 1996. Linguistic relativity in French, English, and German philosophy. *Philosophy Today* 40:273–88.

Haspelmath, M., M. S. Dryer, D. Gil, and B. Comrie. 2005. *The world atlas of language structures.* Oxford: Oxford University Press.

Haudricourt, A. G. 1961. Richesse en phonèmes et richesse en locuteurs. *L'Homme* 1 (1):5–10.

Haun, D. B. M., C. Rapold, J. Call, G. Hanzen, and S. C. Levinson. 2006. Cognitive cladistics and cultural override in Hominid spatial cognition. *Proceedings of the National Academy of Sciences* 103 (46):17568–73.

Haviland, J. B. 1979a. Guugu Yimidhirr. The Handbook of Australian Languages, ed. R. M. W. Dixon and B. J. Blake, 1:27–182. Amsterdam:

John Benjamins.

_____. 1979b. How to talk to your brother-in-law in Guugu Yimidhirr. In *Languages and their speakers*, ed. T. Shopen, 160–239. Cambridge: Winthrop.

_____. 1985. The life history of a speech community: Guugu Yimidhirr at Hopevale. *Aboriginal History* 9:170–204.

_____. 1993. Anchoring, iconicity, and orientation in Guugu Yimithirr pointing gestures. *Journal of Linguistic Anthropology* 31:3–45.

_____. 1998. Guugu Yimithirr cardinal directions. *Ethos* 26:25–47.

Haviland, J. B., and L. K. Haviland. 1980. 'How much food will there be in heaven?' Lutherans and Aborigines around Cooktown before 1900. *Aboriginal History* 4:119–49.

Hawkesworth, J. 1785. *An account of the voyages undertaken by the order of His present Majesty, for making discoveries in the Southern Hemisphere.* 3rd ed. Vol. 4. London: Strahan and Cadell.

Hay, J., and L. Bauer. 2007. Phoneme inventory size and population size. *Language* 83 (2):388–400.

Heider, E. R. 1972. Universals in colour naming and colour memory. *Journal of Experimental Psychology* 93 (1):10–20.

Heine, H. 1865. *Heinrich Heine's Sämmtliche Werke: Rechtmässige Original-Ausgabe.* Vol. 19: *Briefe.* Hamburg: Hoffman und Campe.

Herder, J. G. 1812 [1784– 91]. *Ideen zur Philosophie der Geschichte der Menschheit.* Leipzig: J. F. Hartknoch.

Hertwig, O. 1907. *Die Entwickelung der Biologie im neunzehnten Jahrhundert.* Zweite erweiterte Au.age mit einem Zusatz über den gegenwärtigen *Stand des Darwinismus.* Jena: Gustav Fischer.

Hilgert, M. 2002. *Akkadisch in der Ur III-Zeit.* Münster: Rhema.

Hjelmslev, L. 1943. *Omkring Sprogteoriens Grundlæggelse.* Copenhagen: Bianco Lunos.

Hochegger, R. 1884. *Die geschichtliche Entwickelung des Farbensinnes.* Innsbruck: Wagner'sche Universitäts-Buchhandlung.

Hockett, C. 1958. *A course in modern linguistics.* New York: Macmillan.

Holmgren, F. 1878. *Die Farbenblindheit in ihren Beziehungen zu den Eisenbahnen und der Marine.* Leipzig: F. C. W. Vogel.

Humboldt, W. 1820. Über das vergleichende Sprachstudium in Beziehung auf die verschiedenen Epochen der Sprachentwicklung. In Leitzmann 1905, 1–34.

——. 1821a. Versuch einer Analyse der mexikanischen Sprache. In Leitzmann 1905, 233–84.

——. 1821b. Über das Entstehen der grammatischen Formen und ihren Einfluß auf die Ideenentwicklung. In Leitzmann 1905, 285–313.

——. 1827. Ueber die Verschiedenheiten des menschlichen Sprachbaues. In *Wilhelm von Humboldt: Werke in fünf Bänden.* Vol. 3. Darmstadt, 1963.

Institute of Transportation Engineers, 2005. Vehicle traffic control signal heads – Light emitting diode (LED) circular signal supplement. Washington, D.C.

Jacobs, K. W., and F. E. Hustmyer. 1974. Effects of four psychological primary colours on GSR, heart rate, and respiration rate. *Perceptual and Motor Skills* 38:763–66.

Jakobson, R. O. 1959a. On linguistic aspects of translation. In *On translation*, ed. R. A. Brower, 232–39. Cambridge: Harvard University Press.

——. 1959b. Boas' view of grammatical meaning. In *The anthropology of Franz Boas: Essays on the centennial of his birth*, ed. W. Goldschmidt, 139–45. Memoirs of the American Anthropological Association 89, Menasha, WI.

——. 1972. Language and culture. Lecture delivered in Tokyo on 27 July 1967. In *Roman Jakobson. Selected Writings*, ed. S. Rudy, 7:101–12. Berlin: Mouton, 1985.

Janoff, M. S. 1994. Traffic signal visibility: A synthesis of human factors and visual science literature with recommendations for required research.' *Journal of the Illuminating Engineering Society* 23 (1):76–89.

Jespersen, O. 1955. *Growth and structure of the English language.* 9th ed. Garden City: Doubleday.

Jooken, L. 2000. Descriptions of American Indian word forms in colonial missionary grammars. In *The language encounter in the Americas, 1492–1800,* ed. E. G. Gray and N. Fiering, 293–309. New York: Berghahn.

Kaiser, P. K., and R. M. Boynton. 1996. *Human colour vision.* 2nd ed. Washington: Optical Society of America.

Kant, I. 1768. Von dem ersten Grunde des Unterschiedes der Gegenden im Raume. *Vorkritische Schri.en II. 1757– 1777.* Das Bonner Kant-Korpus (http://korpora.org/kant/).

Kay, P., and W. Kempton. 1984. What is the Sapir-Whorf hypothesis? *American Anthropologist* 86:65–79.

Kay, P., and L. Maffi. 1999. Color appearance and the emergence and evolution of basic colour lexicons. *American Anthropologist* 101: 743–60.

Kay, P., and T. Regier. 2006a. Color naming universals: The case of Berinmo. *Cognition* 102 (2):289–98.

____. 2006b. Language, thought, and colour: Recent developments. *Trends in Cognitive Sciences* 10:51–54.

Keenan, E. L., and E. Ochs. 1979. Becoming a competent speaker of Malagasy. In *Languages and their speakers,* ed. T. Shopen, 113–58. Cambridge: Winthrop.

Keller, J. 1883. *Lazarus Geiger und die Kritik der Vernunft.* Wertheim am Main: E. Bechstein.

Koerner, E. F. K. 2000. Towards a 'full pedigree' of the 'Sapir-Whorf hypothesis': From Locke to Lucy. In *Explorations in Linguistic Relativity,* ed. M. Pütz and M. H. Verspoor, 1–23. Amsterdam: John Benjamins.

Komarovaa, N., K. Jameson, and L. Narensc. 2007. Evolutionary models of colour categorisation based on discrimination. *Journal of Mathematical Psychology* 51 (6):359–82.

Konishi, T. 1993. The semantics of grammatical gender: A cross-cultural study. *Journal of Psycholinguistic Research* 22:519–34.

Köpcke, K., and D. Zubin. 1984. Sechs Prinzipien für die Genuszuweisung im Deutschen: Ein Beitrag zur natürlichen Klassi.kation. *Linguistische Berichte* 93:26–50.

Krause, E. 1877. Die Geschichtliche Entwickelung des Farbensinnes. *Kosmos* 1:264–75.

Kroeber, A. 1915. The Eighteen Professions. *American Anthropologist* 17:283–89.

Kuschel, R., and R. Monberg. 1974. 'We don't talk much about colour here': A study of colour semantics on Bellona Island. *Man* 9:213–42.

Lamarck, J.-B. P. A. 1809. *Philosophie zoologique, ou Exposition des considérations relatives à l'histoire naturelle des animaux*. Vol. 1. Rpt. Brussels: Impression Anastaltique, 1970.

Lambert, W. G. 1960. Babylonian Wisdom Literature. Oxford: Oxford University Press.

Latacz, J. 2004. *Troy and Homer: Towards the solution of an old mystery*. Oxford: Oxford University Press.

Laughren, M. 1978. Directional terminology in Warlpiri. *Working Papers in Language and Linguistics* 8:1–16.

Lazar-Meyn, H. A. 2004. Color naming: 'Grue' in the Celtic languages of the British Isles. *Psychological Science* 15 (4):288.

Le Laboureur, L. 1669. *Avantages de la langue françoise sur la langue latine*. Paris: Guillaume de Luyne.

Leitzmann, A. 1905. *Wilhelm von Humboldts Gesammelte Schriften. Herausgegeben von der Königlich Preussischen Akademie der Wissenschaften*. Vol. 4. Berlin: B. Behr's Verlag.

Levinson, S. C. 2000. Yélî Dnye and the theory of basic colour terms. *Journal of Linguistic Anthropology* 10:3–55.

____. 2003. *Space in language and cognition: Explorations in cognitive diversity.* Cambridge: Cambridge University Press.

Levinson, S. C., S. Kita, D. B. M. Haun, and B. H. Rasch. 2002. Returning the tables: Language affects spatial reasoning. *Cognition* 84:155–88.

Levinson, S. C., and D. P. Wilkins, eds. 2006. *Grammars of space.* Cambridge: Cambridge University Press.

Lévi-Strauss, C. 1968. *Structural anthropology.* London: Allen Lane.

Lewis, D. 1976. Observations on route findings and spatial orientation among the aboriginal peoples of the Western Desert Region of Central Australia. *Oceania* 46:249–79.

Li, P., and L. Gleitman. 2002. Turning the tables: Language and spatial reasoning. *Cognition* 83:265–94.

Li, P., L. Abarbanell, A. Papafragou, and L. Gleitman (forthcoming). Spatial reasoning without spatial words in Tenejapan Mayans. Unpublished ms.

Lindsey, D. T., and A. M. Brown. 2002. Color naming and the phototoxic effects of sunlight on the eye. *Psychological Science* 13 (6):506–12.

Lizot, J. 1971. Remarques sur le vocabulaire de parenté Yanõmami. *L'Homme* 11:25–38.

Locke, J. 1849 [1690]. *An essay concerning human understanding.* 30th ed. London: William Tegg.

Loos, N. A. 1978. The pragmatic racism of the frontier. In *Race Relations in North Queensland,* ed. H. Reynolds. Townsville: James Cook University.

Lupyan, G., and R. Dale. 2010. Language structure is partly determined by social structure. PLoS ONE 5(1):e8559.

Lyons, J. 1999. Vocabulary of colour with particular reference to ancient Greek and classical Latin. In *The language of colour in the Mediterranean,* ed. A. Borg, 38–75. Stockholm: Almqvist and Wiksell.

Maclaury, R. E. 1997. *Color and cognition in Mesoamerica: Constructing categories as vantages*. Austin: University of Texas Press.

Maddieson, I. 1984. *Patterns of sounds*. Cambridge: Cambridge University Press.

____. 2005. Vowel quality inventories. In Haspelmath et al. 2005.

Magnus, H. 1877a. *Die Entwickelung des Farbensinnes*. Jena: Hermann Dufft.

____. 1877b. *Die geschichtliche Entwickelung des Farbensinnes*. Leipzig: Veit.

____. 1877c. Zur Entwickelung des Farbensinnes. *Kosmos* 1:423– 32.

____. 1880. *Untersuchungen über den Farbensinn der Naturvölker*. Jena: Gustav Fischer.

____. 1881. *Farben und Schöpfung. Acht Vorlesungen über die Beziehungen der Farben zum Menschen und zur Natur*. Breslau: Kern's Verlag.

____. 1883. *Ueber ethnologische Untersuchungen des Farbensinnes*. Berlin: Carl Habel.

Majid, A., M. Bowerman, S. Kita, D. B. M. Haun, and S. Levinson. 2004. Can language restructure cognition? The case for space. Trends in Cognitive Sciences 8:108–14.

Maxwell-Stuart, P. G. 1981. *Studies in Greek colour terminology*. Vol. 1. Leiden: Brill.

Mayr, E. 1991. *One long argument: Charles Darwin and the genesis of modern evolutionary thought*. London: Penguin.

McPhee, C. 1947. *A house in Bali*. London: V. Gollancz.

McWhorter, J. 2001.The world's simplest grammars are creole grammars. *Linguistic Typology* 5:125–66.

Michaelis, J. D. 1760. *Beantwortung der Frage: Von dem Einfluß der Meinungen* in die Sprache und der Sprache in die Meinungen, welche den von der Königlische Academie der Wissenscha.en für das Jahr 1759 *gesetzten Preis erhalten hat*. Berlin.

Migne, J. P. 1845. *Sancti Eusebii Hieronymi Stridonensis Presbyteri opera omnia. Patrologiae cursus completus. Series prima.* Vol. 23. Paris: Vrayet.

Miller, G., and P. Johnson-Laird. 1976. *Language and perception.* Cambridge: Cambridge University Press.

Mollon, J. D. 1995. Seeing colour. *Colour: Art and science,* ed. T. Lamb and J. Bourriau. Darwin College Lectures. Cambridge: Cambridge University Press.

_____. 1999. Color vision: Opsins and options. *Proceedings of the National Academy of Sciences* 96:4743–45.

Morley, J. 1903. *The life of William Ewart Gladstone.* Vol. 3. London: Macmillan.

Morpurgo Davies, A. 1998. *Nineteenth-century linguistics.* Vol. 4 of *History of Linguistics.* Ed. Giulio Lepschy. London: Longman.

Müller, M. 1861. *Lectures on the science of language.* London : Longmans, Green.

_____. 1873. Lectures on Mr Darwin's philosophy of language. *Frazer's Magazine* 7 and 8. Rpt. in R. Harris, *The origin of language,* 147–233. Bristol: Thoemmes, 1996.

Myers, J. L. 1958. *Homer and his critics.* Ed. Dorothea Gray. London: Routledge.

Neumann, S., and T. Widlok. 1996. Rethinking some universals of spatial language using controlled comparison. In *The construal of space in language and thought,* ed. R. Dirven and M. Pütz, 345–69. Berlin: Mouton de Gruyter.

Nevins, A., D. Pesetsky, and C. Rodrigues. 2009. Pirahã exceptionality: A reassessment. *Language* 85:355–404.

Newcomer, P., and J. Faris. 1971. Review of Berlin and Kay 1969. *International Journal of American Linguistics* 37 (4):270–75.

Nichols, J. 2009. Linguistic complexity: A comprehensive definition and survey. In Sampson et al. 2009, 110–25.

Nietzsche, F. 1881. *Morgenröthe, Gedanken über die moralischen Vorurtheile*. In *Friedrich Nietzsche: Morgenröte, Idyllen aus Messina, Die fröhliche Wissenschaft*, ed. G. Colli and M. Montinari. Berlin: Walter de Gruyter, 2005.

Niraula, S., R. C. Mishra, and P. R. Dasen. 2004. Linguistic relativity and spatial concept development in Nepal. *Psychology and Developing Societies* 16 (2):99–124.

Ogden, C. K., and I. A. Richards. 1923. *The meaning of meaning: A study in the influence of language upon thought*. London: Trubner.

Olsén, J. E. 2004. *Liksom ett par nya ögon: Frithiof Holmgren och synsinnets problematik*. Malmö: Lubbert Das.

Orsucci, A. 1996. *Orient-Okzident: Nietzsches Versuch einer Loslösung vom europäischen Weltbild*. Berlin: Walter de Gruyter.

Özgen, E. 2004. Language, learning, and colour perception. *Current Directions in Psychological Science* 13 (3):95–98.

Parkinson, R. B. 1996. Khakheperreseneb and traditional belles lettres. In *Studies in Honor of William Kelly Simpson*, ed. P. Manuelian, 647–54. Boston: Museum of Fine Arts.

Peacock, E. 1877. *A glossary of words used in the wapentakes of Manley and Corringham, Lincolnshire*. English Dialect Society.

Perkins, R. D. 1992. *Deixis grammar and culture*. Amsterdam: John Benjamins.

Peschier, E. 1871. *Lazarus Geiger: Sein Leben und Denken*. Frankfurt am Main: F. B. Auffarth.

Phillips, R. 1898. Vocabulary of Australian Aborigines in the neighbourhood of Cooktown, North Queensland. *Journal of the Anthropological Institute of Great Britain and Ireland* 27:144–47.

Piattelli-Palmarini, M., ed. 1983. *Language and learning: The debate between Jean Piaget and Noam Chomsky*. London: Routledge.

Pinker, S. 1994. *The Language Instinct*. New York: Penguin.

_____. 2007. *The stuff of thought: Language as a window into human nature*. London: Allen Lane.

Pitchford, N., and K. Mullen. 2002. Is the acquisition of basic colour terms in young children constrained? *Perception* 31:1349–70.

Ray, V. F. 1952. Techniques and problems in the study of human colour perception. *Southwestern Journal of Anthropology* 8 (3):251–59.

_____. 1953. Human colour perception and behavioural response. *New York Academy of Sciences* 2 (16):98–104.

Regan, B. C, C. Julliot, B. Simmen, F. Viénot, P. Charles-Dominique, and J. D. Mollon. 2001. Fruits, foliage, and the evolution of primate colour vision. *Philosophical Transactions of the Royal Society, London. B: Biological Sciences* 356:229–83.

Regier, T., and P. Kay. 2004. Color naming and sunlight: Commentary on Lindsey and Brown (2002). *Psychological Science* 15:289–90.

Regier, T., P. Kay, and R. S. Cook. 2005. Focal colours are universal after all. *Proceedings of the National Academy of Sciences* 102:8386–91.

Regier, T., P. Kay, and N. Khetarpal. 2007. Color naming reflects optimal partitions of colour space. *Proceedings of the National Academy of Sciences* 104 (4):1436–41.

Reid, N. 1997. Class and classiffier in Ngan'gityemerri. In *Nominal classification in aboriginal Australia*, ed. M. Harvey and N. Reid, 165–228. Amsterdam: John Benjamins.

Rivarol, A. de. 1784. *De l'universalité de la langue française: Discours qui a remporté le prix a l'Académie de Berlin*. Paris: Bailly.

Rivers, W. H. R. 1900. Vision. In *Text-book of physiology*, ed. E. A. Schäfer, 2:1026–148. Edinburgh: Young J. Pentland.

_____. 1901a. Vision. In *Reports of the Cambridge Anthropological Expedition to the Torres Straits*. Ed. A. C. Haddon. Vol. 2: *Physiology and Psychology*.

Cambridge: Cambridge University Press.

____. 1901b. Primitive colour vision. *Popular Science Monthly* 59:44–58.

Roberson, D., I. Davies, and J. Davidoff. 2000. Color categories are not universal: Replications and new evidence from a stone-age culture. *Journal of Experimental Psychology: General* 129 (3):369–98.

Roberson, D., J. Davidoff, I. Davies, and L. R. Shapiro. 2005. Color categories: Evidence for the cultural relativity hypothesis. *Cognitive Psychology* 50:378–411.

____. 2006. Colour categories and category acquisition in Himba and English. In *Progress in colour studies*, ed. N. Pitchford and C. Bingham, 159–72. Amsterdam: John Benjamins.

Roberson, D., H. Pak, and J. R. Hanley. 2008. Categorical perception of colour in the left and right visual field is verbally mediated: Evidence from Korean. *Cognition* 107:752–62.

Rosenthal, L. A. 1884. *Lazarus Geiger: Seine Lehre vom Ursprunge der Sprache und Vernun. und sein Leben*. Stuttgart: I. Scheible.

Rothfels, N. 2002. *Savages and beasts: The birth of the modern zoo*. Baltimore: Johns Hopkins University Press.

Russell, B. 1924. Logical atomism. Rpt. in *Bertrand Russell: Logic and knowledge. Essays, 1901–1950*, ed. R. C. Marsh, 321–44. London: Routledge, 2004.

____. 1983. *Cambridge essays, 1888–99*. Ed. K. Blackwell et al. London: Allen and Unwin.

Sahlins, M. 1976. Colors and cultures. *Semiotica* 16:1–22.

Sampson, G. 2005. *The 'language instinct' debate*. London: Continuum.

____. 2009. A linguistic axiom challenged. In Sampson et al. 2009.

Sampson, G., D. Gil, and P. Trudgill, eds. 2009. *Language complexity as an evolving variable*. Oxford: Oxford University Press.

Sapir, E. 1921. *Language: An introduction to the study of speech*. New York:

Harcourt, Brace and Company.

_____. 1924. The grammarian and his language. *American Mercury* 1: 149–55. Rpt. in *Selected writings of Edward Sapir in language, culture, and personality*, ed. D. G. Mandelbaum. Berkeley: University of California Press, 1963.

_____. 1931. Conceptual categories in primitive languages. Paper presented at the meeting of the National Academy of Sciences, New Haven, CT, Nov. 1931. Abstracted in *Science* 74:578.

Schleicher, A. 1860. *Die deutsche Sprache*. Stuttgart: J. G. Cotta.

Schultze-Berndt, E. 2006. Sketch of a Jaminjung grammar of space. In Levinson and Wilkins 2006, 103–4.

Sera, M. D., C. Elieff, J. Forbes, M. C. Burch, W. Rodriguez, and D. P. Dubois. 2002. When language affects cognition and when it does not: An analysis of grammatical gender and classification. *Journal of Experimental Psychology: General* 131:377–97.

Shaw, G. B. 1921. Back to *Methuselah*. London: Constable.

Sinnemäki, K. 2009. Complexity in core argument marking and population size. In Sampson et al. 2009.

Skard, S. 1946. The use of colour in literature. A survey of research. *Proceedings of the American Philosophical Society* 90:163–249.

Slobodín, R. 1978. *W. H. R. Rivers*. New York: Columbia University Press.

Steiner, G. 1975. *After Babel: Aspects of language and translation*. Oxford: Oxford University Press.

Swadesh, M. 1939. Edward Sapir. *Language* 15:132–35.

Tan, L. H., A. H. D. Chan, P. Kay, P. L. Khong, L. K. C. Yip, and K. K Luke. 2008. Language affects patterns of brain activation associated with perceptual decision. *Proceedings of the National Academy of Sciences* 105 (10):4004–09.

Tennyson, H. T. 1897. *Alfred Lord Tennyson: A memoir, by his son*. Vol. 1.

London: Macmillan.

Titchener, E. B. 1916. On ethnological tests of sensation and perception with special reference to tests of colour vision and tactile discrimination described in the reports of the Cambridge anthropological expedition to Torres Straits. *Proceedings of the American Philosophical Society* 55:204–36.

Trudgill, P. 1992. Dialect typology and social structure. In *Language contact: Theoretical and empirical studies*, ed. E. H. Jahr, 195–211. Berlin: Mouton.

Tsunoda, T. 1981. *The Djaru language of Kimberley, Western Australia.* Canberra: Research School of Pacific Studies.

Turner, R. S. 1994. *In the eye's mind: Vision and the Helmholtz-Hering Controversy.* Princeton: Princeton University Press.

Tylor, E. B. 1871. *Primitive culture: Researches into the development of mythology, philosophy, religion, art, and custom.* London: J. Murray.

Valberg, A. 2005. *Light, vision,* colour. Hoboken: Wiley.

Valdez, P., and A. Mehrabian. 1994. Effects of colour on emotions. *Journal of Experimental Psychology: General* 123: 394–409.

Vaugelas, F. de C. 1738. *Remarques de M. de Vaugelas sur la langue françoise, avec des notes de Messieurs Patru & T. Corneille.* Paris: Didot.

Veit, P. F. 1976. Fichtenbaum und Palme. *Germanic Review* 51:13–27.

Virchow, R. 1878. Die zur Zeit in Berlin anwesenden Nubier. *Verhandlungen der Berliner Gesellscha. für Anthropologie, Ethnologie, und Urgeschichte* 333–55.

———. 1879. Über die im letzten Monat in Berlin ausgestellten Nubier, namentlich den Dinka. *Verhandlungen der Berliner Gesellscha. für Anthropologie, Ethnologie, und Urgeschichte* 388–95.

Vygotsky, L. S. 1987. *Thinking and speech: Collected works of L. S. Vygotsky.* Vol. 1. New York: Plenum Press.

Wallace, A. R. 1858. On the tendency of varieties to depart indefinitely from the original type. In C. R. Darwin and A. R. Wallace, On the tendency of species to form varieties; and on the perpetuation of varieties and species by natural means of selection. *Journal of the Proceedings of the Linnean Society of London, Zoology* 3:46–50.

_____. 1877. The colours of animals and plants. *Macmillan's Magazine* 36: 384–408, 464–71.

_____. 1878. *Tropical nature and other essays*. London: Macmillan.

Walser, M. 1983. Heines Tränen. *Liebeserklärungen*, 195–96. Frankfurt am Main: Suhrkamp, 1983.

Wassmann, J., and P. R. Dasen. 1998. Balinese spatial orientation: Some empirical evidence of moderate linguistic relativity. *Journal of the Royal Anthropological Institute* 4 (4):689–711.

Waxman, S. R., and A. Senghas. 1992. Relations among word meanings in early lexical development. *Developmental Psychology* 28:862–73.

Weismann, A. 1892. Über die Hypothese einer Vererbung von Verletzungen. *Aufsätze über Vererbung und verwandte biologische Fragen*. Jena: G. Fischer.

Wemyss Reid, T. 1899. *The life of William Ewart Gladstone*. London: Cassell.

Wharton, W. J. L., ed. 1893. *Captain Cook's journal during his first voyage round the world made in H.M. Bark 'Endeavour,' 1768–71: A literal transcription of the original mss.: with notes and introduction*. Rpt. Forgotten Books, 2008.

Whiting, R. M. 1987. *Old Babylonian letters from Tell Asmar*. Chicago: University of Chicago.

Whitney, W. D. 1875. *The life and growth of language*. New York: Appleton.

Whittle, P. 1997. W. H. R. Rivers: A founding father worth remembering. Talk given to the Zangwill Club of the Department of Experimental Psychology, Cambridge University, 6 Dec. 1997 (http://www.human-nature.com/science-as-culture/whittle.html).

Whorf, B. 1956. *Language, thought, and reality: Selected writings of Benjamin*

Lee Whorf. Ed. J. B. Carroll. Cambridge: MIT Press.

Widlok, T. 1997. Orientation in the wild: .e shared cognition of Hai‖om bushpeople. *Journal of the Royal Anthropological Institute* 3 (22):317–32.

Wilkins, D. P. 2006. Towards an Arrernte grammar of space. In Levinson and Wilkins 2006.

Wilson, G. 1855. *Researches on colour-blindness, with a supplement on the danger attending the present system of railway and marine colouredsignals.* Edinburgh: Sutherland and Knox.

Wilson, G. D. 1966. Arousal properties of red versus green. *Perceptual and Motor Skills* 23: 942–49.

Winawer, J., N. Witthoft, M. C. Frank, L. Wu, A. R. Wade, and L. Boroditsky. 2007. Russian blues reveal effects of language on colour discrimination. *Proceedings of the National Academy of Sciences* 104 (19):7780–85.

Wittgenstein, L. 1922. *Tractatus logico-philosophicus.* Intro. Bertrand Russell. London: Kegan Paul.

Woodworth, R. S. 1910a. Racial differences in mental traits. Address of the vice president and chairman of Section H – Anthropology and Psychology – of the American Association for the Advancement of Science, Boston, 1909. *Science* 31:171–86.

———. 1910b. The puzzle of colour vocabularies. *Psychological Bulletin* 7:325–34.

Young, R. M. 1970. *Mind, brain, and adaptation in the nineteenth century: Cerebral localization and its biological context from Gall to Ferrier.* Oxford: Oxford University Press.

索引

八畫

九畫

Through the langusge glass by Guy Deutscher
Copyright © Guy Deutscher
Complex Chinese Translation copyright © 2013, 2021 Owl Publishing House,
a division of Cité Publishing Ltd.
This edition published by arrangement with United Agents Ltd through
Andrew Nurnberg Associates International Limited
All rights reserved.

貓頭鷹書房 053

換了語言，就換了腦袋：
從荷馬史詩到達爾文，語言如何影響我們的思想、行為與認知
（初版書名：小心，別踩到我北方的腳！）

作　　　者　蓋伊·多徹
譯　　　者　王年愷
企劃選書　曾琬迪
責任編輯　曾琬迪、舒雅心（初版）　張瑞芳（二版）
校　　　對　李鳳珠
版面構成　張靜怡
行銷統籌　張瑞芳
行銷專員　何郁庭
總 編 輯　謝宜英
出 版 者　貓頭鷹出版

發 行 人　涂玉雲
發　　　行　英屬蓋曼群島商家庭傳媒股份有限公司城邦分公司
　　　　　　104 台北市中山區民生東路二段 141 號 11 樓
　　　　　　劃撥帳號：19863813；戶名：書虫股份有限公司
城邦讀書花園：www.cite.com.tw　購書服務信箱：service@readingclub.com.tw
購書服務專線：02-2500-7718~9（周一至周五上午 09:30-12:00；下午 13:30-17:00）
24 小時傳真專線：02-2500-1990；25001991
香港發行所　城邦（香港）出版集團／電話：852-2877-8606／傳真：852-2578-9337
馬新發行所　城邦（馬新）出版集團／電話：603-9056-3833／傳真：603-9057-6622
印 製 廠　成陽印刷股份有限公司
初　　　版　2013 年 8 月
二　　　版　2021 年 3 月　二刷 2022 年 3 月
定　　　價　新台幣 450 元／港幣 150 元（紙本平裝）
　　　　　　新台幣 315 元（電子書）
I S B N　978-986-262-456-2（紙本平裝）
　　　　　　978-986-262-459-3（電子書 EPUB）

讀者意見信箱　owl@cph.com.tw
投稿信箱　owl.book@gmail.com
貓頭鷹臉書　facebook.com/owlpublishing

【大量採購，請洽專線】(02) 2500-1919

城邦讀書花園
www.cite.com.tw

國家圖書館出版品預行編目資料

換了語言，就換了腦袋：從荷馬史詩到達爾文，語言
如何影響我們的思想、行為與認知／蓋伊·多徹著；
王年愷譯 .-- 二版 .-- 臺北市：貓頭鷹出版：英屬蓋
曼群島商家庭傳媒股份有限公司城邦分公司發行，
2021.03
　　面；　公分 .--（貓頭鷹書房；53）
譯自：Through the language glass: why the world looks
　　　　different in other languages.
ISBN 978-986-262-456-2（平裝）

1. 歷史比較語言學

801　　　　　　　　　　　　　　　　　110001540

本書採用品質穩定的紙張與無毒環保油墨印刷，以利讀者閱讀與典藏。